講談社文庫

御手洗潔のメロディ

島田荘司

講談社

目次

ぼくに乱歩を教えてくれた伯母に

御手洗潔のメロディ

IgE

1

私の友人御手洗潔《みたらいきよし》が心ならずも世間に名を知られるようになり、馬車道《ばしゃみち》の私たちのささやかな住まいを訪ねる人も目に見えて多くなって、元号が変わるとともに私たちもずいぶんと多忙になっていた。

私たちの家のドアを叩く人が多くなったこの頃、私がはっきりと感じることは、これまで私たちのもとへやってくる人が、不可解な悩みにうちひしがれた、しかしたいてい控えめで礼儀正しい人々であったのに較べ、最近では奇妙に尊大な人物も姿を現わすようになったということである。こういう人物に、私はたまに不愉快な思いをすることもあるのだが、友人はまったく逆のようで、権力志向が強く、自らがすでに世間の人々に対し威張る資格を獲得したと心得ているような人物は、彼にとってすべからく道化《どうけ》であるらしく、こういう人物の登場をこそ待ち望んでいるふしがあった。

一方で私もこういう気分が解らないものでもなかったが、しかしこの手の人間がこれまで、心を奪われるほどに魅力的な謎を運んできてくれたためしはなかった。部下を多く持つような人間は、多少のやっかいごと程度は処理してしまう能力を持っている。お偉方が持て余して馬車道までやってくるということは、たいてい単に彼の風評に関わる、したがって厳重な秘密と、ある種のデリカシーを要するトラブルというだけなのだった。こういう人々は御手洗を、一般より多少定評のある私立探偵と勘違いしてやってくるのである。

平成二年三月にわれわれが関わったあの奇妙な事件も、発端はやはりこういう尊大な人物が運んできたものだった。彼は名を秦野《はたの》大造《たいぞう》といい、クラシック音楽の世界では広く名を知られた声楽家であった。といっても私はまったくそういう事情を知らなかったのだが、彼自身の尊大な態度から、世情にうとい私にも次第に事情が察知されてきたのだ。

彼は横浜市の緑区に邸宅を構えていたのだが、川崎市幸区遠藤町のマンションにも仕事場を持っていて、この仕事場で弟子たちに声楽やピアノを教え、作曲なども行なっていた。仕事のスケジュールが詰まると、何日もこのマンションで寝泊まりすることになり、そのためこの部屋の防音設備は完全だった。

秦野大造はこの仕事場と自宅とをベンツで往復し、週四日ほどは上野《うえの》や江古田《えこだ》の大学へ教鞭をとりに出かけ、少なくとも年三回は自分のコンサートがあると説明した。こういう生活の中で、どうやらわれわれに相談したくなるような出来事に遭遇したらしい。しかし部屋で相対しても、容易にその話にはならなかった。御手洗が、彼の尊大さをなかなか気に入ったからである。

「ぼくのところへ相談に来ようというのは、あなたご自身のアイデアなのですか？」

御手洗が、ごく親しげに言った。クラシックの大家は、いかにもよく通るバリトンで、突き放すように応じる。

「別に私はね、自分のことを他人に相談するのは好まないんだが、私の弟子の一人がね、あんたの名前をよく知っていてね、この頃評判の高い人だから、是非訪ねてみろとうるさく言うもんでね」

「それはそれは」

「今日、ちょうどこっちへ来る用事があったもんでね、それでね」

「警察にご相談なさらなかったのは、案外賢明かもしれません」

御手洗がいたずらっぽい目をして言った。

「私は警察は嫌いでね。それに警察に相談できるような事柄じゃなし、マスコミというハイエナどもの餌食になるのはまっぴらだ。私立探偵なら個人的な秘密も守っていただけるものと思ってね、いかがかな？　そう期待してもよろしいんでしょうな」

秦野は黒々としたひげの奥で、あまり唇を動かさないような喋《しゃべ》り方をする。そして黒縁眼鏡の厚いレンズの向こうから、小さな目ではかるように御手洗を見た。

御手洗という男は、どうしたものかこの種の人物を前にすると、常に快活になる。この時も揉み手をせんばかりの愛想のよさで、

「何より音楽を愛する者同士、そんな心配はいっさいご無用に願います」

と言った。

こういう時の御手洗のたちいふるまいは、はたで見ている者にとって、金づるが目の前に飛び込んできて上機嫌になっている商売人のように誤解されまいかと、心配させられるところがある。事実、さっきからにこりともしない秦野大造は、私の見る限りそう受け取っているふしがあった。

「あんたが事実音楽好きなら、私が誰であるかはもうご存知と思うが、だからこそ今回のこれは、微妙な配慮を要するわけです」

「ああそれならご心配なく。先生のことはまったく存じあげませんので」

御手洗が快活に言い、大音楽家はじろりと友人を睨《にら》んだ。

「あんたは実際のところ、あんまり音楽を好きではないようだな」

「どういたしまして。ぼくはこれでも名を知られた音楽大学に一時期在籍していたこともあります。しかし、最も好きな音楽となると、確かに今のところジャズかもしれません」

「あれか！」

音楽家は軽蔑して鼻を鳴らした。

「軽音楽なんてものは、音楽とは言わんのだよ。ジャズなんてのは、クラシックを簡単にしただけのしろものだ。そんなものを聴いて音楽を聴いたなんて言われちゃ、こっちは大いに迷惑だ」

するとご御手洗は声を殺し、ついにくすくすと忍び笑いを始めた。

「ヨーロッパの一部と日本には、まだまだそんな考え方をする人々が大勢生存しています。ジャズとはすなわち『聖者が街にやってくる』みたいなものだと思っている人たちです。しかしこの曲にしても、メロディやハーモニーが単純なだけで、リズムの表現はそう簡単ではありませんよ。リズムは譜面には表われず、先生が手早く生徒に教えられるものではないです。クラシックがまさにクラシックとなったのは、この点の理解が徹底していなかったからではないでしょうか」

「私立探偵あたりと音楽の議論をしに来たんじゃない。それとも私以上の音楽理論を君が持っているとでもいうのかね？」

「先生が見落としているものを指摘することはできるでしょう」

「なんと！」

大音楽家の顔面にみるみる血が昇った。

「ああいや、誤解なさらないで下さい。あなただけじゃない。多くの歴史的な音楽家でさえ、この種の見落としがあるのです。たった今も、ぼくらはチャイコフスキーの『悲愴』を聴いていたところです」

「『悲愴』か、あれは宝石のような名曲だ」

「同感ですね。あれには死という運命へ向かって進む、軌道上の惑星のような諦観《ていかん》がある」

「そうだ。……あんたも案外いいことを言うじゃないか。私は巨匠カラヤンのものが最も好きだ」

「ぼくが聴いていたのも、まさにその人のものです。彼もあなたと同じ、テンポは自分の子分だと思っている。ところで秦野さんのようなアカデミックな世界の方には、森鷗外《もりおうがい》などひきあいに出すのも一興かもしれませんね。ロシアのあの才能は、たとえば『雁《がん》』にも似た文学的解釈を可能にするところがある」

「カラヤンのものには、まさしくそういう静謐《せいひつ》な響きがある。あれこそが真の音楽だ」

「トスカニーニやクロサワにも似た、軍隊的統制を感じますね」

御手洗が言い、高名な音楽家は首をかしげた。

「君の解釈はどうも風変わりだね」

「そのカラなんとかというおじさんの第三楽章の解釈も、ずいぶん変わっていましたよ」

「カラなんとか……」

音楽家は絶句した。

「一、二楽章は素晴らしいが、三楽章も後半にかかると、ぼくはバスター・キートンを思い出しましたよ。それとも壁の穴に突進するトムとジェリーかな。軍艦マーチの代わりにパチンコ屋の伴奏に使えそうですね」

「何を言うか！」

大音楽家は、ついに立ちあがり、一声わめくと頭から湯気をたてた。

「他人の浮気調査ばっかりをこそこそやっているような探偵ふぜいが何を言う！　身のほどをわきまえろ。あれだけの大音楽家をつかまえて！」

御手洗は相も変わらず揉み手を続けていて、さも愉快でたまらないというように肩を揺すり、くすくす笑っていた。

「秦野さん、葵の印籠でもお持ちですか？」

「何!?」

「あなたはカラヤンという徳川将軍の、御威光の傘《かさ》に守られた水戸黄門なのですよ」

「来る場所を間違えたようだ！」

憤然と言うと、秦野大造は仕立ての良いコートと、黒いカバンをせかせかと手に持った。

「さあどうぞ、お帰りはそのドアから。まだ表の風は冷たい、三月の風が頭を冷やしてくれるでしょう。ただしそうなると、襟もとのその蘭のブローチをくれた女性の行方は、永遠に闇の中ですがね」

ぴたりと、大音楽家の大きな体が停止した。それから、ゆっくりとまた御手洗の方へ向き直った。

「どうして解ったんだ」

これは私の疑問でもあった。それでゆっくりと隣の御手洗を見た。

「そのブローチを、ぼくはちょっとした理由で知っているんです。それは日本にはない。本物の蘭に金箔をかけたシンガポールの特産品ですが、あなたのような高名で地位のある方がつけるには価格が安い」

それから私の耳もとに口を近づけ、

「水戸黄門にはハイカラすぎる」

とささやいた。

「にもかかわらずあなたがこれを大事につけていらっしゃるということは、かけがえのない人からのプレゼントということなのでしょう？」

御手洗が後から説明したところでは、この手の人間が一人で私立探偵のところへやってくる理由は、十中八九女性の問題と思って間違いがないのだそうだ。女性問題以外なら、ほかにいくらでも処理する方法がある。しかし女の問題だけは、発覚すると周囲に弱味を握られて地位が危うくなる。だから秘密裏に処理したいと考えるのだ。御手洗は、別にブローチから推理したわけではなく、秦野の物腰で、はじめからそう見当をつけていたのである。

「まあおすわり下さい秦野先生。カラヤンの解釈など、あなたのもとから消えた大事な女性に較べれば、何ほどのものでもないでしょう」

御手洗が言い、彼はしぶしぶというように、牛のように大きなお尻を再びソファに降ろした。それから、オールバックに撫でつけることによって全面露出した額《ひたい》に、黒い毛が甲に生えた右手のひらをぐっと押しつけていた。

「私は今、柄にもなく参っているんだ。どうしていいか解らない。仕事も手につかないんだ。あれはかけがえのない、天使みたいに天真爛漫《てんしんらんまん》な、そう、ちょうどカルメンみたいな女だった」

「知り合われてどのくらいです？」

「一週間か、六日か、そのくらい……」

「そんなに日が浅いのですか」

「君も誰かを好きになった経験があるなら解るだろう。恋は日数や時間ではないんだ。運命というものなんだよ、そこにあるのは。あれは私の運命だった。あの女こそ、運命だったのだ」

「結婚などという間違いも、多くその種の錯覚から発生するようです。ところでその運命と、どのようにして出遭われたんです？」

「私の教室に、入門を希望してきたんだ、声楽家になりたいと言ってね。歌の才能はさほどのものではなかったが、声は悪くなかった」

「それが一週間ほど前？　正確にはいつです？」

「先週の木曜日だ」

「それから毎日やってきたんですか？」

「特訓が必要だと私が判断したんでね、毎日来るように言った。実際その効果があって、たった二日間で、彼女は目に見えて上達した。この分でいくと、半年経たないうち、音大声楽科の、私が選《よ》りすぐった弟子たちと一緒にして鍛えられるのではと、思われるほどだった」

「なるほど、それは見込みがある女性のようですね」

「そうだ、君のような素人《しろうと》でも解るかね？」

「それで、彼女とどのようなおつき合いをなさったのです？」

「そのような質問にも応えなきゃならんとは思えんが」

「声楽家の才能が素人には推し量れないように、その判断も、こういった問題の玄人《くろうと》にさせて下さいませんか」

「彼女は実に情熱的な女だったのだ。年の頃はまだ二十代のはじめに見えたが、とてもおとなびていた。以前から私のファンだったと言った。私のＣＤはすべて持っていたし、テレビでも何度か私の顔を見ていたそうだ。あの子は現実の私を見るなり、舞いあがってしまったんだ。まあよくあることだがね。

一日目はただレッスンをして、そのまま帰したが、二日目のレッスンの後、彼女が私と食事をしたいと言ったんだ。そこで、仕事場のある遠藤町のマンションの地下にある、和食のレストランへ行った。そこで食事をし終ったら、食前酒が効いたのか、彼女が倒れてしまった。がたがた震えていて、寒いというんだ。私は店の隅のソファに彼女を運んでいって寝かせ、背広をかけてやった。それから医者を呼ぼうかと言ったら、近くのテーブルにいた医者だという男がやってきて、洋子《ようこ》の脈をとったり、熱を計ったりしていた。過労による軽い貧血だというから、しばらくそのまま休ませてやった。十五分もそうしていたろうか、すると元気になった」

「それは心配されましたでしょうね」

「当然だ。彼女は体の弱そうな女性だったからね、細い肩をして、いつも消え入りそうな声で話すんだ」

「美人なのですか？」

「四十七年、いやもうじき四十八年も生きてきているが、あんなに美しい女ははじめてだ。正直に言えば、私は心を奪われた。去られた今、なんともかけがえのないものを失った思いでいっぱいなんだ」

「元気を回復して、それでどうしました？」

「部屋に戻って休もう、と私は主張した。しかし彼女は、そうはしたくないと言った。誓って言うが、私は彼女に対し、なんらのやましい思いも抱いてはいなかった。そう誤解されたのではたまらんと思って、私はそのことを何度も言った。すると彼女はにっこり笑ってこう言うんだ。ああそんなことなんて、ちっとも気にしていませんわ。先生が紳士だということは、私は重々存じております」

「ふんふん」

　すると御手洗の目が、次第に輝きを増したようだった。ごくわずかに、体を前後に揺すりはじめた。これは興が乗ってきた時の彼の症状である。

「いいですね。で、彼女はそれから何と？」

「気分直しにドライヴがしたいと言うんだ」

「なるほど、ドライヴか！」

　手を打って、一声叫ぶように御手洗は言った。

「どこへ行かれたんです？」

「このあたりだよ。横浜を走り、外人墓地や港の見える丘公園あたりで冷たい夜風に吹かれた。洋子がそう望んだのでね」

「その時の彼女の様子はどんなふうでした？」

「どうということはない。気分が治ったとみえて、眼下の街明かりを見てはしゃいでいた」

「はしゃいでいましたか」

「はしゃいでいた。次々にいろんなことを喋った」

「どんなことです？」

「どんなといって、他愛のないことだ。酒のことや、ファッションのこと。海外旅行とか、アメリカ映画のこと、まあそんなことだな」

「なるほど。それであなたは、気持ちをうち明けられましたか？」

「いや、私には自分の気持ちなど人に話す習慣はない」

「その夜は何もなかったのですね、お二人には」

「手もつながなかった、その時はね。それからまた私のメルセデスに乗り、幸区の私の仕事場近くまで戻ってきたら、彼女がコーヒーを飲みたいと言ったので、やはり私のマンションの一階にあるコーヒー屋に入った」

「彼女を送ってはいかなかったのですか？」

「何度も私はそう言ったのだが、彼女がいいと言うんだ。川崎駅から電車で帰るのが好きだと言うんだな。送り狼を警戒してるんだろうが、私はそんなタイプじゃないんだがね」

「どこに住んでいると言っていました？　彼女は」

「横浜駅の西口から、歩いて七、八分のところにあるマンションだと言っていた。入門申込書には、西区岡野二の×の×、ラズベリー・マンション五〇四とあった。一人暮らしかと訊いたら、シーズーという犬と二人暮らしだと言っていた」

「犬の名は何と言っていました？」

「そんなことが重要なのかね？　それは訊かなかったが、人間みたいに感情があるんで怖いと言っていた」

「犬という生きものは、そんなものです。それで？」

「『珈琲芸術』というその店に入ったら、奥になんとさっき和食の店で会った医者がいてね、洋子は近くまで行って、さっきの礼を言っていた」

「なるほど。その夜はそれきりで？」

「洋子が部屋のドアのところまで私を送ってきた……」

秦野大造はそう言って、しばらく口をつぐんだ。どうしたのかと思い、私は顔をあげて音楽家を見た。

「口づけをされたんですね？」

まるで見ていたように、御手洗が厳しく言った。すると驚いたことに、音楽家のひげもじゃの頬に、みるみる朱がさした。

「彼女が抱きついてきたからだ。私は決してそんな不道徳を望む者ではない」

「よく解っておりますとも。それでその夜はお別れに？」

「当然だ。ドアの前で別れ、私は部屋にこもって仕事に精を出した」

「称賛すべき精神力です。並みの男ならそこで猫撫で声を出し、彼女をベッドへと誘ったことでしょうな」

「私はそのような輩《やから》ではない。しかし告白すれば、翌日が楽しみであったことは確かだ。まるで憧れの少女と、翌日教室で会えることを心待ちにする高校生に戻ったようだった」

「音楽家には、そういう感情は必要でしょう。そんなういういしい思いから、幾多の歴史的名曲は生まれています。ご自分のそういう感情を軽蔑してはいけませんよ。それから?」

「ところが翌日、彼女にあてたレッスンの時間になっても、彼女は姿を現わさない。どうしたのかと思っていると、洋子から電話が入った」

「ほう、何と?」

「今横浜駅の医務室にいるんだと。誰かに突き飛ばされて階段から落ちて、医務室に寝かされている、だからそっちへ行くのがちょっと遅れます、とこう言うんだ。気をつけて、と私は言った。それでいったん電話を切ったんだ」

御手洗は、二度三度、ゆっくりと頷《うなず》いている。

「それで? どうなりました?」

「それっきりだ。洋子の消息はぷっつり途絶えた。二度と私の前に現われない」

聞いていて、私は拍子抜けがした。こんな中途半端な幕切れというものがあるのだろうか。

御手洗はというと、同情するような、からかうような、一種気の毒そうな表情で、沈み込んだ秦野の顔を見つめていたが、やがてこう言った。

「そのままですまされたわけではないでしょう?」

秦野は、彼自身の内面の憂鬱《ゆううつ》を語るように、ゆっくりと一度、深く頷く。

「横浜の、彼女のラズベリー・マンションを訪ねてみた」

「いかがでした？」

「引き払ったあとだった。それも、妙なことに屈強そうな男が四、五人やってきて、どやどやと勝手に家具を運び出してしまったそうなんだ」

「ほう」

「引っ越し先は大家に告げていない。私は、彼女の身に何が起こったかと不安になった。洋子は、いつも何かに怯《おび》えるような目をしていた。暖房が充分利《き》いているような部屋でも、ふと見ると、肩が小刻みに震えている時があった。誰かに追われているような様子が常にあった」

「横浜駅の方はどうしました？」

「むろん当たってみたとも」

そこで秦野は言葉を切り、テーブルをじっと見つめて、ひとつ不可解な溜め息を吐いた。

「いかがだったんです？」

「先週の土曜、階段から落ちて医務室に運ばれた女性なんていないというんだ」

御手洗はひどく深刻な顔をして、秦野の顔を見ていた。

「明らかにこれは何かあると思う」

「その点に疑問の余地はないでしょうな」

言って御手洗は、椅子にそり返る。

「彼女の身に何かがあったのだ」

「そうお考えになる理由は、ほかにもありますか？」

「あるとも」

「ほう」

「昨日の、あれは確か六時半頃だったか、いきなり洋子から電話がかかってきた」

「電話が？　何と？」

「ひどく怯えているふうだった。救けて欲しいと言うんだ。今どこにいるのかと訊くと、品川駅前、パシフィック・ホテルの地下のバーだという。フランス産のムード音楽が、電話からかすかに聞こえてきていた。おかしな男に跡をつけられて、知り合いのバーテンのいるこのバーに逃げ込んでいるんだって言っていた。

　警察に報らせたらどうかと私が言ったら、警察に言うほどのことじゃないし、先生がそばに来てくれたら安心だからと、こう言うんだな。そこで私が、今飛び入りの学生のレッスンをつけているんだけれど、じゃあ彼らを待たせておいてすぐそっちへ行くと言ったんだ。そしたら彼女は、それでは悪いわ、その学生さんに、と言う。しかし学生は三人もいたから、何時間待たせたっていっこうにかまわないんだ。何故かというとこの三人、コンサートが近くて、いくらでも自己練習のテーマがあったからだ。三人もいりゃお喋りもできるからね。

それで私はすぐ車に飛び乗って、品川に向かった。電車にしようかとも思ったが、彼女を救出した後も、自分の車がある方がなにかと都合がいいと思ってね」

「よい判断です」

「かなり急いだ。三十分とはかからなかったと思う。車をホテルの駐車場に入れて、地下のバーへ急いで行った。ところが……」

御手洗はじっと聞き入っていて、先を促《うなが》す。

「どうでした？」

「いないんだ彼女は。それだけじゃない、バーテンに洋子のことを訊いてみると、そんな女性は来ていないというんだ。

こんな馬鹿な話はない。バーの隅にはグリーンの電話があった。そこから彼女は私に電話をかけたに違いないんだ。実際天井から、私が聞いたのと同じフランスのムード音楽が降ってきていた。このバーであることは間違いがない。しかし、バーテンは知らないと言うんだ。私の言うような娘が、バーの電話を使っていた記憶はないと言う。

私は狐につままれたような思いだった。近くにもう一軒、品川プリンスホテルというものがある。そっちの間違いかとも思って、そっちも調べてみた。ところがこっちにも彼女の姿はない。のみならず、痕跡すらもない。訊いても誰も洋子を見ていない。それで途方にくれてしまった、というわけだ。これがすべてなんだよ。君、いったいあれは何だったんだろう?」

「川崎の仕事場には、それからすぐに戻られましたか?」

「ああ、ほかにやることもない」

「異常はありませんでしたか?」

「何も。帰ると私はレッスンの続きをやったよ」

「横浜のご自宅の方も、異常はありませんでしたか?」

「何ひとつないね。平穏無事の一言だよ」

「その洋子という謎の女性に、素性《すじよう》について質《ただ》されたことはないのですか? 現在の職業とか、出身地とか」

「そんな時間はなかったよ。親しくなるのはこれからというところだったんだ」

「ラズベリー・マンションを訪ねたことなどは話されましたか?」

「あんな切羽詰《せつぱつ》まった様子でかけてきている電話に、そんな話をしろというのかね?」

秦野が驚いた声で言った。

「常識的に振るまっているばかりでは、意図的に隠された真相を知ることはできません。手術のための鋭いメスは、患部以外をも傷つけるのです。

しかしともあれ、これは予想よりは遥《はる》かに興味深い事件でした。もうお引き取りいただいてけっこうです。お名刺をいただきましたから、必要とあらば、こちらから電話なりファックスなりを入れます」

「金銭面の話はしなくてよいのかね？」

「それは後でけっこうです。ぼくのやり方は型破りでしてね」

「金額も型破りでないことを願うね」

「ぼくもあなたと同じ常識人です。ご心配なく」

「しかし、彼女の名前などは必要だろう？　まだ苗字《みょうじ》を言ってない」

「まったく必要ではありませんね。彼女の写真をお持ちだったり、生年月日をご存知だというなら別ですが」

「そんなもの、知るわけがない」

「むろんそうでしょうとも。ではお忙しいでしょうからこれで」

御手洗は快活に言う。

「また会えるだろうか、彼女と」

立ちあがりながら、著名な声楽家は不安そうに言う。

「不可能ではありますまい」

御手洗はすまして言う。

「しかし、ぼくならもう会いませんね」

2

秦野大造の希望が、自分の身辺に起こった以上のような事件の真相を解明してもらうことではなく、ただ単に声楽家志望のこの女性を捜し出し、再会させてもらいたいという一点にあることは明らかだった。ところが御手洗は、その女性の名前さえ訊かなかった。これではたして捜し出せるというのだろうか。おまけに写真もないから顔も解らない。ただ美人だというだけである。素性も職業も年齢も解らない。かつて住んでいたという住所だけが唯ひとつ解っている事柄なので、この近所を聞き込むという手もないではないが、都会のマンション暮らしは、他人に干渉しないことがルールのようなものであるから、あまり多くは期待できまい。こんな状態で、御手洗はいったいこれからどうしようというのだろう。

私が、以降の彼の動きに注目していたのはいうまでもない。ところが彼は、驚くなかれ何もしようとしないのだった。ただソファにすわり、記号や数字がぎっしりと書かれた何やらむずかしげな薄い本を読みふけり、そうして時々思いついては、どこへともなく電話をする。そういうことが四、五回もあったろうか。

興味をひかれ、どこへ電話したんだいと私は尋ねた。すると御手洗は私の方を振り返り、何でそんなことを訊くんだ？　という顔をした。

「酒場だよ。ぼくの好きな酒が入ったかと思ってさ」

私は、友人の不真面目さにがっかりした。

翌日の丸一日、御手洗は馬車道の事務所のソファの上から一歩も動こうとはしなかった。散歩にも出ず、日がな一日モーツァルトやバッハを聴いて過ごした。そして、われわれが本《もと》宮雅志《みやまさし》と名乗る青年の訪問を受けたのは、秦野大造がわれわれの部屋にやってきた日から数えて、二日後の午前中だった。

青年は優しげな物腰の人物で、常に笑みを絶やさず、終始明るい口調で喋った。

「あのう、ぼくは川崎区の池田というところのレストランSでずっとバイトしてる者なんですけど、最近、変な嫌がらせが店に続くもので、店長もすごく困ってるんです」

「変な嫌がらせ？」

「はい、なんだかもう、わけのわかんない、意味不明の嫌がらせです」

「ははあ、どんな？」

「あのう……」

青年は考え込むように、しばらく無言になった。言ったものかどうかと悩んでいるふうだった。

「便器が割られるんです」

青年の突飛な言葉に、われわれはしばし無言になった。

「何が割られるんですって？」

「便器です。それも、おんなじ便器ばっかり……」

「Ｓというと、郊外レストランですね？」

「はいそうです。関東一円にいっぱいある、駐車場つきのレストランで、ぼくの勤めてるのは第一京浜に沿ってます」

「そのＳのトイレの便器が割られるのですか？」

「そうなんです。男子用のトイレの、一番手前の小児用便器が、いくら直しても壊されてしまうんです」

「ほう、決まった便器ですか？」

「そうです。入って右側、一番手前にある便器です。いったい誰が何故そんなことをするのか、さっぱり理由が解らないんです」

「何回やられました？」

「もう三度です」

「三度？　それはまたしつこいな……、同じ便器ばかり？」

「そうなんです。毎度同じ便器です。ほかの便器が壊されたり、傷つけられたことは一度もありません」

「壊してどうするんです？」

「持ってっちゃうんです。いつも、かけらがほんの少し残っているだけです」

「持っていく？　どうやって？」

「たぶん、バッグにでも入れていくんだと思います。御手洗さん、こんな話、今までにも聞いたことありますか？」

「ありませんね、はじめてです。で、最初にやられたのはいつです？」

「この前の日曜日です」

「日曜日……、ふうん」

御手洗は考え込む。

「発見したのはぼくなんです。午後十時頃ペーパータオルの点検と、ゴミ箱の清掃のためにお客さん用のトイレに入ってみましたら、便器がひとつ消えているんです。びっくり仰天して、だってほんの一時間前にはちゃんとあったんですから。ぼくがそれ、自分で見てるんです。それで店長のところ行って、あれ、工事でもするんですかって訊いたら、何が？　って言います。いや、便器が一個ないんですけどって言ったら、何い!?　って店長もびっくりして、二人でまた確かめに行って、やっぱりないなあって……、店長も口ぽかんと開けて見てました。あはははは」

本宮は楽しそうに笑った。

「それでどうしました？」

御手洗が訊く。

「これじゃみっともないし、なんとなく不潔感があって、お客さんにも失礼だからって、店長が本店に電話して、そしたら今ちょうど新店舗の工事やってて、便器のストックもあるから、明日の朝一番で業者をそっちへやるからって、そう言ってくれたそうです」

「なるほど」

「で、次の月曜日の朝業者が来て、新品の便器つけてったらしいです。ぼくは午前中は店出てないんで解りませんけど、店のほかの従業員がそう言ってたから」

「なるほど。本来ならそれで一件落着だったはずですね？」

「そうなんです。そしたら、火曜日の夕方、またないんです。ほんと、しつこいでしょう？あははははは」

本宮は、しばらく楽しそうに笑った。

「発見したの、またぼくなんです。七時ちょっと前にトイレに点検に入ったら、あれえ、またないってなって……」

「そりゃあびっくりしたでしょうね」

「ええ、そりゃもうびっくり。それでね、店長にまた報告に行ったら、またかよーって言われまして、おまえがやってんじゃないだろうなーって」

「で、何と応えたんです？」

「ぼくじゃないですよーって」

「なるほど。ふうん、おかしな事件だな。便器盗難事件ね、その便器は、変わったものなのですか？」

「いえ全然。ごく普通です。白い、よくある……、でも、その便器だけちっちゃい、子供用なんです。子供用だから、持っていきやすいのかな……」

「いくら小さくても、そのままカバンには入らないでしょう？」

「それは無理ですね、割らないと……」

「では収集しているわけでもなさそうだな。取りはずして、丸ごと店内に持ち込めば目だつでしょうね？」

「そりゃ目だつでしょう」

「布などで覆ったらどうです？」

「それだって目だちますよー」

「そんな大きなもの持ってトイレから出てきた客はいなかったって、みんな言ってますか？従業員は」

「言ってます。そんなことしたら、目だっちゃって大変です」

「ではトイレの窓から表へ出すというのはどうです？」

「そんな窓はありません。開閉できない小さい窓がひとつあるきりですから」

「よく解りました。それで三度目というのは？」

「それが、さっきらしいんです」

「今日？」

「はい」

「やはり同じ便器ですか？」

「そうみたいです。ぼくはまだ見てないんですが、店長がそう言ってますから。でもこれでぼくの疑いは晴れたなあって思って。だってぼくがいない時、こんどは盗まれたんですものね」

「アリバイが証明されない限り、そう楽観はできませんね。盗まれたのは何時頃です？」

「正確な時間は解りませんけど、今午前十一時ですから、たぶん十時か、九時半か、そんなものじゃないかって思います」

「店は何時に開くんです？」

「うちは、二十四時間営業です」

「ああそうですか」

「ええ、ゆうべ、うちの近くのピーコック・バーに行ったら、マスターが、最近このあたりで何か不思議な事件があったら教えてくれって御手洗さんが言ってるって聞いて、それで今の話したら、すぐ報告に行けって言われたんです。でもこんな話でいいのかなって迷ってたら、また今朝便器がなくなったっていうんで、こりゃやっぱり行った方がいいかなって思って、それでこうして話しにきたんです」

「大変参考になりました。この種の奇妙な出来事に遭遇したら、今後も、いつでもお気軽にいらして下さい」

「噂はいつも聞いてましたから、一度お会いしたいなって思ってたんです。あの、今のぼくの話も本になるんでしょうか」

「それはこちらの作家の先生に運動した方がよいでしょう。今後の事件の展開次第では、充分可能性はあると思いますよ。そうだろう、先生。本宮さん、これからどうなさるんです？」

「これから大学の講義にちょっと顔出して、それから、六時になったらSへバイトに出ます」

「それがあなたの、だいたい毎日の日課ですか？」

「はあ、そうです」

「本宮さん、これはよく考えて応えて下さい。この一、二週間のことですが、Sの内部で、何か変わったことはありませんか？」

「何か変わったことですか？」

「そうです」

「たとえば、どんなことでしょう？」

「ぼくの方にもまったく材料がないのでね、限定はむずかしいのです。何でもいい、何ごとか変わったことです」

「従業員の間でですか？　それともお客さんで」

「どちらでもいいんです」

本宮は腕を組み、深く首を垂れて考え込む。

「別にないなあ……、従業員同士で、特別変わったこともないしなあ」

「ではお客さんに関してはどうです？」

「別に、何もないですねえ……」

「そんなはずはないです。こんな不可解事は、何ごとかの予兆でないはずがない。必ず何かあるはずです。たとえば、変わった客の一団がこのところよく来るとか、それが何曜日かに集中するとか」

「いやあ、別にそういうこともないなあ……、特別変わったお客さんっていっても、ないなあ……、じゃあこれ、嫌がらせじゃないんですか？」

「では客同士の事件、駐車場でのこぜり合い、どんなささいな出来事でもけっこうです。きっと何かあるはずです。それもこの一、二週間のうちに。是非思い出して下さい」

本宮はますます深く頭を垂れ、続いて首をかしげる。

「いや、思い当たらないなあ……、なんにも思いつきません。すいません」

「Sの隣り近所の民家まで範囲を広げてもいい、何か事件を聞きませんか？」

本宮は自分の頭を拳《こぶし》で叩きはじめた。しばらくそんなことをしてから言う。

「いやあ、何もないです。すいません」

「そうですか」

御手洗は、ややがっかりしたように言った。その様子から、彼がこの質問にかなりの重きを置いていたことが見てとれた。

「同じ質問を、Sに出かけていって店長にしても同じですか？」

御手洗は訊く。

「同じだと思いますよ。ぼく、店長とはけっこう気が合ってて、よく話しますから。変わったことあったら店長、ぼくには何でも話してくれてると思います」

「便器を割ったり持ち去ったりする時、音だってするし、人に見られる危険性もありますね？　割った便器をしまい込むには大型のバッグもいる。こういうものは人目につくはずです。しかし今まで誰も気づいた人はいないのですか？」

「はあ、いないみたいです。店内は音楽も流れてますし、お客さんの話し声や物音や、外の車の音や、けっこう賑《にぎ》やかですしねー。それに、わりと人がすぐ瞬間ってあるんです。そういう時を見はからえば……」

「そのことは考えています。しかしそうなると、これは一度や二度店に来たくらいじゃ解らない。何度も店に下調べに来ていないとね」

「はい」

「もしそんなふうに下調べした後にやっているとすれば、大変な労力をかけていることになる」

「ああそうですね、はい……」

「とすれば、それだけの労力に見合う大仕事を、彼らはこれからしようとしていることになる。とても嫌がらせというレヴェルじゃない」

「ああ、そうかあ……そうなりますかねー」

本宮は頷いて言う。

「しかも、一人ではできない。今日便器がなくなった時も、従業員は誰も気づいていないのですね？」

「はい、誰も気づかなかったみたいです」

「三度やって三度ともそうなら、なかなかの組織力だ。こういう仕事の玄人かもしれませんね」

「はい……」

「ところで、お客用のトイレは、従業員は利用することはないのですか？」

「はいしません。従業員用は、厨房《ちゅうぼう》の隅に別にあります」

「ということは、従業員は客用のトイレで何か起こっていても、しばらくは解らないということになりますね？」

「はい、はあ……、そうですね。……え、どういうことでしょう？」

「たとえば、『ただ今清掃中』という札を出して客を入れないようにしておく。もし誰かがこんないたずらをしても、従業員側はすぐにはこれに気づかないということになりませんか」

「はい、……そう言われてみれば、そうですね」

「現在Sの従業員は、店長を除けば大半がアルバイトや主婦のパートでしょう？」

「全員そうです。店長は違いますけど」

「よく解りました。話がだんだんに見えてきましたよ。ではもうこれでけっこうです。このメモ帳にSの正確な住所と電話番号、店長の苗字を書いたら、本宮さんは今日のスケジュールをすべてきちんとこなして、午後六時にSへ出て下さい。もしかすると、ぼくも行くかもしれません。あの電話で店長にその旨《むね》伝え、ぼくが行くまで便器はそのままにしておいて欲しいと言ってもらえませんか」

「え？　あ、はい」

本宮青年は立ちあがる。御手洗も立ちあがり、いそいそと先に電話のところへ行くと、受話器を取って青年に手渡した。彼がプッシュ・ボタンを押している間、御手洗は例によって両手を背中で組み、せわしなく往ったり来たりをはじめていた。いつも通りの思考が始まったのだ。

「あのう御手洗さん、今日、いらっしゃれないかもしれないんでしょうか」

本宮が受話器を手でふさぎ、不安そうに訊く。店長がそう訊いているのに違いない。

「残念ながら、事件の本質がまだ見えません。今日の夕刻までにどのくらい見抜けるものか不明ですのでね、今夕の行動はまだ決定できません」

「するとですね、御手洗さんが来られるまで、便器はずっとあのままで……」

「明日になるか、一週間後になるか、現時点では不明です。便器がひとつないくらいで、客足がばったり途絶えることもないでしょう。しかしぼくの考えが正しいなら、そう時間はかからないはずです。これは大事件になるはずだ。あなたはいい時に来て下さった。今日ここへ来て下さらなければ、大変なことになるところだったんですよ。ぼくの言う通りにして下さい。もしかすると池田のSを、廃業の危機から救ってあげられるかもしれません」

「え？　廃業の危機があるんですか？」

「あるいはね」

本宮青年は大あわてで、御手洗の言を店長に伝えている。

それから受話器を置き、じゃあぼくはこれで、と頭を下げて帰っていった。

3

本宮青年の姿が消えると、御手洗はすぐに衝立《ついたて》の向こう側の流しの脇へ行き、私が角を合わせて丁寧に積みあげてある新聞を、どさどさと無遠慮に押しくずした。それからひと抱えばかりの古新聞を手にすると、戻ってきてテーブルの上にどすんと置いた。

「石岡《いしおか》君、予定外の展開になった。もしかすることは急を要する。しかしね、今のところあまりにも材料が少ない。今朝までの二週間分の新聞がこれだ。ここから、何か風変わりな事件の記事があったら捜し出してくれ。それからニュースの時間になったら、忘れずにテレビもつけてくれたまえ」

そして私にもひと抱えの古新聞を押しつけると、せわしなく新聞を繰りはじめた。

これまでも事件によって、御手洗はこういうやり方をすることがあった。推理のために足りない材料を、新聞の中に見出そうとするのである。だが私には、彼のこのやり方は不可解に思えた。

「御手洗、おい御手洗」

「うるさいぞ石岡君、時間がないんだ、直感を働かせてくれ。今回の二つの事件につながりそうな、少々変わった出来事だ。音楽家の仕事場のある幸区遠藤町、Sのある川崎区池田、まずはこの二地域の周辺だ。だが東京の方も忘れないで。品川や、大田、目黒区だ」

「ちょっと待ってくれ。音楽家のもとへ現われてすぐ姿を消した謎の美女と、今回の便器盗難事件とが関連してるっていうんじゃないだろうな」

「賭けてもいいね、石岡君。両者は政治と汚職のように密着している。同じ球根から開花した二つの花さ」

「信じられない。だが、何故急ぐんだ?」

「それを話している時間はない。だがきちんと理由があることなんだ、だからのんびりなんてしていられないんだよ。ぼくを信じてくれ。大きな面倒事が、おそらくあと数時間ののちに迫っている、ぼくの考えが正しければね。説明なんて後でいくらでもできる、頼むから早く言う通りにしてくれ」

断定的に、叫ぶように御手洗は言う。

それからの小一時間を、われわれは新聞の調査に費やした。しかし、めぼしい何ものも発見できなかった。私にとっては目的のはっきりしない、雲を摑むような調査だったわけだが、私の新聞までひったくって、くい入るように見つめている御手洗にとっても、結果はどうやら同じであったらしい。彼の琴線《きんせん》に触れる何ものも、新聞紙上にはなかったのだ。

御手洗は新聞の束をテーブルに放り出すと、いらいらして立ちあがった。前歯を拳《こぶし》で叩いたり、前髪を勢いよく引っぱったりしながら、またせかせかと往ったり来たりを始めた。

「御手洗君」

私はおずおずと呼びかけた。そろそろ空腹だったからだ。正午はとっくに廻っている。

「規則正しい生活が、体には一番じゃないだろうか、よければ、そろそろ昼食を食べないか？」

私が控えめに切り出すと、御手洗はうるさそうに早口で言った。

「ああ、あさっての昼にね！」

それから電話のところへ行き、せわしなくボタンを押した。

「Sですか？　店長の中島《なかじま》さんを。……御手洗と申します」

そして店長を呼び出すと、不審な男の四、五人連れの客がたびたび来るというようなことはないかとか、毎晩決まってやってくるグループはないか、などと尋ね、執拗《しつよう》にくい下がっていた。電話はほとんど二十分も続いただろうか。

「なんてことだ、わけが解らない！」

受話器を戻すと、またフロアの中央に戻りながら、吐き出すように御手洗は言う。

「実に奇妙だ。便器を壊して持ち出されたのに気づかないのは仕方がない。店内で目だった動きをする人間がいないというのも解らなくはない。店長も従業員も忙しいだろう。だが、頻繁にSを訪れる四、五人組などいないというのはどうしたことだ？」

御手洗は、自分がさっきまですわっていたソファの背に腰を降ろす。

「そんな客などいないというのでは、まるっきり話に筋が通らない。いったいどうなってるんだろう、では何のために便器を壊す必要がある？　何のためだ？」

「男の四、五人連れって言ってたね？　常連がいなきゃいけないのなら、女性同士のグループじゃ駄目なのかい？」

私が言うと、御手洗は軽蔑して鼻を鳴らした。鼻先で右手を一回振ると、また立ちあがる。

「男子用トイレの便器が壊されてるんだぜ、石岡君」

ああそうか、と私は思った。

御手洗はまた往ったり来たりを始める。私は立ちあがり、テレビの方へ行った。ニュースの時間だったからだ。

スウィッチを入れると、タンカー火災のニュースに続き、銀行強盗のニュースが読みあげられる。私は緊張する。しかし御手洗の方を振り返ってみると、いっこうに無関心である。

続いて轢《ひ》き逃げのニュース。これにも無関心だ。私ばかりが緊張し、聞き耳をたてる。千葉の国道で、オートバイに二人乗りして走っていた高校生が、後ろから来た乗用車に撥《は》ねられて、一人は即死したというものだった。

続いて政治献金のニュース。さらには地価高騰に対する歯止め案を自民党が提出し、これでは何もしない方がマシだと野党に攻撃された、などというニュースが続いた。こりゃ何も

ないなと思い、私がリモコンでテレビのスウィッチを切ると、

「ちょっと待った！」

と御手洗が叫んだ。

「もう一度つけて、早く！」

またスウィッチを入れると、どこかの狭い公園が映っていた。女性アナウンサーが、こんなふうにニュースを読んでいる。

「去る三月×日、何者かによって傷つけられ、切り倒されかかっていた目黒区五本木三丁目、下馬小公園の針葉樹が、町内の有志や、付近の駒沢大学植物学助教授らの手によって手当てされ、どうやら回復に向かっているということです」

そして枝を切り落とされたり、幹の根もと付近に荒々しい斧の傷跡を白くつけた一本の木が、藁《わら》を包帯のように幹に巻かれたり、突っかい棒をされたりの痛々しい姿で画面に映った。

「ご近所のみなさんの声をお聞き下さい」

中年の男性の顔が映る。

「いやあ、心ないいたずらする人がいるもんだねえ、世の中には。こんなことしても何の得にもなんないだろうにねえ、解んないねえ……。

この公園はさ、見ての通り、こんな猫の額ほどにちっちゃいもんだけどさ、目の前にこう

して駒沢通りが通ってるでしょ？　トラックもほら、ああして、たくさん走ってるでしょ？　排気ガスがすごいんだよね。だからさ、われわれにとってはこのちっちゃい公園もさ、ささやかなオアシスなんだよね。ここにたった一本しかないこんな木、傷めるようないたずらはもうやめて欲しいよね」

なんということもない、ごくありふれたニュースだった。しかし御手洗の目は鋭く光りはじめていて、早足でテレビの方にやってきた。

「これがどうしたの？　ごくつまらないニュースだぜ」

私が言うと、

「ほら、これ」

と画面の隅を指さす。見ると、Sの看板が出ていた。

「あ、Sがあるんだね」

私は頷いた。ニュースになっている五本木の下馬小公園の隣にも、郊外レストランSはあるようだった。しかしそれがどうしたというのか。Sは、関東一円に百店以上はある、一大チェーン店なのだ。

「それがどうしたの？　Sなんてあちこちにいくらでもあるよ。ここは駒沢通りに沿ってるらしいからね、広い通り沿いにはSやDがたくさんあるよ」

しかし御手洗は私の言には耳を貸さず、また横を向き、せかせかと歩きはじめている。

テレビに視線を戻すと、すでにニュースは終り、天気予報になっていたので消した。

「まさか……」

と御手洗の唇がつぶやくのが見えた。私は緊張し、御手洗の顔を注目した。

「川崎区池田、目黒区五本木、幸区遠藤町。池田、五本木、遠藤町……。I、G、Eだぜ、はは、まさか！」

両手を高く挙げ、御手洗はそんなふうに、私にはさっぱり意味不明の言葉を吐いた。

「そんな馬鹿なことがあるはずもない。たまたまぼくの領域というだけだ。神がそんなにジョーク好きなはずもない。駄目だ、こんなことをしていては駄目だ。時間がない。思考の軌道を戻さなくては……。IGEか、IGE……。くそっ、駄目だ。頭がIGEにとらえられてしまった。なんて皮肉な偶然だ。そんなこと、あるはずもないってのに……。何？　IGE？　IGEだって！　石岡君！」

御手洗は叫ぶと、私の方をさっと振り向いた。その目は大きく見開かれ、らんらんと輝いていた。

「今の樹は常緑の針葉樹だった、本当にそうかい⁉」

「は？」

私は驚き、返答に詰まった。御手洗はいらついて、右の拳を振り廻した。

「君、そうだったかい？」

「あ？　ああ……」

「確かだね？　ぼくだけが見たんじゃないね？」

「ああ、それは違う。確かにそうだったけど……、それが？」

「何てすごいんだ！」

御手洗は感動して叫び、激しく両手を振り廻した。

「信じられん、これこそは神の暗号だ！　解るかい石岡君、神が暗号を使って、ぼくにこの事件が何であるかを報せてくれたんだぜ！」

私は驚き、立ちあがる。

「いやまだ解らない、まだ解らないが大丈夫、このキーさえあればきっと解ける。間に合うさ、まだ間に合う。石岡君、頼むからしばらく石像のように黙っていてくれ、少しだ、ほんの少しなんだ……」

言って御手洗は黙り込む。

そうして、また二十分ばかりが沈黙のうちに経過した。やがて御手洗が行動を起こした。電話のところへ歩き、受話器を取りあげて、ボタンを押している。どこへかけているのか。私はじっと黙ったまま、御手洗の動きに注目した。

「秦野さん？　お元気ですか？　一昨日お会いした馬車道の御手洗潔です。ご機嫌はいかがです？　え？　忙しくてあまり機嫌がよくない。なあにご心配なく、今すぐ上機嫌になれますよ。今日中に、例の謎の美女から、あなたにまた電話が入ります。え？ 本当ですとも。何故かって？ そうね、ぼくがそのように手を打ったからです。時間は九十パーセントの確率で午後六時半です。しかしそれ以外の時間帯になるという確率も十パーセントある以上、どうしてもお会いになりたいなら、今からその仕事場を動かれない方がよいでしょう」

御手洗は決めつける。

「そして電話があったら、自分は今、たった一人で仕事をしていること、この点を強調して下さい。ついでに今日一日は誰も仕事場に訪ねてくる予定はないと、そう言って下さい。いや理由は後で申します。彼女に会いたいならそう応えて下さい。でないと彼女は、この前の時のように姿を消して、二度とあなたの前には戻ってこないでしょう。

……さよう、おっしゃる通り、都市の蜃気楼《しんきろう》のような女性です。真に魅力ある女性とは、幻です。彼女たち自身にとってもそうなのですよ。誰もその実体を摑むことはできない。特に女性にはできない。何故なら、女であること、そして魅力ある人格、この両者がひとつの肉体にもし重なっているなら、これはまことに矛盾に充ちた、不安定な瞬間を意味するのです。

……ご心配なく。そんなにむずかしいことではありませんよ。彼女はあなたをどこかへ誘い出すでしょうが、どこへ行ってもかまいません。あなたの身の安全はぼくが保証します。一夜の忘れられない思い出をもし彼女が与えてくれるというなら、黙ってお受け取りになるのもまた一興です。何故なら、今夜を最後にもう二度と、彼女には会うことができないからです。今夜が最後の夜となるでしょう。あなたも、もう一度会おうなど、決して望んではいけません。

彼女から電話が入ったら、すぐに次の番号のところに電話を入れて石岡君を呼び出し、その旨告げて下さい。四九六・五二××です。局番はそちらと同じ。『今電話が入った』電報のようにその一言だけでけっこうです。どんな愛の言葉をささやかれましたかなど、女性週刊誌の記者のようなことは訊きませんからご安心を。それではシャワーを浴びて、髪のお手入れなどどうぞ」

御手洗は受話器を戻す。しかしすぐにまた取りあげ、どこへとも知れない番号をプッシュしている。続いて妙に軽薄な声になり、こんなことを言いだしたから、私は度胆を抜かれた。

「えーと、住宅協同組合さんですか？　あ、違う、お宅、どちらさんでしょう？　私？　私は建設省の住宅問題審議会と申しまして、ただ今電話帳の再チェックをやっております。お宅さんの電話番号をですねえ……、あ、役所なら訊かなくても知っておるだろうと、そりゃごもっともです。ですが今週、うちの電話番号担当者が風邪をひきまして、三十九度五分の熱で、いやもう参りましてね、はっはっは……、ちぇっ！　切られちまった」

「おい御手洗、さっきから何やってるんだ？」

見かねて私が声をかけた。最初は秦野大造にかけ、女性から彼に電話が入るよう手を打ったと言っていたようだが、しかし私が見るところ、どうひいきめに見ても御手洗は何もしていない。部屋の中央に立って、動物園の熊のようにさっきから往ったり来たりを繰り返しているばかりだ。高名な音楽家をぬか喜びさせて探偵料を稼ぐため、適当な出まかせを言ったとしか思われない。

建設省の住宅問題審議会にいたっては、何をか言わんやだ。どこへかけたのか知らないが、頭がおかしくなったのか、そうでないならただの悪ふざけだ。御手洗のやることは、私の目からはいつもとんちんかんだ。

首をかしげている私などには少しも頓着《とんちゃく》せず、御手洗はまた別の番号をプッシュする。往ったり来たりが終ったと思ったら、突然電話魔に変身してしまった。

「戸部署? 刑事課の丹下《たんげ》さんを。私? 御手洗と申します。石岡君、心配しないで。あまり気を遣いすぎると髪が抜けるぜ。冷蔵庫の牛乳でも飲んで胃に膜を作りたまえ。あ、丹下さん! お変わりはありませんか? ……そうですか。お忙しそうで何よりです。……そう、そうですね、刑事が山下公園で釣りができるような世の中になるといいですな。ところで今夕、大事件が起こると思われます。あなたの人生観に立ち入る気は毛頭ありませんが、もし丹下さんの奥さんが、警部補から警部、警視から警視正へと肩書が変化することに反対されるタイプでないなら、今日の午後五時半に、川崎区池田のドライヴイン・レストランS

へ、暴力団担当のこわもて四人ばかりをひき連れて、いらしていただけませんか。どんな事件かって？　それはこれから調べるんでね、まだ解りませんな。ぼくだってさっき聞いたばかりなんです。しかしあらゆる状況が、今夜六時過ぎに当レストランで何事かが起こることを示しています。大丈夫、無駄足にならないことだけはぼくが保証します。事件の規模は小さくないです。Sには、あなたもご存知のぼくの友人、石岡和己《かずみ》氏が五時からずっと待機しております」

え？　と私は顔をあげた。

「すべて彼の指示にしたがって下さい。ぼくが彼の方へ逐一《ちくいち》連絡を入れますので」

「おい、君はいない気か!?」

心細くなって、私は大声を出した。

「今日起こる事件がどのような種類のもので、被害者、加害者はそれぞれ誰か、どの程度の大きさの事件になるか、などは判明するたびに随時ぼくの方からSへ連絡を入れます。以上の件、お解りでしょうか？　……けっこう。ところで今さら言うまでもないことですが、例の白黒の車で堂々とSに乗りつけたり、あまつさえこの派手な乗用車を駐車場にずっと置いておいたり、なんてことはなさらないで下さいね。８８ナンバーも、どうかご勘弁下さい。白のライトヴァンなど大いによろしいですな、中に白いヘルメットや機動隊の盾などが満載されていなければの話ですが。今回の事件の相手は、なかなか手強《てごわ》い知性の持ち主と考えられます。そこでものは相談ですが、丹下さんたちのいつものいでたちですね、貫禄ある背広姿にお揃いのトレンチコートというのも、Sの店内にあってはいささか身分を語ると思われます。奥さんに言って、セーターにジーンズなどを用意してもらったらいかがでしょう。ショート丈のコートとか、ブルゾンなどあればもっとよいですな。目つきもいつもの男性的なやつでなく、新型車を主婦に売りつける時のセールスマンのような、柔和なスマイルでお願いしますよ。……そう、そう、ああ確かにむずかしいですな、お察しはいたします。しかしエアロビクスの会場にまぎれ込んで踊っていろと言われるよりはましでしょう？　……そうです、そうですね。……けっこう、それでは五時半に、どうぞよろしく。石岡君！」

「な、なんだい」

受話器を置くより早く御手洗は言う。

「聞いての通りだ。早くしたくをして、超特急で川崎のSへ向かってくれたまえ。ずいぶん腹が減っているようだから、Sで腹いっぱい食べたまえ。ぼくが電話を入れるからって、緑の電話や赤電話のそばを占拠していなくていいよ。厨房の方にかけるから、厨房の近くにすわっていてくれればそれでいい。

Sへ着いたら店長の中島氏に、五時半に横浜戸部署の刑事が五人ばかり来ること、それから今君が聞いて理解した、大よそぼくが考えていることをすべて、彼に説明しておいて欲しい。解ったらこれでお別れしよう、さようなら！」

「ちょ、ちょっと待てよ！　君が何を考えてるかなんて、ぼくにはまださっぱり解らないよ」

「説明くらいはできるだろう」

険しい顔で御手洗は言う。

「ぼくが一人で行くのか？」

「当然だろう」

「君はどうするんだ？」

「事件を調べるのに決まっているだろう？　今日の夕方、Sで何が起こるのかをね」

「それ、まだ解らないのか？」

「解るわけがない。ぼくだってついさっき本宮君に聞いたばかりだぜ」

「それで警察を呼んだのか!?　それが解らないのに？」

「すべては神のみ心さ。人生ここぞという時は、思いきった博打《ばくち》も必要なんだ」

「なんだかここぞという時ばかりのような気がするが……」

「もし考えている通りだとすれば、今手を打っておかないともう間に合わないんだ。躊躇《ちゅうちょ》している時間なんてない。みすみす大事件が起こり、それを前もって知っていながら、ぼくは何もしなかったと後悔することになる。それを思えば、少々の危険くらい何だっていうんだい。さあもう時間がない。ほら二時が近いんだぜ！　あと四時間と少ししかない。この間に、今夜起こる事件をどこまで予測できるか、これはそういうゲームだ」

「何故六時半だって解る？」

「それを説明している閑《ひま》はない。一人で考えてくれ！」

「しかし君、動くといっても、ヒントや材料はあるのかい？」

「あるとも」

「さっき言ってたIGなんとかってやつかい？」

「IG……？　ああ！　あれは違う。あれはあまりに大きな、本質的な問題だ。病める都市という、この錆びついた金庫へのキーさ。たった今からのぼくの動き方とは関係がない」

「しかし、ぼくも君が聞いたのとまったく同じ情報を、すべて聞いているはずだね？」

「その通り、君もすべて聞いているよ」

「あれだけの中に、今夜起こる事件を推理するすべての材料と、たった今からの君の動き方を決定する、ヒントがあったというのかい？」

「まったくその通りだ、では戸締まりと火のもとに気をつけて。時間がないのでこれで失礼」

御手洗はコートを着ると、さっさと玄関を出ていった。

有名声楽家のところへ現われた謎の美女、彼女の謎の引っ越し、謎の行動、そして川崎区池田の郊外レストランSの、たびたび壊される小児用男子便器――。これに目黒区五本木の、下馬小公園のニュースも加えていいのだろうか。

これだけの出来事の中に、いったいどんな決定的なキーが隠されているというのか。これだけで、今夜川崎のSで、それも午後六時半に、大事件が起こると確信できるものなのだろうか。そしてその大事件がどんな種類のものかを調べることもできるというが——。何故御手洗という男には、そんな不思議なことが可能なのだろう——？

私は一人になった部屋の中央に、しばらくじっと立ちつくした。

4

電車とタクシーを乗り継ぎ、ドライヴィン・レストランSへ着いてからも、私は考え続けた。高名な声楽家秦野大造氏のところへ、入門希望の美女が現われた。毎日やってくることになったが、三日目にすでに、横浜駅の階段を落ちてレッスンに行けないなどと奇妙な電話をしてきた。秦野氏が調べると、こういう事実はなかった。つまりこれは嘘だったということだ。

それからまた、不審な男に跡をつけられているから救けて欲しいという電話を、突然秦野氏の仕事場に入れてきた。自分は品川のパシフィック・ホテルにいるという。ところが秦野氏が大急ぎで品川パシフィックへ駆けつけてみると、彼女の姿は煙のごとく消え、のみならず、最初からそんな女性はいなかったとバーテン氏は証言した。

それからこのレストランSの便器が、たびたび壊されて持ち去られるという事件だ。この両者にいったいどんなつながりがあるというのか。私にはどう知恵を絞っても、両者をつなぐ糸は、片鱗《へんりん》さえ見えてこない。

Sの店長の中島氏は、黒縁の眼鏡をかけた痩せた人物で、髪を丁寧に七三に分け、黒いスーツを清潔そうに着こなした、一見して年齢をはかりがたい様子だった。しかし笑顔や頬の肌の感じなどから推測すると、案外若いのかもしれない。言葉遣いは丁寧で、物腰は洗練されていた。

彼への説明は大いに困った。いつものことだが、私はなにやら御手洗のあわただしいドタバタ騒ぎを見せられただけという印象であったから、彼が何を考え、今回の出来事に対してどのような意図を持っているものか、ほとんど不明だったからだ。私はまるで先月日本にやってきた外国人のようにたどたどしく喋ったので、中島店長としても応対に困ったろうと思う。不審気な表情で、しかし口はさしはさまず、辛抱強く私の話が終るのを待っていてくれた。

「で、そのつまり、戸部署の方から刑事さんが五人ばかりここへ来られるのでしょうか」

「ええ、そういうことです」

その点だけははっきりしている。

「五時半にですか？」

「はあ、そのようです」

「じゃあどこか席をとっておいた方がよいかな……、しかし五時半なら、まだそう混む時間帯ではないから大丈夫だな……。あのう、しかし、そんなに大変な事件が、ここで起こるというのでしょうか」

「御手洗はそう言っています」

私としては、そう言うほかはない。

「はあしかし……、本当なんでしょうか。全然信じられないな。もう私はこの川崎店が六年になりますが、そんな犯罪めいた出来事なんて今まで一回もないですよ。暴走族まがいの連中が来ることはありますけど、それも金土の深夜だけで、まあ今日は金曜ですけど、そんな五時や六時の早い時間になんてね。うちは学生さんや、堅気のサラリーマンの家族連れや、OLなんかが多い、ごくごく普通の平和な店なんです」

「ああそうですか」

「さっき御手洗さんに言われて、電話切った後もさんざん考えたんですが、これはやばいなって思うような、怖そうな、暴力団風のお客さんですね、そういう人が来たっていう記憶もないんですよ。うちはファミリー・レストランですからねえ、そういう人はどっかほかへ行くんじゃないでしょうかねえ」

「ああそうですか」

「ええ、家族連れの人なんかが多くて、日曜日なんて子供の遊び場みたいになっちゃって、ちょっと手を焼くんですが、それにしてもそんな怖そうな人は来ないなあ……。ましてそういう人物四、五人連れの常連なんてね、全然ないですよ。今回だけは御手洗さんの勘違いじゃないかと、私は思うんですがねえ……」

そう言われると、私もだんだん自信がなくなってくる。店内を見廻すと、確かに学生風の平和そうなアベック、近所の主婦たちと思われる女性グループ、いかにも堅気と思われる中年男性が、それぞれお喋りをしたり、新聞を広げたりしている。とてもではないが、こわもての刑事を五人も呼びつけるべき場所とは思われない。忙しい刑事たち五人がここへやってきて、鹿爪らしい顔で長くすわり続けた挙句、結局何ごともなかった時のことを思うと、私は全身に冷汗が噴き出るような心地がする。

「で、私たちは何をすればいいんでしょう?」

「特に何もないでしょう。御手洗が随時電話をかけて指示をすると言ってましたから、彼が何か言ってきたら、それから考えたらいいと思います。ぼくに電話をかけると言ってましたんで、電話が入ったら呼んでもらえませんか?　この席にすわっていますから」

私は広い店内のだいたい中央、最も厨房寄りにいた。厨房との間は、あまり背の高くない衝立で仕切られている。衝立の上部には植木鉢を入れられる凹《くぼ》みがあって、この中に、蔦植物を模したヴィニール製の造花の鉢が並んでいる。席につけば隠れるが、立ちあがれば厨房の内部ほとんどが覗ける。

「ええ、ちょうどいい。うちの厨房にある電話はコードレスなんです。石岡さん宛ての電話が入れば、すぐにここへ持ってきますよ」

「ああ、それはありがたいです」

そして私が食事を終え、お茶を飲んでいる時だった。ようやく電話が入った。目の前にさし出された受話器を耳にあてながら壁の時計を見ると、もう五時が近い。

「石岡君、今からぼくの言う通りにしてくれないか」

耳にあてると同時に、御手洗の声が聞こえてきた。

「誰？　御手洗か？」

「そこに店長はいる？」

「うん」

「じゃあすぐに、すべての窓のカーテンを閉めて廻るように言ってくれないか」

「御手洗が、すべてのカーテンを閉めるように言ってます」

私が中島店長に告げると、彼は真剣な顔で頷き、ウエイトレスの女の子二人ばかりに声をかけ、三人で手分けして店の三方にある大きなガラス窓に向かって歩いていく。客の数はまだ少ないので、カーテンを閉めるのにそれほどの面倒はなさそうだった。

「石岡君、今衝立の前にすわっているんだね？　少しノイズが入る。これはコードレス電話だね？」

「そうだよ」

「好都合だ。じゃあすぐに立ちあがって、衝立の手前、君のテーブル側に垂れたヴィニールの蔦をはねあげて、全部厨房側に垂らしてくれないか。それから衝立自体を少し南寄りに押して。つまり、玄関と反対側の方向へ押すんだ。すぐにやって」

「ああ」

私は受話器をいったんテーブルに置き、言われた通りの仕事をした。

「やったよ」

受話器を取りあげてそう報告すると、

「じゃあ玄関の方を向いて」

と言う。

「向いたよ」

「レジや、ちょっとした小物の売り場があるだろう？」

「うん」

「その右上にミッキー・マウスの時計が壁にかかっている。見えるかい？」

「ああ見える」

「じゃあそっちへ向かって歩くんだ」

「解った」

「……厨房のコーナーへやってきたね？　そこを右へ曲がるんだ。そうすると、そこにだけ木目のテーブルが二つ並んでいるだろう？」

「ああ」

「奥にはトイレがあって、その手前右側にグリーンのカード電話があるね？」

「おい御手洗、いたずらはやめろよ、どっかで見てるんだな？」

「石岡君、カーテンを見てごらんよ、もうみんな閉まったんだろう？　どこから見るんだい？」

私は背後の窓を見た。彼の言う通りで、すべての窓はカーテンを閉じられ、表を走るはずの第一京浜も、沿道のビルの姿も、少しも見えなくなっている。客も少なく、当然ながらその中に御手洗の姿はない。あとは玄関のガラス扉だが、ガラス越しの表には、とび出したS自体の壁の一角と、たった今カーテンを引いた窓の一部が見えるばかりで、外部の建物の姿は望めない。

私は、そばへ戻ってきた店長に尋ねた。

「御手洗は、今日ここへ来たんですね？」

店長は、すると目を丸くして、首を激しく左右に振る。

「いいえ、私は御手洗さんにはまだ一度も会ったことありません」

するると、御手洗のいらいらしたような声が聞こえた。

「石岡君、そんな話は後だ！　店長に言って、トイレの近くのこの二つの席は、しばらく空けておくように言ってくれないか？　それでね、手前側、つまりトイレから離れている方のテーブルに、丹下さんたち戸部署の刑事をすわらせて欲しい」

「え、うん、うん、解った。じゃあ奥の席は？」

「そこに今夜、クリーム色のベンツSELに乗った一団がやってきて、すわりたいと言うだろうからね、すわらせてやって欲しいんだ。今から言うことをメモしてくれないか？」

「待って」

私は受話器をいっ時店長に預け、メモ帳をとり出した。

「ベンツのナンバーは、品川33のね、91××、八十歳くらいの白髪の老人を中心にした、黒いスーツ姿の男たち、おそらく三、四人の一団だ。老人は、椅子でなく、クッションのよい造りつけのソファの方に、トイレの方角を向いてすわる。しかし、老人はすぐに席を立ち、トイレ脇のグリーンの受話器をとって、電話をかける」

「おいおい御手洗、なんでそんなことまで解るんだ？」

「説明は後だと言ったろう！　しかしウエイトレスは、老人におかまいなく注文をとりに行ってかまわない。老人のオーダーは減塩の玄米粥《げんまいがゆ》だ。さてここまでは、今夜そこで、絶対確実に起こる出来事だ。ぼくは脚本を入手したんでね。今言ったナンバーのクリーム色のベンツが駐車場に入ってきたら、お巡りさんと一緒に、せいぜい君も緊張して欲しい。さっき言ったことは演劇のようにそこで確実に起こるが、これに加え、どんな突発事件が上載せされるかは、ぼくにも少々予測がつきかねる。今のぼくの説明を、すべて丹下さんに伝えて欲しい。そばにいる店長にもだ。伝え終ったら、厨房の近くのもとの席で待機してくれていてい い。衝立を少し動かしたから、君の席から、丹下さんたちの席は見えるからね、彼らを注目しているんだ」

「今どこにいるんだ？」

「ぼくかい？　恵比寿《えびす》だよ」

「恵比寿？　またどうしてそんなところへ？　それから、またなんでそんなところから、こっちの様子をそこまで……」

「悪い癖だぜ石岡君、今のんびりお喋りしている時間はないんだ。同じことを何度も言わせないでくれ」

「君はどうするんだ？　来ないのか？」

「行けるとは思うが、はたしてショーに間に合うかどうかは不明だね。こっちはあまりに忙しいんだ」

「いったい何が起こるっていうんだ？」

「もう少し調べたいんだ。ほとんど解ったが、でもあんまりあてずっぽうは言いたくない。人命にかかわるかもしれないからね」

「本当なのか⁉」

「もう少し時間をくれたまえ、また電話をする。ただ君も、そのくらいの重大事だってことは憶えておいてくれよ。でもあわてることはない。ショータイムのスタートには合図がある。それまでリラックスしていていいんだ」

「どんな合図だっていうんだ？　開幕のベルでも鳴るっていうのか？」

「その通り、ベルが鳴るよ」

「どこの⁉」

友人が、またあくどい冗談を言ってからかっていると私は考えた。

「君が今手に持っているその小さな機械だよ」

「小さな機械？　手に持ってる？　ああ！　電話か」

「その通り。そこに秦野大造先生から電話が入ってくる。例の謎の美女から連絡があったといってね、それが開幕のベルだ」

「え？　ここへ入るのか？　彼からの電話……」

「ちっ、ちっ、石岡君！　さっきぼくが彼に電話してたの、横で聞いてただろう？　しっかりしてくれよ。秦野さんからそっちへ電話が入らない限り、ことは決して始まることはない。すべては、秦野さんへの美女からの電話を合図に始まるんだ。解ったかい？」

「まあね、ちんぷんかんぷんだが、君の説明だけは理解したよ」

「今はそれで充分さ。原稿にする時までにすべてを把握すればいいんだよ。ではまたあとで」

がちゃん、と電話は切れた。

5

五時半きっかりに、丹下刑事はSのガラス扉を押して店内に入ってきた。いつも通りオールバックに撫でつけた髪の下、鋭い目はらんらんと光り、唇は誰かを叱りつけようとする前ぶれのようにへの字に結ばれていて、非常にとっつきの悪い印象ではあったが、続いて入ってきた四人の大男に較べれば、彼の顔も破格の愛想のよさだったといえる。

四人の男たちは、まるきりの暴力団、それも彼らのうちからとびきりのこわもてを選りすぐったようだった。彼ら一団が店内に入ってきたとたん、私も店長の中島氏も、思わず青ざめたくらいである。ウエイトレスの女の子たちは小さく悲鳴をあげ、衝立の陰に移動してしまった。

中島氏はそれでも店長だから、私が目で合図をすると勇敢に彼らに近づいていき、御手洗が指示したトイレの近くのテーブルに、五人を案内した。それからうち合わせ通り補助椅子を丹下の隣りに置いたので、私は彼らが席に落ちつき、ウエイトレスがこわごわ水のグラスを運んでいくのを待ってから、丹下の隣りへ出かけていった。

「や、こりゃ石岡さん、ご無沙汰してますな」

丹下刑事は元気よく言った。彼の大声はいつものことである。

「あ、どうもご苦労さまです」

私は言った。

「この目つきの悪いのがうちの四課の連中で、私の横から青柳《あおやぎ》、角田《かくた》、藤城《ふじしろ》、金宮《かなみや》といいます」

丹下は自分を棚にあげてそう言い、彼の言に合わせ、凶暴そうな男たちが次々に私に会釈を送ってくるのは、ずいぶんと不思議な眺めだった。

「ちょっと目つき悪いから、スタンバイに入ったら、新聞や雑誌読ませたり、眼鏡かけさせます」

「はあ……」

それがよいでしょう、と言おうとしたが、恐いのでやめておいた。

彼らはグリーンや茶の厚手のシャツに、どこかの工務店の名前が胸に金文字で刺繍《ししゅう》されたねずみ色のジャンパーを着ていた。少々体格のよすぎる工務店の従業員に、無理をすれば見えないこともなかった。

一番ユニークだったのは丹下で、目もさめるようなブルーの地に白い雪だるまが描かれ、男女一組の子供がこれにとりつき、周囲を犬が一匹走り廻っているという絵が編み込まれた、上に載っている顔にまことに似つかわしくない、愛らしいセーターを着ていた。

私が珍しげにセーターに注目していることに気づいたのか、丹下は、

「いや女房の弟のを借りてきましてね」

と急いで言い訳をした。

彼らの席へやってくる途中、玄関のガラス扉越しの駐車場に、私はちらと白いライトヴァンを見た。丹下はこわもての人物だが、上からの命令に対してはすこぶる忠実だった。これは彼の美点だと、御手洗も常々言っている。

「さて、今夜は何が起こると言われるのです?」

丹下がすわり直して私に訊く。

「ええ……」

手際よく、しかもすべてを整理して説明しなければいけないぞ、と私は自分に言い聞かせながら、ゆっくりと話しだした。

長い話になったが、丹下はじっくりと聞いていて、終ると、むずかしい顔つきがますます険しくなった。

「つまりあれかな、順番としてはこうかな。その秦野大造という人のところへ、その素性不明の謎の女から電話が入る……、これは秦野さんに会いたいといって入るんですな？……それから、これが石岡さんのところへ報告という形で入って、すべてが始まると。

品川33のね、91××のクリーム色のベンツSELが外の駐車場にやってきて、八十歳の老人を中心とした黒服姿の男三、四人の一団がここに入ってくる。彼らは特に案内されなくてもあの席にすわる。老人はこっちの壁ぎわの、クッションのいい、造りつけのソファの方に、トイレの方角を向いてすわる。ところが老人はすぐに席を立ち、あのグリーンの電話に行って電話をかける。

しかしウエイトレスは、老人におかまいなく注文をとりに行く。老人のオーダーは、減塩の玄米粥だと。減塩の玄米粥なんてメニューあるのかいな？　そのメニュー、ちょっとこっちへ貸してくれ。……ああ、あった。確かにあった。これが玄米粥だ、写真も出てる。しかしね……、本当にその通りのことが起こるの？　それじゃまるっきりお芝居だよ。御手洗さんは、脚本を入手したって言ったの？」

「ええ、そうです。そう言いました」

「まあ、あの人らしい言い方だから。それにしてもね……、にわかには信じられんな、いくらなんでもね、人間の動きがそんなに判で押したようにね……、だって未来のことだからね、そんな予想通りにゃいかんでしょう。それともその連中は役者さんかなにかなのかな？

なにかの理由で、そういうお芝居をここでやるわけ？」

「さあ、ぼくの方はなんとも……」

「まあ信じられんわなあ……、そんな寸劇ここで演じたところで、どんな意味があるってんだい？　誰が得するの？　第一誰が観るってんだい？　あの席、ほら、店内のカギ形に曲がった一番隅っこだよ。まわりに席がないんだよ、ここしか。てことは、観客一人もいないんだよ、この席のわれわれしか。店の連中も、ウエイトレスも観ないよ。あっち、あの衝立の方に立ってるんだものな、ほらあんなふうに。じゃあ俺たちに観せるってのか？　あなたどう思います？　石岡さん」

「さあ、ぼくの方はちょっと……」

「それで、その後、人命にかかわるような、なにか重大な出来事が起こるっていうんですな？」

「はい」

「それでわれわれが呼ばれたわけだ。しかし今の石岡さんの話では、それがどんな出来事なのかまだちっとも解らないと、こういうお話でしたな」

「そういうことです。御手洗が、あてずっぽうを言いたくないからもう少し時間をくれと……」

「ほうほう、あてずっぽうを言いたくないからね、すると今までのはあてずっぽうではないのですな」

「さっきお話ししたことは、演劇のように今夜確実に起こることだと言ってます」

「とにかく、石岡さんの方に、またあの人から電話が入るんですな?」

「そうです。入ります」

「じゃあそれを待つしかないな。クリーム色の大型ベンツに黒服三、四人というと、どうもこりゃ組関係らしいな」

丹下がつぶやき、私はまた冷汗が出た。しかしそんな恐ろしげな男たちがこの店にやってきたことなど、この六年間というものただの一度もないと、店長の中島氏は断言するのである。

「それで、まずはその秦野さんから石岡さんに電話が入ると?」

「ええ」

「われわれがスタンバイに入るのはそれからでいいんですな?」

「そういうことです」

「解りました。じゃあちょっと軽く飯でも食っとくか、おい、決まったか?」

丹下はメニューをもう一度開く。私は立ちあがり、衝立の前の自分の指定席に戻ってきた。壁の時計を見ると、もう六時を二分廻った。そろそろだろうか。

御手洗の言う通り、衝立を動かし、ヴィニール製の蔦をはねあげたから、私の席から丹下たちのテーブルがよく見えた。丹下は相変わらずの鹿爪らしい顔をして、オーダーをとりに来た女の子に料理を指示している。女の子が帰っていく。これから料理がやってきて、彼らが食べ終るまでには少々時間があるだろう。

私はもうすっかり冷めてしまった紅茶をすすりながら、ぼんやりと丹下たちを視界にとらえ、今夜ここで起こると思われること、そして御手洗がこれまで私に言った内容を順に考えていった。私の思考は、また例によって、御手洗の謎のような多くの発言の真意に少しも追いついていなかったので、順番に思い出し、整理をしてみようと思った。

ところがこれは少しもうまくいかず、気になっている発言ばかりが順不同で私の脳の内に出現する。まずは彼が今恵比寿にいると言ったことだ。恵比寿という場所がまた突飛で、私の意表を突く。何故御手洗はそんなところにいるのか。これまでに得たどんな材料から、恵比寿へ行く理由が生じたというのか。

それから人命にかかわる重大事だとも言った。そのつもりで心して欲しいとも。

さらには彼らがここへやってくる車の車種や、ナンバーまで言い、これに乗ってくる者たちの年齢風体《ふうてい》から、店内でとる行動まで予告した。これが解らない。この予言が当たるのかどうかはまだ不明だが、もし正解だとすれば、そのような不思議な予見が何故あの男に可能なのだろう？

解らないといえばこれもそうだ。御手洗は私の行動を逐一どこかで見ているようだった。

まるで閉めたカーテンを透視するとか、天井を蓋《ふた》のようにぱかっと開けて、上から見ていたようだ。思わず上を見あげた。むろんそこには無事に天井が存在する。あれはいったい何だったのだろう。まるで手品でも観せられているように感じた。

例によって答えが解るわけでもないのだが、手持ち無沙汰だから私は考えを続けた。思考はますます五里霧中の渦の中にはまっていくようだったが、ほかにすることもない。

やがて丹下たちのテーブルにささやかな夕食が運ばれ、彼らはめざましいスピードでそれらを胃袋に収めはじめた。一人の料理が遅れて運ばれてくる頃には、先に届いているもう一人の皿は空になっているという調子だった。

私は彼らの席の左上方にある、ミッキー・マウスの壁掛け時計を見た。すでに長針が真下をさしている。つまり午後六時半ちょうどだった。玄関のガラス扉越しの表には、薄闇が迫っているらしかった。私のテーブルに、黒いコードレス電話がさっと置かれた。その途端、ベルが鳴った。見あげると、本宮がやってきていて、彼の切羽詰まったふうの顔がそこにあった。始まった！

「ぼくが来ました。何かありましたら、何でもぼくを使って下さい」

彼は言い、受話器を取ってどこかを操作して通話状態にした。そして渡してくる。

急いで受話器を耳にあて、もしもしと言うと、聞き憶えのある太いバリトンが、せき込むような調子で言う。秦野だ。

「あ、石岡さん？　あの人はそこにいるの？」

「御手洗ですか？　いや、いないんです」

「あそう、弱ったな」

「でも、すぐに電話が入りますよ」

「じゃ伝えて欲しいんだ。今、洋子から電話が入った。私に会いたいと言っている。でもね、今回のはどうも大変らしい。命が危ないって言うんだ。このところずっとおかしな男に跡をつけ廻されていて、何度か危険な目にも遭っているらしい」

私は緊張した。では人命にかかわるかもしれないというのは、彼女のことだったのか——。

「ぼくは、ちょっと判断できかねます。とにかく御手洗に伝えますが、秦野さんはどうなさいますか？」

「泣いてるんだよ、洋子は。だからね、行かないわけにはいかんだろう。今からすぐ行くよ」

「そうですか。しかし危険がありそうですから、くれぐれも気をつけて下さいよ」

「うん、なに、学生時代柔道をやってたからね、たいていの相手にはひけはとらんよ」

「また連絡を入れてくれませんか。御手洗がどう言ったかもお伝えできると思いますし」

「まあ、できることならそうするよ。車で行くつもりだからね、それじゃ」

「どうぞお気をつけて」

電話が切れた。受話器のスウィッチをオフにして、店内を素早く見廻すと、そろそろ混みはじめている。あまり派手な動きをすると人目をひく。私はそばにひかえている本宮に、小声で耳うちをした。

「あっちのテーブルの刑事さんたちに、秦野さんから電話が入った、スタンバイ頼むって、そう伝えてもらえませんか」

本宮は、緊張した表情で深く頷き、丹下の方へゆっくりと歩いていった。いよいよ戦闘開始の合図が入った。私の心臓は緊張で高鳴る。

どこかでまたベルが鳴っていた。何だ？　とあたりを見廻すと、私の目の前に置いた受話器が鳴っているのだった。レストランへの用事かもしれなかった。少し迷ったが、かまわずスウィッチをオンにした。

「もしもし」

「石岡君かい？　落ちついてよく聞いて。恐れていた最悪のケースだ。殺人が起こるよ」

「やっぱり!?」

思わず、小さく叫んでしまった。

「今、秦野さんからこっちに電話が入ったよ」

私は言った。

「秦野さんから？　ああそう」

御手洗は言う。

「たった今、例の彼女から電話が入ったんだって。もうずっと命を狙われていて、危険なんだって。電話口で彼女は泣いていたって、そう彼は言ってたよ」

「ああそう。それで店長にね、厨房にある勝手口のドアから、駐車場をずっと見張っていて欲しいと伝えてくれないか。そのドアから駐車場が全部見渡せるんだ。品川33のね、91××のベンツがやってきたら、すぐに君が合図をもらい、丹下さんたちに伝えるんだ。殺人は店内で行なわれるとは限らない。もし駐車場で何かあったら、厨房からそう報せてもらい、君が刑事たちを指図して、すぐ表へとび出すんだ。解ったね？　厨房から丹下さんたちのテーブルは死角になる。君が中継点にならなくては駄目だよ」

「解ったけど御手洗、秦野さんの方はどうするんだ？」

「え？　誰だって？」

「秦野さんと、例の彼女だよ！」

「ああ、放っとけよ、そんなの」

「な、なんだって⁉　命にかかわるって言うんだぞ。君もそう言ってたじゃないか。彼女は泣いてたって言うんだぞ！」

「泣かせておきゃいいじゃないか、そんなの」

うんざりしたように、御手洗は言った。

「な、なにを言ってるんだ！　人の命にかかわるかもしれないから心しろって自分で言っておきながら……」

「それは趣味の悪い高級車でそこへやってくる、黒服のおじさんたちの話だ」

私は言葉に詰まり、頭が混乱した。

「……え？　そうなのか？　しかし、じゃあ秦野さんからもし電話があったら、どう言えばいいんだ？　君のリアクションを伝えるって約束してしまったんだぞ、ぼくは」

「電話なんかあるものか。再会の喜びで、あの先生は一晩中夢中さ」

「そんなの解らないだろう？　あの調子なら、きっと電話してくるぞ」

「秦野さんはどこへ行ったんだい？」

「え？」

「彼女はどこにいて、どこへ来てくれって彼に言ったんだって？」

「そ、それは……」

私はまた言葉に詰まった。それはうっかり聞き洩らした。

「それはうっかり……、でも車で行くって言ってた」

「しっかりしてくれよな石岡君、そんなに彼女の身が心配なら、居場所くらいはちゃんと訊いといてくれ」

「…………」

「もし電話があってもね、こう言えばいい。泣いてる子供には、飴玉をあげれば泣きやみますよとね。もっともこの飴玉は、五十円じゃなく五十万円のブランド物なんだろうけどね。ま、われわれには関係のないことさ。そんなやっかいごとに縁がなくて、お互い幸せだね石岡君。今から言う通りにメモをしてくれ。店内が混んできてるだろうから、目だたないようにしなくちゃいけない」

「ちょっと待って……」

急いで、私は手帳を用意した。

「いいかい？　ベンツでやってくる一団のうち、白髪の老人が店内あるいは周辺で狙われる。犯人は外部からやってくる。人数は不明だがおそらく一人ないし二人。未然に防ぎ、犯人を捕らえられたたし。ベンツの到来は石岡が手の合図で報せる、よってこちらをずっと注視していること、とね？　書いた？」

「ちょっと待って、……ああ、いいよ。書いた」

「石岡君？　トイレに行きたいかい？」

「え？　ああ……、そうだな、少し」

「じゃあすぐトイレに行き、そのメモをたたんで丹下さんたちのテーブルに放り出してくるんだ。トイレは素早くすませて、できるだけ早くその席へ戻ること、いいね？」

「解った。君は？」

「そっちへ向かう。じゃ後で」

電話が切れる。私は手帳を一ページ破り、たたみながら電話のスウィッチを切り、大あわてで立ちあがる。丹下たちを見ると、丹下を除いて全員が眼鏡をかけ、二人が新聞を広げていた。

6

私は衝立から少し遠ざかる位置に椅子を引き、なんとなく厨房の方を見るようにしながらすわっていた。視界の左側の隅には、むろん丹下たちのテーブルもとらえ続けていた。中島店長たちにはすでに御手洗の考えを話してあるから、勝手口のドアを開け、厨房のスタッフの誰かが駐車場を見張っているはずである。

店内はすっかり混んでしまった。私の隣のテーブルにも、若い女性の三人連れがすわってさかんにお喋りをしている。そろそろ夕食時のピークなのだろう。壁の時計は七時を廻った。

二人用の小テーブルとはいえ、食事を終えていつまでも席を占領しているのは気がひける雰囲気になってきた。そんな私の気分を察したらしく、本宮が紅茶とチーズケーキを運んできてくれた。これを時々かじるが、緊張しているので少しも味を感じない。丹下たちはと見ると、さすがにさっきから悠々としている様子だ。私のところから見て、丹下の顔がずっと真横を向いているので、おそらく彼も、視界の隅で私を見ているのに違いない。

衝立の向こう側に、血相を変えた中島店長の顔が駈け寄ってきた。小さく、鋭く、駐車場の方角を指さしている。来たのだ！　私も緊張した。丹下に向かって少し右手をあげ、大袈《おおげ》裟《さ》にして店内の人目をひかないよう気をつけながら、短く鋭く、駐車場の方を示した。

椅子の背にそり返り、のんびりした様子で煙草を喫《す》っていた丹下たちだが、そんな様子のままで、大きく頷くのが私の席から望めた。私の合図を受け取ったのだ。と同時に、テーブルの上に新聞を置いていた金宮や藤城たちが、再び新聞をとりあげて顔を隠すのが見えた。

玄関のガラス扉のところに、体格のよい黒いスーツ姿の男が一人、ぬっと姿を現わした。ガラス越しに店内をしばらく見ているふうだったが、ガラス扉を押して中に入ってきた。

レジのところにいた女の子が一回頭を下げ、何事か言っている。いらっしゃいませと声をかけたのだ。黒いスーツの男は女の子のそばに寄り、丹下たちの隣のテーブルを指さして何か言っている。次の瞬間、くると背を向け、またガラス扉を押して表へ出ていった。例の席が空いているかと訊いたのだろう。

しばらく見ていると、ガラス扉の向こうのわずかな隙間に、ベンツのものと思われるクリーム色のボディが少しのぞいて停まった。わずかに上下動しているように思えるのは、ドアが開き、人が降りているのだろう。

ガラス扉の向こうに、さっきの黒服がまた現われた。年の頃は四十くらいだろうか。続いて頭が白い、痩せた和服姿の老人が現われ、黒服の背後に立った。

黒服がガラス扉を開き、とってを持ったまま、うやうやしく道をあけた。老人が店内に入ってきた。ゆっくりした足どりだが、決してよろよろとはしていない。まだ矍鑠《かくしゃく》としている。続いて黒服が、せかせかと店内に入ってきた。

すると別の黒服がまたガラス扉の向こうに現われ、閉まりかけるガラス扉を右手で受けとめ、再び開いた。店内に入ってくる。

老人は先頭にたち、知らん顔をしている丹下たちの横を通って壁の陰に消える。続いて二人の黒服も消える。丹下の目だけが動いて、彼ら三人の行方を追っている様子だ。私の席からは死角になっている、例のトイレ近くのテーブルについたのだろう。御手洗の予言通りに事が進行している。ガラス扉の方を見ると、ベンツが動きだし、姿が消えた。駐車場に停めてから、おそらく運転している男も、三人を追って店内に入ってくるつもりなのだろう。

予想通りだった。もう一度ガラス扉がやや乱暴に開き、やや若く見える黒服が、小走りで店内に入ってきた。距離が遠いから彼らの表情は見えないが、三人が三人とも、異様な雰囲気を発散しているのは明らかだった。

女の子が、彼らのテーブルに水を持っていった。まず水を運び、しばらくしてからもう一度オーダーをとりに行くのだろうと思っていたら、壁の陰からなかなか出てこない。何かことが起こったのではと心配になったが、丹下が彼らのテーブルにじっと目を据えているふうなので、何かあれば彼が動くだろう。そう考えてじっとしていた。

女の子はやがて壁の陰から出て、厨房前のカウンターまで戻ってきた。奥に向かって何か言っているから、もうオーダーをとってきたのだろう。

彼女のすぐ横に中島店長が立っていたので、少し間を置き、彼と目が合うのを待って、そばに呼んだ。彼が、例によって緊張した顔を近づけてくる。

「オーダーの中に、玄米粥はありましたか？」

私は尋ねた。

「ありました」

彼は応えた。やはり御手洗の予言通りに事が進行している。

「老人の分ですか？」

「そのようです」

「老人は造りつけのソファの方に、トイレに向かってすわりましたか？」

「はい、そう言ってます。またレジにいた女の子の話では、老人は席についてほどなく立って電話の方へ行き、電話をかけたようです」

まるきり御手洗が脚本を書いたお芝居のようだ。私は時々あの男が恐ろしくなる。まるで神のように、人間の心理や、将来の動きを見通すのだ。

「この電話、どうしますか？」

店長が、私のテーブルの上に置かれたコードレスの電話を指さして言った。

「御手洗から連絡が入るかもしれませんので、もう少し置いておいて下さい」

店長は頷き、それじゃ、と言って厨房の方へ戻っていった。

緊張のうちに、五分十分と時が過ぎていく。黒服たちのテーブルに向かって、少しずつ料理が運ばれていく気配だ。

まだ何事も起こらない。しかし、こうしている次の瞬間にも、殺人が行なわれようとしているのだ。しかも私の目の前で。

いったいどんな形でそれが起こるのか。どんな人間がやってきてこれを行なうのか。御手洗は外部の人間だと言っていた。私は、これから起こるはずの出来事に先廻りし、予測しようと懸命に頭を巡らせていた。

丹下も、心細くなったのか、それとも判断に迷うのか、指示を仰ぐようにこちらをちらちらと見る。しかし私としては、どうすることもできない。これから何が、どんなふうに始まっていくのか、まるで見当がつかないのだ。教えて欲しいのはこちらだ。丹下の視線を痛みのように感じながら、じりじりとした思いで椅子にすわり続けた。丹下の左頭上にある掛時計は、七時四十分をさした。

小さく、ベルが鳴った。私の鼻先だ。こんなにささやかな音色に感じるのは、店内がずいぶんざわついているからなのだ。しかし私には、秋の虫の音《ね》のようなその音が、耳もとの爆音のようにも感じられた。大あわてで受話器に手を伸ばしたので、コップの水をひっくり返しそうになった。

「はい」

「石岡君、彼らはそこへ来たかい？」

「来た、来たよ！　黒いスーツの男が三人、白髪の老人が一人だ。君の言う通り、老人は玄米粥を注文して、今食べているところだ」

「まだ何も起こっていないかい？」

「まだ何も起こっていない。丹下さんが動かないからね」

「よかった、よく聞いて。石岡君、ライダーズ・ファッションの男だ」

「ライダーズ・ファッション？」

「そうだ。ヘルメット、革つなぎ、ブーツ、あるいはジーンズに革ジャンパーかもしれないが、こういういでたちである可能性が、八十パーセントを越えるね」

「人殺しの風体かい？」

「そうだ。こういう男が店に入ってきたら注意して。そこがSであるのは大いにありがたいね。ウエイトレスが入口で客をいったん停めて、席へ案内しようとするだろう？　それがSの習慣だ。これを無視してつかつか店内に入ってくるような奴が怪しい。こういう男が黒服たちのテーブルへと直行し、老人に面と向かって突っ立つようだったら、間違いなく懐《ふところ》に拳銃を呑んでいる」

「射殺？」

「九十五パーセントの確率でピストルを使うね。標的は老人だ。こういう動きをするそんな風体の男がいたら、有無を言わさずとり押さえるんだ。拳銃を発射する前にだ。万難を排して、必ずやりとげて欲しい。事前にこれだけ情報が入っていて、それでも失敗するようだったら、次からはガールスカウトを頼むと、そう丹下先生に伝えてくれ」

「ああ……？」

緊張しているものだから、私は御手洗の冗談を理解する余裕がない。

「それからもう一点、刺客は一人のように見えても、必ずどこかにもう一人いる。これを忘れないで」

「ああ解ったよ。でも早く来てくれ」

「一人で頑張るんだ。今後もこういうことはある。いつもぼくがそばにいるとは限らないんだぜ」

待って、と言う間もなく電話は切れた。

スウィッチを切り、私は迷った。たった今の御手洗の言葉を、いったいどうやって丹下に伝えたものかと思案したのだ。

立ちあがり、丹下のそばへ行って直接口頭で伝えるのが一番確実で、手っとり早いのは確かだが、人目にたちすぎる。店内の人の目はともかくとして、黒服たち四人の注目をひくのがなによりはばかられた。

かといって、本宮かウエイトレスに伝言を頼むのは間違いが生じる危険がある。間に人を介すると、予想もしない聞き間違いや、勘違いが起こることがある。他のことならともかく、これには人命がかかっている。いい加減なことは許されない。

迷ったあげく、私はもう一度丹下にメモを渡すことにした。これが一番考えがまとまるし、確実だ。

手帳を一ページ破り、簡潔で的確な表現を心がけながら数行の文章を書いた時だった。予感めいた思いにとらわれ、ふと顔をあげた。

玄関のガラス扉が開き、一人の背の高い男が入ってきたところだった。黒一色の革のつなぎを着て、白いヘルメットを被っていた。まるで西洋の甲冑《かっちゅう》のように、顎のあたりにも白いガードが前方に向かってとび出していた。

レジのところにいた女の子と向き合っても、彼はヘルメットをとらなかった。女の子がレジ脇のポケットに入っていたメニューを引き抜きながら、いらっしゃいませと声をかけ、頭を下げても彼は応じず、右手をちょっとあげて彼女の動きを制してから、店内を指さしている。その手に、手袋ははめていなかった。そして次の瞬間、つかつかと店内に入り込んできた。その様子は、店で今食事をしているはずの友人の様子をちょっと見にきた、とでもいった感じに見えた。

ライダーはヘルメットもとらず、ウエイトレスをレジのあたりに置き去りにしたまま、一直線に黒服たちと老人のいるテーブルに向かっていく。

「来た！　来た！」

そんな言葉が爆発的に頭の奥で渦を巻いた。喉はからからに渇いている。

革つなぎの男の歩みは、スローモーションのようだった。ゆっくりと、丹下の椅子の横を通りかかった。

殺人者だ！　やってきた！　この男が殺人者であることを知る者は、今この場に、私しかいないのだ。誰でもない私が、しっかりしなくてはならない。

男の手が懐に入る。拳銃にかかったのだ。大変だ！

「丹下さん！　そいつだ！」

私は店中に響く大声を出していた。

店内が一瞬水を打ったように静まり返り、客全員の目が私に注がれたのがよく解った。

丹下はさすがにプロだった。一瞬の躊躇も見せず椅子を後方にはね飛ばし、男に組みついた。

どーんと何か大きな音がして、ピストルが発射されたのかと私は疑ったが、そうではなく、揉み合う男たちの体が、激しくテーブルにぶつかったのだった。間髪を入れず、残る四人の刑事も、男に体当たりした。

丹下の部下四人が、あっという間に革つなぎの男を床に組み伏せていた。彼は大男だったが、さすがに屈強な刑事四人が相手では、敵ではなかった。

私は駈けだし、彼らに寄っていった。丹下が、男からもぎ取ったらしい大型のピストルを右手に持って立っていた。

組み伏せられた男は無言だったが、しきりにうめいているらしかった。大男たちの服が互いにこすれ合う鋭い音、荒い無言の息遣いなどがひとしきり聞こえていた。店内が異様に静まり返っているからだ。天井のスピーカーからかすかに流れるムード音楽が、いやにはっきりと聞こえた。

私が彼らのそばに駈け寄ると、老人を囲むようにテーブルについていた三人の黒いスーツ姿の男たちが、いったい何事が起こったのだというように上体をねじり、険悪な視線をこちらに向けていた。しかし彼らは、一人として椅子を立ってはいなかった。じっとすわり続け、凶暴そうな目をこちらに据えている。

一番険しい顔をしているのは奥にかけた白髪の老人だった。痩せた鷹《たか》のように見えた。彼が一人だけ、左右の男たちに何事かまくしたてている。

「いやあ救かりましたよ……」

丹下が、近寄っていく私に向かってそう語りかけてきた。意外に簡単にことがすみ、ほっとしたという安堵《あんど》感が、彼のがらがら声に滲《にじ》んでいた。

「おい、動くな！」

太く低い声が、いきなり私たちに向かって浴びせられた。ゆるんでいた丹下の顔がさっと緊張した。

しまった！　私はまた胸の内で叫んでいた。もう一人いると御手洗が言っていたのを、私はすっかり忘れていたのだ。

玄関脇に、別の革つなぎの男が立っていた。レジのところにいた女の子を背後から羽がいじめにして、彼女の髪の中にピストルの銃口を差し入れていた。

「おい、そいつを放せ！　この女殺されたくなかったらな！」

くぐもった声で、男が言った。それもそのはずで、男はヘルメットを被ったまま、顔の前にはシールドまで降りていたからだ。人相が少しも見えない。

「ちっ」

と丹下が舌打ちを洩らした。

「早くしろよ、ほらァ！」

ウエイトレスを人質にした男が、また野太い大声を出した。ピストルを強く女の子の頭に押しつけた。女の子の首が大きく捻じ曲がり、彼女が泣き声をあげた。

革つなぎの男を床に押さえ込んでいた刑事四人が、どうします？　と言いたげに丹下の方を見た。

丹下は腰のあたりで小さく右手を振り、

「放せ」

と短く言った。

「くそったれ！」

と革つなぎの男は床からはね起きながら、はじめて言葉を口にした。悔しまぎれに、何事か反撃してやろうかと一瞬立ちつくしたが、

「こっちへ来い。早く！」

というウエイトレスを盾にとった仲間の声にうながされ、玄関の方へ駈けだした。ヘルメットのすきまの、燃えるような憎しみの目を、私は見た。

ウエイトレスを羽がいじめにした仲間の横をすり抜けると、体当たりするようにしてガラス扉にぶつかり、表へ出ていく。その身のこなしから、私は彼がまだ若い男であることを知った。

仲間が表へとび出したことを振り返って確かめると、もう一人は組みとめていた女の子の体を、こちらに向かって思いきり突きとばした。

悲鳴とともに女の子の体は丹下にぶつかり、続いて私の体に当たった。私も丹下も体勢を

くずし、あやうく床に倒れ込むところだった。

姿勢をたて直し、丹下が走りだした時、男の体はもうガラス扉の向こうにあって、ガラスがゆっくりと閉まるところだった。

丹下も、四人の刑事も、そして私も、閉まりかけるガラス扉に向かって脱兎のごとく突進した。丹下がガラス扉に体当たりをくらわした時、どーんという大きな音と、かすかな悲鳴が表の暗がりから聞こえた。

先にとび出していった男が、ちょうど駐車場に入ってきた車に撥《は》ねられたのだ。ブレーキのきしみが短く聞こえ、ライダー姿の男の体が、駐車場のコンクリートの上にころころと転がった。

後からとび出した仲間は激しく舌打ちを洩らし、一瞬立ち停まる気配を見せたが、すぐにあきらめ、第一京浜の舗道に向かって一直線に駆けだしていく。

丹下と三人の刑事が、舗道へ向かう男を追って走りだした。金宮が一人だけ、車の鼻先に転がるもう一人の方へ駆け寄っていく。私は、どちらへ行ったものかと一瞬迷った。

「君も追うんだ石岡君！」

聞き憶えのある男の大声が、どこからか聞こえた。

「こっちは丹下さんだけでいい。あとの三人は店内に戻って、黒服たちを見張るんだ！」

車から降りながら、御手洗が叫んだ。殺し屋を撥ねたのは、なんと御手洗なのだった。私には瞬間何がどうなっているのかわけが解らなかった。が、とにかく、男を追って駈けだす友人を追い、私も夜の第一京浜へと駈けだした。三人の刑事は、御手洗の言にしたがい、速度をゆるめると、UターンしてSの店内へと戻っていく。

革つなぎの男の足は異様に速かった。一方丹下は、体格はよいものの、足はお世辞にも速いとは言えなかった。私と御手洗が、あっというまに丹下を置き去りにした。

御手洗の判断ミスであることが、私にはすぐに感じられた。男の足は速い。しかも若く、凶暴な男だった。体力のある刑事四人でなく、一番年をくった丹下と、この種の経験のまったく浅い私を追跡の助手にしたことは、決してベストの選択とは思われなかった。

「御手洗、おい御手洗、どうする気だ⁉」

走りながら、私は大声を出す。

「丹下さんは最近トレーニング不足だな！」

御手洗はのんきなことを言う。

「少し待ってやるか」

と、驚いたことに速度をゆるめるのだった。そして丹下に向かって、早く来いと右手まで振る。そうしているうちにも、男の姿はみるみる遠ざかる。私は御手洗の真意を量りかねた。

息を切らせながら、丹下が追いついてきた。

「丹下さん、もう少しだ。手錠の用意を！」

御手洗が叫ぶ。

「何を言ってる！　あんなに引き離されて、いったいどうやって捕まえる気だ!?」

私は、いらいらして叫んだ。

前方を行く男の姿が、右折して消えた。

「今だ！　走れ！」

御手洗が叫ぶ。われわれ三人は全力疾走になり、男の姿が消えた曲がり角をめざした。

「丹下さん、ピストルを持ってますか？　じゃ貸して、早く！」

丹下が、さっき殺し屋から取りあげたピストルを渡した。

角を曲がると、オートバイにまたがり、さかんにキックペダルを蹴っている男の背中があった。足音を消して猫のように駈け寄り、男の、そこだけ素肌が見える首筋に、御手洗は銃口をぴたりと押しつけた。

「もういい、両手をあげろ。首に穴をあけられたくなければな！」

男は荒い息を吐きながら、一瞬がっくりと上体を折り、それからゆるゆると両手をあげた。御手洗が素早く男の革つなぎの胸もとに左手を入れて、ピストルを抜き出した。ろくにこちらを振り返りもせず、私に向けていきなりぽいと放って寄こした。私はびっくり仰天し、大あわてでこれを受けとめた。

「くそ！　イタリア製はこれだからあてにならねえ！」

毒づきながら男は、バイクから降りてきた。彼がさかんにキックペダルを蹴っていたバイクの向こうには、もう一台やはりイタリア製のバイクが停まっていた。

「こういう目的に使うんだったら日本製を薦《すす》めるね。……丹下さん、明日の朝から家のまわりでも走ったらどうです。早く手錠をかけてくれませんか。彼もいい加減待ちくたびれてますよ」

丹下がようやく角を曲がり、私たちに追いついてきた。はあはあ喘《あえ》ぎながら、革つなぎの男の両手に手錠をかけた。苦しいものだから、一言もコメントがない。

「高いバイクだから心配だろう。なに、刑事さんたちがきちんと保管してくれるさ。このバイクのことはよく知っている。なんだったら、ぼくがメンテナンスをやっておいてあげてもいいよ、君が娑婆《しゃば》に出てくるまでにね。さあ、みんなでレストランまで戻ろう。石岡君、そのバイクのキーを抜いて持ってきてくれ」

「これでいいの？」

私はキーを抜いた。

「それでいい。このピストル二挺は丹下さんに渡して、と。さあ急いで帰ろうじゃないか。丹下さんの部下たちが、今頃おそらく黒服と押し問答をしているだろうから、早く帰ってあげないと話が通じないだろう。丹下さん、えらく静かですが、大丈夫ですか？」

「なんとか……」

丹下が小声で応えた。

「煙草をやめることですね。おっと、忘れるところだった、君に返すものがある」

御手洗は、今ようやく思い出したというように言って、なにやら小さなボルトのようなものを、ライダーのつなぎの胸ポケットに押し込んだ。

「何だ？」

男は言った。私も丹下も、御手洗の答えを待った。

「点火プラグだよ、君のバイクの」

御手洗は涼しい顔で言った。

「このバイクには詳しいって言ったろう？」

私たちが舗道を歩いて行くと、サイレンを鳴らし、屋根の上の赤ランプをくるくると廻しながら、一台のパトカーが私たちを追い抜いて、勢いよくSの駐車場に入っていった。

私たちが到着すると、パトカーの後部座席に、御手洗に撥ねとばされた革つなぎの男と見える人物が、ヘルメットを脱いでおさまっていた。横に制服警官がすわって、何事か訊問している。パトカー内の室内灯がともっているので、そんな様子が外からもよく見えるのだ。どうやら大した怪我もしなかったらしい。ヘルメットを脱いだところを見ると、やはりまだ若い男で、丹下たちの人相と比較すれば、それほどの悪人には見えない。

私たちの姿を認めると、二人の制服警官が、ばらばらと駈け寄ってきた。左右から、革つなぎの男の体をしっかりと捕らえた。男を警官たちにまかせ、私と御手洗と丹下は、Sの店内に入った。パトカーのドアが閉まる音がして、サイレンが再び猛烈な勢いで鳴りはじめ、パトカーは夜の第一京浜に走りだしていく。

Sの店内は、レジの付近に人垣ができていた。みな一応料金を払おうとしてやってきているのだが、それは建前で、行列のわずかな時間を利用して、奥の黒服たちと刑事とのやりとりを見物しているのだ。

「なんでわれわれが帰っちゃいかんのだ！」

私たち三人が彼らの席へ向かっていくと、黒いスーツ姿の三人のうち、ボス格と思われるひときわ凶暴な面構えの男が、そんな荒い声を出すのが聞こえた。

「われわれは被害者だろうが⁉　なんでこんなにいつまでも足留めをくらう理由がある！」

体格のよい刑事四人も、さすがに困った表情で、救いを求めるように丹下の顔を見た。

「やあみなさん、すっかりお待たせしました」

御手洗が陽気に言った。黒服の一番年かさの男が、子供だったら泣きだすのではないかと思えるほどに凶暴な顔を御手洗に向けて、じろりと睨んだ。

遠くからしか見ていなかったが、こうして近くで見ると、男の顔つきは、芸術的とでもいいたいくらいにものすごかった。顔の肌は厚く、ぽつぽつと穴があいたミカン肌で、ぶ厚い唇の上と左側には、えぐったような深い傷がある。人間とは思えない。こんな顔で見つめられたら、私なら言葉が出ない。

ところが御手洗は、やはり頭がおかしいとみえて、彼らの風貌にもいっこう頓着せず、刑事たちの横にゆっくりと腰を降ろした。

「ま、おすわり下さい」

そう言って、丹下にも椅子をすすめた。私には椅子がないなと思っていたら、本宮が厨房の方から急いで一脚持ってきてくれた。

「あなた方、そんなに早く帰りたいんですか？　レジをごらんなさい。あんなに混み合っている。あの行列の一番後ろに並ぶ元気はあるんですか？」

「なんだ？　てめえは！」

男がすごんだ。すると御手洗は、にやにや笑いながら右手をあげた。

「ま、ま、落ちついて。われわれはあなた方の会長の命を救ったのですよ。礼を言ってくれとまでは言わないが、せめてレジがすくまでお喋りにつき合ってくれても、ばちは当たらないと思うね」

すると黒服は黙った。

「それとも今回のことは迷惑でしたか？　だったらどうぞお帰り下さい、ただし会長は置いてね。われわれは会長に耳うちしたい面白い話を持っている。会長の方からも、きっと愉快な話が聞けるでしょうな、おっと！」

御手洗はまた右手をあげる。

「老人性痴呆が進んでいるという点なら、教えていただくには及ばない。よく存じあげております。そこでだ、これはわれわれのためでなく、みなさんのために申しあげるんだが、タクシーを呼んでお年寄りだけは先に帰しませんか？　その上で、われわれだけで膝をつきあわせて積もる話をするというアイデアはどうです？　みなさんもよくご承知の通り、こんどの一件は、そのお年寄りは何の関係もない。加えて、お年寄りには夜更《よふか》しは毒だ」

「それが解ってるんなら、何故いつまでもわれわれの足留めをするんだ？　おまえ、調子に乗るなァ、いい加減にしておけよォ」

もう一人の年かさの男がすごんだ。このデリカシーを欠く対応には、御手洗もさすがに驚いたようだった。

「やれやれ。みなさんもう少し知恵があるかと思ったが、どうもご自分の置かれている状況がよく呑み込めていないようですな。そっちがその気なら、こちらとしても、少々強硬なやり方をせざるを得ない」

言って御手洗はつと立ちあがる。黒服たちの方へすたすたと歩いていく。やくざ者たちは、何ごとかとわずかに身構える。

「丹下さん、パトカーをもう二台ばかり呼んでもらえませんか。こちらの横瀬《よこせ》会長を恵比寿の自宅まで送り届ける段どりをしなくちゃならない。せっかく命を救けたのに、夜更しでぽっくりいかれちゃ骨折り損だ」

御手洗は言ってから、何をするのかと思っていると、黒服たちの横をすたすた素通りし、グリーンの電話の受話器をとりあげた。カードを入れ、ボタンを押す。

「あ、こちらレストランSと申します。私店長ですが、今横瀬さんが瀕死の大怪我をされまして、どうしても今あなたに会いたいんだと、こうおっしゃっておられます。あ、電話番号はご一緒にいる方からうかがいました。大至急こちらにいらしていただけますか。はい、よろしくお願いいたします」

御手洗は受話器を戻す。

「これで横瀬新会長がここへ来る確率は七割というところかな。悪く思わないでくれたまえ。君たちの顔を見ていたら、もう少し日本語の通じる人間と話したくなったのさ。あ丹下さん、パトカーは裏に廻すように言って下さいね」

こちらへやってくる御手洗と、立ちあがった丹下がすれ違う。こんどは丹下が、代わって受話器をとりあげた。

御手洗は席へ戻りながら、レジの方角を見ていた。もうかなり客ははけ、見物人は少なくなっている。店内はというと、すっかりがらんとした。

御手洗は席に復したが、しばらくは口を開かない。どうやら丹下の電話が終るのを待っているらしい。

「結局のところ今回の事件は、絶対的な権力を持つ人物に痴呆症が出たために起こったというわけだ」

丹下が受話器を置くのを見届けると、御手洗が口を開いた。丹下がこちらへ戻ってくる。

「なんとも馬鹿馬鹿しい限りさ。殿様がいくら乱心して戦争とわめいても、留める方法はいくらもあったろうに。なにも殺さなくてもね、養子の発言力の不足かね。

さあ丹下さんも、こちらへ戻ってよく聞いて下さい。今日ぼくは一日中走り通しで疲れている。一部始終を丹念に説明する元気がないのです。必要なら明日また続きをやりますが、今夜はだいたいのところを言います。早く帰って眠りたいんでね。

マナー完璧なこちらのみなさんは、恵比寿に本社がある不動産および貸ビル会社、E連合の幹部役員の方々です。しかしそれは表向きのことであり、裏の顔はもっと立派で、今さら言うまでもないでしょうが、ヤのつく自由業として近頃憧れと尊敬を集めている人たちです。事件の原因は、もうだいたいお察しの通り、あそこにおすわりの老いた会長を、この紳士方が葬り去らなくてはならなくなったからです」

するとと黒服たちが、何を根拠に、などと口々にわめきはじめた。

「静かに、静かに。君たちがタクシー代をけちるからこうなるんだぜ。だが大丈夫、ボケているんだろう？　君たちさえ騒がなければ、ろくに聞こえはしないよ。一時の感情でとり乱して、墓穴を掘らないようにしてくれたまえ。

　その通り。さっきの若い殺し屋は、ここにいる紳士諸兄が雇ったものです。あとで、その線で自白を引き出して下さい。ここで会長を殺《や》ろうとしたのは、ここ以外に可能な場所がないからです。横瀬会長は、恵比寿の本社ビル十一階の自室に、一日中こもっている。楽しみといったら屋上へ出て菜園に水をやったり、ゴルフのパターをやるくらい。あとは自室でテレビかヴィデオを観て暮らす毎日です。朝も昼も、近所の一流レストランから出前をとり、自宅の窓は防弾ガラス、壁には鉄板が入っているのでね、空から爆撃でもしない限り、外部の人間が会長を殺すことはむずかしい。むろん内部の者が殺すなら簡単だが、これは外聞が悪い。形だけでもよその組の者が殺ったという格好にしておかないとね。では会長が外に出る機会はないか？　それがあった。このレストランSです。

　会長はどうしたわけか、このSの玄米粥がいたく気に入ってしまった。で、周囲がどう反対しても毎週火曜日と金曜日、このレストランSへ来て玄米粥を夕食に食べるのが習慣となっていた。おそらく外の世界も見たかったんでしょうな。恵比寿から、こうして幹部の護衛つきのベンツで表へ出かけていたのです。これが外界と接する唯一のチャンスなわけです。またこれは同時に、外部の人間が会長を襲える唯一のチャンスでもあったわけです。よろしいですか？　では今夜の講義はこのくらいで、石岡君……」

御手洗は腰を浮かす。

「ちょっと待ってくれませんかね」

丹下が荒い声を出した。

「そうだよ！」

私も言った。

「まだ解らないことが山ほどある」

「あのう、このレストランへこの方たちいらしたのは、今夜がはじめてなんですが……」

遠慮がちに中島店長も言う。横で本宮も大きく頷いている。

御手洗は席に復し、うんざりしたように不平を言った。

「みなさんはここにすわって食事をしていただけだ。ぼくの方は今日一日中走り廻り、どれほど忙しい時を送ったか、どなたもご存知ない」

私たちはしんとした。それはそうだろうなと思ったからだ。黒服の彼らを除き、われわれはこの事件の裏の事情を何ひとつ知らない。御手洗の千分の一も知らないのだ。せいぜい快活にふるまってはいるが、友人が疲れきっているのは、私の目にも見てとれた。

「ぼくに訊かなくても、ここに当事者たちがいる。後で彼らに詳しく訊いて下さい」

「ではとにかく、彼らがこの事件のすべてを計画して……」

丹下が言いはじめると、御手洗はまたうんざりしたように首を左右に振った。

「とてもとても！　彼らじゃない。計画の大筋は今お話しした通りだが、それですべてじゃない。この事件はなかなかどうして、複雑な裏側があるのです。そう言っちゃなんだが、彼らの能力では無理です。計画をたてたのは、ほら、今駐車場に駈け込んできた、あの車の男です。みなさん、こっちへ隠れて。石岡君も椅子へすわって、何ごともないような顔をしているんだ。中島さん、彼をここへ案内してきて下さい」

やがて背後でガラス扉が開いた気配がして、何ごとかぼそぼそと話し声がしていたが、中島店長が一人の小さな男を私たちのテーブルに連れてきた。

彼は老人が無事でいるのを見ると、だっと逃げ出そうとしたが、すかさず金宮に二の腕を摑まれた。

「みなさん、E連合の次期会長、横瀬春明《はるあき》さんをご紹介しましょう。IQ190、T教育大出身の秀才です」

御手洗が言い、私は驚いた。横瀬は色白で、小柄で、ほとんど貧相といいたくなるほどに痩せた人物だったからだ。組関係者にはとても見えない。年も若い。少なくとも若く見える。三十前のようだ。学校職員がよく着るような、グレーの毛糸のチョッキを白いワイシャツの上に着て、茶色のジャケットをはおっている。ひげ剃り跡がやや濃く、おどおどしたような大きな目で、神経質そうな視線をあたりに配っていた。

「面白い計画でした横瀬さん、感心しましたよ」

御手洗が言うと、驚いたことに彼は、友人に向かってぺこんとおじぎをした。

「あなたも不運だった。この見かけ倒しのこわもてのおじさん方が、揃いも揃って例の現代病にかからなければね、計画はきっとうまくいったでしょう」

ガラス扉が開き、あわただしく制服警官が入ってきた。

「お、パトカーが来た」

丹下が言って立ちあがる。

「さあ、では重役のみなさん、これからパトカーに分乗して戸部署へどうぞ。あまり手こずらせず、すらすらと喋って下さい。隠したところでぼくがすべてを知っているということをお忘れなく。

丹下さん、レンタカーの料金と修理代の請求がもしそちらへ行ったらよろしく。会長は誰かがベンツでお送りしたらいかがです?」

「俺は行かんぞ!」

黒服の一人がわめいた。

「弁護士との相談なしには一歩も動かん。おまえの話は全部想像ばかりだ。証拠がただのひとつもない。そんなやり方が裁判で通ると思ったら大間違いだぞ。どれかが立証されるまで、われわれは拘束されるいわれはない、おい、帰るぞ!」

「帰って弁護士を一枚かませて態勢をたて直しますか? 嘘八百の証人を金で買って、また一からシナリオの書き直しか。ご苦労なことだ、時間と金の浪費だというのに。では致し方ない。こんなことはしたくなかったが、警察でなく、警察病院に入ってもらおうか。どうせ訊問などどこでやっても同じだ」

御手洗は厳しい言い方になった。

「どういう意味だ？　頭がおかしいのかおまえ！」

幹部はわめき、立ちあがった。仲間にも立ちあがるよううながす。

「今からこのヴィニール袋を破って、中身をここにぶちまけるけど、かまわないかい？」

立ちあがった御手洗の手には、黒いヴィニール袋が握られている。

「何だ？　それは！」

黒服がまた一声わめいた。

「さて、これは何だったかな……？」

御手洗が言い、ヴィニールの口を開いた。もったいぶって右手をさし入れる。さらさらと、中でかきまわしている気配。

「ああ、何かの粉だね」

袋から出した右手の、指を一本ぴんと立てた。それに鼻を近づける。

「植物の匂いがする。植物の何かだな……、これが第一ヒントだ」

もう一度右手をさし込む。

「第二ヒント、おやこいつは花粉だな。……どうやら杉の花粉のようだ」

御手洗が言うと、

「早くその口を閉めろ！」

幹部がまた一声怒鳴り、

「手早くすませてくれよ！」

丹下に向かって念を押した。

「そりゃこっちの言うことだ」

丹下が言い、部下の刑事たちが寄っていって黒服三人を囲んだ。

「最初から早くそう言えばいいのにね」

御手洗が私にささやく。

「どこからそんな花粉とってきたんだ？」

私が訊くと、

「嘘だよ。そこの公園の砂場の砂さ」

御手洗はまたささやいた。

7

ノックの音に私がドアを開くと、丹下が立っていた。一人だった。

翌日の午前十一時で、遅く起きた御手洗は、すでにやってきていた本宮と一緒に、トーストと紅茶の朝食を食べていた。入ってきた丹下の姿を認めると、本宮はあわてて立ちあがり、ズボンに降りかかったパンのかけらをパタパタと払った。

「ああいや、そのままそのまま！　どうぞそのままで」

丹下は右手をあげて本宮の動きを制した。

「いや、もう食べ終ったんです」

本宮は言った。

「御手洗さんも？」

丹下は訊く。

「この紅茶を飲めばおしまい」

友人は応えた。

「ゆうべはよく眠れましたか？　だいぶお疲れのようだった」

「ぐっすりね。E連合の幹部たちはすっかり吐きましたか？　そのソファへおすわり下さい。今そっちへ行きます」

「ここですな？ いや素直に吐いてくれてりゃ、ここへは来ません。おっとり刀で駈けつけてきた弁護士と密談して、わけの解らないことつべこべ言ってます。それで、ことの次第をすっかり教えていただこうと思ってこちらへね。おや、この方はゆうべのレストランの人ね？」

「はい、本宮といいます」

「制服脱いだら解らなかった」

「この人がすべての始まりだったんです。Sの便器が何度も壊されるという事件を、ぼくに教えてくれたんですよ」

「便器が？」

「はあ、昨日も壊されてました。毎回同じ便器なんです」

「なんでまた……」

「ぼくもそれ聞きたくて、ここ来て待ってたんです。御手洗さんが、丹下さん来たら説明するって言われるもんで……」

「御手洗、あれだろう？ 便器は、老人ボケしたあの会長が、毎度壊していたんじゃないのか？」

私が言うと、この珍解答は御手洗の意表を突いたものとみえ、彼は噴き出した。

「そういう解釈もあったね石岡君！」

ご機嫌になった御手洗は、なかなか笑いをおさめることができず、揉み手をしながら絶えず噴き出し続け、ずいぶん長いこと笑っていた。私としてはあまり愉快ではなかった。

「いいね石岡君、来店のたび、思わず便器を盗んでしまうボケ老人か。詩があるね、そして自宅のベランダに、便器のコレクションをやってるのさ。でもそりゃ無理だ。老人がトイレに入るたび、のこのこ便器を持ち出してきては大いに目だってしまう。それに彼ら一行があのSへ来たのは、ゆうべがはじめてだって店長も、こちらの彼も証言している。

さて、では手短かに説明を行ないましょうか」

言って御手洗は立ちあがり、丹下の向かい側のソファに移動した。本宮はその隣りにかけた。私は立ったままだった。

「大ざっぱなところは昨日説明しましたね？　E連合というのは、終戦直後は新橋、昭和三十年頃からは恵比寿に本拠を移して活動を続けている暴力団です。新橋時代は川田《かわだ》組といいました。今の会長の横瀬源一郎《げんいちろう》は、焼け跡時代はマシンガンの源と呼ばれた鉄砲玉で、この時代の生き残りは彼だけでしょう。

とはいうもののE連合は、現在近代的な会社組織への脱皮に、それなりに成功しているのです。不動産部門が一昨年までに相当の収益をあげ、都内にE連合所有の貸ビルは十九を数えています。金融ローン部門も好調、現在の商売相手で、E連合株式会社がかつての川田組だと知る人は皆無でしょう。世代が変わったせいもあって、彼らの堅気としてのイメージ・チェンジは一応成功したのです。

ところが昨夜の重役連の印象を見ても解る通り、三つ子の魂百まで、体質はなかなか変わるものじゃない。水面下の裏取引の世界では、池袋のK組と深刻な確執が続いていたのです。K組も、焼け跡時代からのしあがった組で、E連合の長いライヴァルなのです。このK組が、E連合に対して、ずっと執拗な嫌がらせを続けていた。しかしその程度のことはビジネスの世界ではよくあることで、こんなことでいちいち腹をたてていては会社経営は務まらないが、短気なマシンガンの源さんが堪忍袋《かんにんぶくろ》の緒《お》を切って、戦争だと言いはじめた。

彼は実は半分ボケていたのです。しかし経営上の実権は彼が握っている。組織上の約束事からいうと、あの世界は封建的であり儒教的ですから、会長の命令は絶対であるわけです。何があってもしたがわなくちゃならない。しかし今さら戦争などやった日には、E連合はおしまいです。もう戦後のどさくさの時代じゃない。今まで営々として築いてきた信用もぱあとなります。ところがいくらこのあたりの事情を話しても、会長はボケているものだから通じない。そこで彼らは悩んだあげく、老い先短い前時代の生き残りには、早いところあの世に行ってもらうことにした。それでE連合幹部は、若い殺し屋二人を刺客に雇った。それが今回の事件です。護衛の自分たちも含めて食事をしている時、殺し屋二人がなだれ込んできて、会長をいきなり射殺、ふいをつかれた自分たちは大あわてで殺人者を追うがとり逃がす、とこういう筋書きでした。護衛役の幹部としてはいささかだらしがないストーリーだが、もうほかに道はなかったのです。会長が表へ出る機会というのは、この時だけなのでね。

会長の死後、E連合は、形ばかりK組に厳重抗議のジェスチャーを示す。一応K組の刺客であるかのように世間に見せておくためです。K組は当然濡れ衣だと言ってくる。そうすれば抗議の矛《ほこ》を引っ込めて、堅気らしく泣き寝入り、こういうシナリオができていたわけです。このストーリーの作者は、昨夜申しあげた通り、横瀬春明です。彼は横瀬会長の娘、暁《あき》子《こ》の婿に入った人物ですが、もと鉄砲玉としては、娘にだけはこういう堅気のインテリをあてがいたかったのでしょう。さて以上のこと、解りましたか？」

「そこまではよく解ったけど、まさかそれで全部だっていうんじゃないだろうな？」

私が言った。

「全部だよ」

御手洗が言った。

「何度も壊されるSの便器はどうなるんだ？　秦野大造さんのところへ現われたあの謎の美女というのは何なんだ？　これらは政治と汚職みたいにつながっていると君は言わなかったか？」

「言ったね。それもみんな横瀬春明の考えさ。計画全体は今話した通りまことに単純なものだったが、世の中はうまくいかないものでね、決行を前にして、ちょうどタイミングの悪い時期にさしかかってしまった」

「タイミングが悪い時期って？」

「今が三月だということだよ。ただこの一点のために、この単純な殺人計画が、おそらく複雑なものにならざるを得なくなった。今回の事件の発端となった、君が今言った二つのミステリーも、まさにこのために生じたのさ。

もう二、三ヵ月時期を待てば、あるいはよかったのだが、老人の戦争命令が強硬でね、とても待てる状態じゃなかった。今すぐに彼を消してしまわないことには、今や大企業の看板を掲げたE連合そのものが、この世から消えてしまいかねなかったのさ」

「言ってる意味が解らない。どういうことだ？　老人たちの一行は、毎週火曜と金曜、Sへ玄米粥を食べに来ていた。そこを襲うと……、それがどうして複雑なんだ？」

「石岡さん、うちのSへ、あの人たちは一度も来たことないんですよ。ゆうべがはじめてです」

本宮が私に言った。

「え？　あそうか……、すると？　……どういうことなんだ？」

「石岡君、川崎のあのSじゃないんだよ。彼らが毎週火曜と金曜に愛用していた店というのは」

「あのSじゃない……!?」

私と丹下が揃って言った。私たちは思わず顔を見合わせ、呆然とした。

「じゃあどこなんだ!?」

私はほとんど叫び声をあげていた。

「石岡君、君もぼくも見ているんだぜ。下馬小公園脇のSだよ」

「下馬小公園脇の？　ああ！　あの駒沢通り沿いの？　木がいたずらされたってニュースに出ていた……」

「その通り」

「じゃあ……、それが……？　それでどうしたんだ御手洗。あのSに、横瀬以下の幹部連が、火曜金曜になると食事に、玄米粥を食べに行っていた……」

「そうだよ石岡君、Sのメニューはどこも共通している」

「それで？　だからどうなんだ？　どうしてあの夜は川崎なんだ!?」

私は勢い込む。声には出さないが、丹下も本宮も身を乗り出している。

「石岡君、ゆうべ殺人が行なわれようとした。しかし直前でこれが回避された。このことが一番重要なんだ。それに較べればこんな謎解きなんて退屈さ。優先順位を間違えないでくれよ」

「間違えないよ。でも今はこれが知りたいんだ、解るだろう？　早く答えてくれ！」

「御手洗さん、つまりS目黒店ではいけない理由が生じたんですね？」

　本宮も言う。

「その通り。どうしてもあの店ではことが決行できない理由が生じた。しかし老人はまれに見る頑固者で、これはほとんど病気のレヴェルだった。まるで惑星が軌道を変えないように、自分の行動パターンをてこでも変えようとしない。まわりが少しでもいじると、ヒステリーを起こして暴力を振るうんだ。大した爺さんだろう？

　あの爺さんは毎週火曜日と金曜日になると、判で押したようにあの三人の黒服をガードにひき連れて、ベンツで目黒のSへ行く。毎度決まったあの奥のテーブルにつく。そして水を一口飲むと立ちあがり、目の前にある公衆電話から世田谷に住む娘の家に電話して孫の声を聞く。それからトイレに立ち、心おきなく玄米粥を食べると恵比寿の家に帰って眠る。これを長寿の秘訣と会長は心得ていた。彼ら一行は行動するのが仕事だったんだ。ゆえに火曜日と金曜日の夜は、こういうかっちり決まったスケジュールのもとに、何人《なんぴと》も許されない。これをわずかでも動かすことは、何人も許されない。

　さてそうなると、老人を殺し屋に射殺させるなら、この時をおいてないことになる。ゆうべ話した通り、老人の住居は要塞だ。ところが目黒店ではどうしても決行ができないとする。もしこうなったら、君ならどうする？　石岡君」

「ぼくなら殺さない」

「そうすると池袋のK組と全面戦争になって、優良企業E連合は潰れるんだぜ。千人にも及ぶ社員が路頭に迷うよ」

「解った！」

本宮が言った。

「もしかすると川崎店は、内部の造りが、つまり厨房や客席やトイレの配置が、目黒店とまったく同じだったんじゃないんですか？」

「その通り！　この両店はね、敷地面積や土地の形状、周囲の環境が似ていたことから、同一の図面によって建てられている。入口や店内の配置が同じであるのはもちろんのこと、壁紙やカーテンの布地、壁の掛時計やテーブル、椅子の形状まで、すべてがうりふたつなんだ」

「ああ……」

私は放心し、丹下は激しく膝を打った。

「それでか！」

御手洗はそれで昨日の電話で、まるで透視術でも使っているように、私の動きを逐一指示できたのだ。私のいるSの店内の配置が、目黒店を見ることによって彼にはすべて解っていたからである。

「なるほど、そういうことか……。店内の印象はまったく同じだし、店の外観にしても、玄関の印象や、駐車場の感じはよく似ている。両方とも店の前には大きな道路が走っているしね……」

「第一京浜と駒沢通りですね」

本宮が言う。

「恵比寿から目黒までの道が、多摩川を越えて川崎までと少々延びるが、まあボケ老人相手ならいくらでもごまかせるわな！」

丹下も言った。

「工事してるから廻り道します、とかなんとか言えばいいんですもんね」

本宮が言う。

「お解りになりましたね？　この計画と、いくつかのミステリーは、日頃愛用のSと、まるっきり同じSをもう一軒別の場所に見つけたことから始まった。この計画を思いついたのは、娘婿の春明です。彼は養子のせいもあり、老人の戦争命令を説得してやめさせることなど、とてもできなかった」

「それはよく解ったが、ミステリーが何故起こったのか……、まだ解らない。川崎店の便器はどうして何度も壊されたんだ？」

私が言うと御手洗は、いつも私によく見せる、いらだちの舌打ちを洩らした。

「石岡君、そんなのは、あの便器だけが唯一違っていたからに決まってるじゃないか」

「え？……」

私はまだ解らない。

「あの小児用の便器は、川崎店の方にだけあったんだよ。これを除けば、トイレ内部も目黒店とまったく同じになるんだ。便器の数も同じになってね。だから目ざわりなこれを壊して、トイレ内部もすっかり目黒店と同じにしておいたんだ。老人を連れてくる前にね」

「ああ！」

と丹下も本宮も声をあげたので、私は少し安心した。私一人がとりたてて頭が鈍いわけではなかった。

「便器を壊すということは、計画決行の準備はすべて完了したということを意味するんだ。しかもE連合の連中は、前に壊した便器がすでに修理されたことを知っているはずだ。つまり壊してもすみやかに修理されるという事実を知っている。それを知ってなお昨日の午前中に壊したということは、計画決行がその日、あと数時間後に迫っているということを意味した。だからぼくはあわてたのさ」

「じゃあ、……すると、あの老人はゆうべ、自分は目黒店にいると思って川崎のSへ来ていたのか」

「そういうことだよ」

「なるほどなあ、これは参った！」

私は大声を出した。

「いやあ、私もこりゃ参りましたなァ！」

丹下もがら声を張りあげた。しかし私ははっとした。

「ちょ、ちょっと待て御手洗！　じゃああの秦野さんの事件は、ありゃ何なんだ？　あの謎の美女っていうのは、いったい何だ？」

「石岡君、たまには自分で考えたらどうだい？　ごく簡単な応用問題だよ」

「うーん……」

と私はしばらく唸《うな》ってから、

「解らない。早く教えてくれ」

と言った。

「全然考えているように見えないね、格好だけだ」

御手洗は冷たく言う。

「あの事件も、これと関係あるんだな？」

「当然大ありだよ」

「何だ？　解らないな……。丹下さん、解ります？」

私が訊くと、彼も首を横に振る。

「みなさん、E連合のお偉方が多摩川を渡ったことを忘れてはいけませんよ。多摩川を渡ればもう東京都ではない、川崎市なのです」

「ああ川崎市、うん。……それがどうしたの？」

「石岡君、それじゃあ一生成長しないぜ。死ぬまでそうやって、誰かが出してくれる答えを待って暮らすつもりかい？」

「時間があれば考えるけど、今は早く知りたいんだ」

私は言った。

「人生に時間がある時なんてないんだよ。いつだってあたふた知恵を絞るしかないのさ。老人の行動パターンを思い出してくれたまえ。彼はSへ入ると、すぐに娘の家に電話をして、孫の声を聞くのが習慣になっていたと言ったろう？」

「うん……」

「川崎へ入れば、電話のエリアが変わるじゃないか。川崎のSからだと、娘の家の電話番号へかけても、同じ番号を持つ川崎の別の家にかかってしまうだろう？」

「あ、……ああ……ああ、そうか！」

「そうだ！　川崎で、東京の電話番号を押すと、全然別の家にかかってしまう！」

本宮も言った。

「なるほど、で、どうしたんだ!?」

「彼らが採用したのは、簡単にして確実な方法だよ。孫の家と同じ局番、同じ番号を持つ川崎市の家の主《ぬし》を、前もって表へおびき出しておき、代わりに横瀬春明がそこへ忍びこんでおく。老人から電話が入ったら、今日は遊園地に行って疲れてしまって、息子はもう寝入ってしまった、などと応えればそれでいい。解った？」

「なあるほど、つまり、娘の家とまったく同じ電話番号を持つ川崎の家というのが……」

「秦野大造の仕事場だよ」

「なるほど！」

「家族の住む民家なら大いに面倒だったが、音楽家の仕事場だったんでね。謎の美女一人を送り込んで、彼女に主を表へ連れ出させれば、部屋に入り込むのは面倒がなかった。それともこういう状況を知ったから、春明はこんな計画を考えたのかもしれないね。

平成三年の今、東京の局番は四桁となってしまったが、去年までは三桁で、川崎市と同じであったため、こういう計画が可能だった。局番が四桁となった今は、一番最後の数字を切り落とした川崎の別の家へかかるから、この番号の家をまた捜さないとね。

実はね、今週すでに計画が決行されかかったことがあったんだよ。秦野先生のところに美女から電話があって、先生が品川のホテルへ来てくれと言われた時だ。あの時も、E連合側はすっかり準備完了で、決行を待つのみだったんだよ。ところが、先生の仕事場に弟子が三人も来ていて、彼ら全部を外へ連れ出すのは到底無理だったんで、急遽計画を中止して、ゆうべの時点まで延ばしたんだ。おかげで事件はぼくのところへ持ち込まれ、まずいことに殺人は防がれてしまったというわけさ」

「そうか、彼らとしてはまことについてなかったね……。じゃあ、謎の美女の秦野さんへの不可解な行動は……」

「一から十まで理由が解読できる種類のものさ。謎なんてかけらもないね！　マンション地下のレストランで彼女が倒れてみせたのは、先生の上着を借りて、中から仕事部屋のキーをすり盗るため、医者に化けた春明が近づいたのは、彼女からその鍵を受け取るため。横浜でのデートの後、先生のマンションの一階の『珈琲芸術』で彼とまた会ったのは、コピーの終った鍵を彼女が返してもらうため、仕事部屋のドアの前までついてきて抱きつき、先生にキスしたのは、先生の上着のポケットに鍵を返しておくためさ。あれだけ純情可憐《かれん》な先生がお相手なんだからね、海千山千の女なら、赤子の手をひねるようなものさ」

「はあ……」

私は、なにやら秦野が気の毒になった。

「石岡君、気の毒になんて思うことはないよ。君にもたぶん憶えがあるだろうが、これが一般的な男女の姿さ。しかし女性がいつまでもそんなふうにふるまっていると、ベッドの中で帳尻が合うようにできている。世の中面白いものさ」

御手洗はまた謎のようなことを言った。

「しかし、君はよく解ったな。たったあれだけの材料から、よくここまで突きとめられたものだ」

「時間がなかったから少々重労働にはなったけれど、仕事の質としてはやさしい部類だった。だって君、犯人の家の電話番号が解ってるんだぜ。考えようによってはこんな楽な事件もないよ」

「え？……ああ、……ああそうか、……そうだね、それはそうだ。じゃあ君は春明の家の番号から……」

「秦野氏の仕事場の電話番号と同じ東京の持ち主を、建設省を名のって調べようと思ったが、さすがにそれは失敗した。それで警視庁の顔見知りに頼んで突きとめた。あとは彼らの持っている資料と自分の足、ささやかな演技力も動員して、裏の事情をすべて洗い出した。でもたった四時間の猶予《ゆうよ》しかなかったからね、さすがに疲れたよ。だから、これからゆっくりワーグナーでも聴こうかな。丹下さん、もうすっかりお解りでしょう？　連中に舐《な》められないようにうまくやり、すべてを聞き出して下さい。本宮君、ごきげんよう。またこのくらいの楽しい謎があったら、いつでも遠慮なくいらして下さい」

「ちょっと待って下さい御手洗さん、もう一つ、不明な点が残っておりますよ。何故目黒のSではいけなかったんです？　そこまでの面倒を押して、何故川崎まで現場を移す必要があったんです？」

丹下が言った。これは本宮の疑問でもあったはずだ。六つの真剣な目が、揃ってまた御手洗に注がれた。

「ああそれはね、目黒店の隣には小公園があり、そこに杉の木があったからですよ」

御手洗はうるさそうに急いで言う。

「杉の木？　それが何で？」

「あの立派な人相の幹部たちは、揃いも揃って重度の花粉症だったのですよ」

「花粉アレルギーか！」

「なにしろ人を雇い、前もって木を切り倒そうと画策もしたくらいだからね、重症だ。これは近所に発覚して、失敗した。だからやむなく川崎店にステージを移したというわけさ」

「それであなたは砂の入った袋を使ってあんな脅迫を!?」

「丹下さんも、いよいよ駄目となったらあの手を使うといい。よほど辛《つら》いとみえて、連中は何でも喋りますよ」

言って御手洗は笑った。

8

「でもＩＧなんとかというのは何なんだ？」

その夕方、御手洗と二人になってから、私は思い出して尋ねた。高名な音楽家秦野大造氏からは、以後何も音沙汰はない。

「ＩｇＥだよ」

「そのＩｇＥというのは何なんだい？」

「これはね、人間の血液中の物質で、免疫グロブリンＥと呼ばれるものなんだ」

「免疫グロブリンＥ？」

「そう。現代医療の最前線で、人間の体にアレルギー症状を起こさせる最大の要因と考えられている」

「ばい菌のようなものなのかい？」

「そうじゃなく、全然逆なんだ。家ダニや花粉、ハウス・ダストなどの異物や、回虫などと闘うために人間の体が持っている重要な防御メカニズムなんだけれど、これが過剰に分泌されて、自らの体内組織まで壊してしまうのがアレルギーだと考えられている。現時点ではまだ仮説の段階だけれどね。

たとえば最近の花粉アレルギーひとつをとってみても、医学界の一大難事件なんだ。食品アレルギー、添加物アレルギー、どれをとってみても、発病のメカニズムはまだ完全に解明されてはいない。しかも気管支喘息《ぜんそく》など、過去の三倍にも患者の数が増えている。アレルギー体質は遺伝するとされる。ＩｇＥを多く造る体質の人がアレルギー体質と考えていいんだけれど、最近の数の増加は、遺伝だけでは説明できない。ぼくはこの謎に関して解答を持っている。でも話すととても長くなるからね、ここでは述べない」

「そのIgEがどうやってアレルギーを起こすの？」

「その説明をしても、たぶん君には理解してもらえないと思う。……まあ簡単にいうと、異物が体内に侵入するとマクロファージがこれを捕らえ、T細胞に分析情報を与え、T細胞がB細胞にIgEを量産するように指令する。こうしてできたIgEは、血液中を移動して体内の粘膜組織や皮膚等にある肥満細胞の表面にとりつき、化学物質を出すよう命令する。肥満細胞の化学物質が、血液中の白血球などの成分を血管壁を通過させて呼び寄せ、異物攻撃、あるいは排除にあたらせる。しかし過剰な兵を動員すると、体内組織も一緒に破壊してしまう。この過剰破壊がアレルギーと考えられる」

「全然解らない」

「かつて回虫など寄生虫が人体内に多くいた頃は、簡単にいえばこのIgEの量と、体内敵との量はバランスがとれていたと考えられる。しかし日本の都市では近頃寄生虫が絶滅し、異物専用のIgEが、敵を失って暴れはじめている。

徹底したコンクリートのカヴァーにより、花粉が土に還らなくなったこと、渋滞によって激増する性質を持つディーゼル・エンジンの窒素系排出物、睡眠時間の減少、ストレス、これら都市特有の条件が、発病に拍車をかける。

このアレルギーというのはね、都市型文明の成就《じょうじゅ》へ突進するわれわれへ向けての、自然界が鳴らす警鐘といえる。医学界のみならず、実に興味深い文化人類学上のテーマなんだよ。最近ぼくはこの問題をずっと考え続けていた。IgE、IgEってね。そうしたら、今回一連の不思議な出来事がぼくの目の前に皿に載って運ばれてきて、関連場所は池田、五本木、遠藤町という話だった。I、G、Eと並んでいたんでね、その偶然に目を見張った。そしてこの偶然の重なりが、ごく短時間のうちにぼくに謎を解かせるキーともなっていた。昨日の昼、ぼくがあんなに驚いた理由はそういうことなんだよ」

「へえ……」

よく解らないまでも、私は感心した。偶然が示す医学用語の暗号か、そういうことも広い世間にはあるものなのだろう。

「東京ははたしてどこへ行くのかな？　石とガラスですべてを覆いつくそうとするこの世界に、一部の人間たちは適応不能の悲鳴をあげはじめているんだ。君も丹下さんも、暴力団E連合の会長殺害未遂事件としてのみ、こんどのどたばた騒ぎをとらえているようだけれど、ぼくにとっては、こっちの方がよほど面白かった。事件そのものは、単純なカラクリを裏に隠しているだけだった。こんどの事件は実は、急速な都市化に、人間の体の方がついていけないでいるという現象を、ぼくらに如実《によじつ》に示した出来事だったんだよ。

さて、さいわいにも花粉症という、時代の警鐘を鳴らすべき使命からはずされているらしいぼくらは、花粉に充ちた春の都市へ、ちょっと散歩に出ないか？」

御手洗は立ちあがる。

気持ちのよい春の宵《よい》だった。アパートを出て馬車道の舗道に立つと、夜の暖かげな空気の底に、ひっそりと、植物のものらしい甘い匂いがひそんでいた。

「御手洗さん」

どこかでふいに女の声がした。歩みだしかけた足を停め、振り返ると、馬車道のベンチにかけていた一人の女性が、ゆっくりと立ちあがるところだった。

「おや、これはこれは。謎の美女のお出ましだ。お一人のようですが、秦野先生はどうされました？」

御手洗が言った。

ああこの女性が、と私は思った。しげしげと眺めた。立ちあがり、馬車道の街灯に浮かぶ彼女の姿は、細《ほ》っそりとして美しかった。顔を隠すように、鼻のあたりにセピア色のハンカチをあてていた。しかし、それでも彼女の美しさは、充分に察せられた。

「ゆうべお会いしました。今後はもう二度とお会いするつもりはございません」

「冷たいお言葉ですね。それでは彼は今頃、すっかりしょげているでしょう」

「先生、よく私がお解りになりましたね」

「胸のそのライシス・オーキッドです」

「ああ、これ」

「それは一九六〇年よりずっとシンガポールのシンボルになっているもので、一九五〇年にボタニック・ガーデンの蘭の花を金箔の中に閉じ込めたのが始まりです。ぼくはしばらくシンガポールにいたことがある。ローヤンウェイのその花工場については、多少知識があるのです。ところで、春明さんとは別れられたのですか？」

「ええ、今夜きっぱり。私は一人でしばらく旅に出ようと思っております。それで一言ご挨拶をと、私は先生のファンですので……」

「それはご丁寧に。どちらへ行かれるのです？」

「はっきり決めてはいませんが、シンガポールや、インド、エジプト、ガーナなどへ」

「ははあ、英語がお得意なのですね？　そういう職業にお就きだった」

「しばらく一緒に歩いてもよろしいですか？　あの角でタクシーを拾います。……私は、なんでも中途半端なんです。英語も、日常会話が少しできるだけ。声楽も志したことはあるけど中途半端。演技の勉強も結局挫折」

「しかし、スチュワーデスの夢は果たされたではないですか」

「ほんの四年間だけ。それも日本航空は落ちて……」

「シンガポール・エアラインに就職」

「なんでもよくご存知なんですね。私を警察にひき渡さないんですか？」

「事件は終りましたのでね。ところで犬はどうされたのです？」

「死にました。だから、マンションを替わったんです。この街、花粉がいっぱいですね。横瀬も花粉症でしたし、秦野先生もおととしからかかったとおっしゃってました」

「あなたもですか？」

「ええ、私が泣いているのは花粉のせいです。春先は、日本にいたくありません。どうしてこんな病気が、急に増えたのでしょう」

「この退屈な世界に、謎というアクセサリーをつけ加えるためです。あなたもぼくも、謎がなければ生きていけない人種だ。ちょっとした切なさや、喜びや、そんなもののためだけに生きていくのは、少々貧しすぎるでしょう？　この国のそういう時代は、もう終ったのです」

「旅から帰ってきたら、また会っていただけますか？」

彼女は唐突《とうとつ》に言った。

「旅で、もしあなたが不可解な出来事に出遭われましたら、是非」

「もしそうでなければ？」

「あなたもぼくも、そうでないことなどあり得ませんよ。お、タクシーが来た」

御手洗が手をあげた。タクシーが速度を落とし、滑り込んでくる。足もとで白い粉がぱっと舞いあがったように見えたのは、梅の花びらだった。

「では、よい旅になることを祈っています」

「またきっと会って下さい御手洗さん、約束して！」

タクシーの自動ドアが開き、彼女は叫ぶように言った。

「それを楽しみに旅をします。私は弱い人間で、将来にそんな目標がなければ、生きていけない……」

彼女は声を詰まらせた。御手洗はいっとき無言だったが、頷いた。

「いいですよ」

「ありがとう御手洗さん、手紙書きます。どうもありがとう、さようなら」

タクシーにおさまり、ドアが閉まり、彼女は何度も礼をして、走り去った。

「今、辛いものがあるのさ彼女は」

御手洗が言った。

「そうらしいね、彼女は横瀬春明の？」

「愛人だったんだよ。あの様子なら本当に別れたんだろう。秦野先生の気分も、今頃は彼女と似たようなものだろうし、春明もきっと大差はない。花粉症のように、世界中に悲しみが蔓延《まんえん》しているね。さて、海はこっちだね、石岡君」

言って御手洗は、元気よく歩きだした。

SIVAD SELIM

1

平成七年の春、岡山県の龍臥亭《りゅうがてい》から帰ってきた私は、部屋に戻ってひと眠りするなり伊勢《いせ》佐木町《ざきちょう》の外科に直行し、結果治療に専念することになった。旅先にいたらそれなりに気も張っていたが、家に帰ったら却《かえ》って気が抜けて、病人のようになった。しばらくしてギプスがはずれても、孤独な毎日に生活の気力はまるで戻らず、首や肩が痛く、時に腰まで痛くなるので、何をするのもやっこらさと立ちあがり、前屈《まえかが》みのままで老人のようによろよろと動き廻ることになった。このままでは中年時代は消滅、一挙に老境に突入となりそうだったから、恐くなってリハビリに通った。

別に卒中になったわけでもないのにリハビリというのは大袈裟《おおげさ》だが、ほかに言葉がないからそう書いた。重いギプスを毎日首からぶら下げていたせいで首や肩の筋肉がすっかり張ってしまい、さらに左手ともなればまったくの役立たずとなってしまって、何も仕事をしようとしない。食事をしていても、手紙を書いていても、ふと気づくと左手は遊んでいて、肘《ひじ》を曲げ、首から吊っていた時の格好になっているのだ。

首も心なしか前屈みになったままで伸びず、肩こりはひどいし、このまま放っておいたらこの格好のままで固まってしまいそうなので、知人に紹介されて週に一回ずつ指圧と鍼《はり》治療に通った。生まれてはじめて受ける指圧は悲鳴をあげるほど痛く、終わるといつもぐったりとして、アパートに帰り着くのもやっとのありさまだった。そこへいくと鍼はなかなか気持ちがよい。上半身裸になって肩や首に何本も鍼を打ってもらい、この鍼に電極をつないで電気を通してもらうと、筋肉がぴくぴくと勝手に波打つ。上空には笠付きの電灯に似た小型温熱器があって、背中をぽかぽかと照らしているから、気持ちがよくて私はいつも眠ってしまって毎度先生に揺り起こされた。

まあこんなことを長々と書いていてもしようがないが、こんな病人状態はその年の秋まで続いた。気力の萎《な》えは、精神的なショックもいくらかはあったのだろう。こんなリハビリ中は、仕事らしいことは結局何もできなかった。その間、龍臥亭で知り合った人とちょっとした関わりもあったりしたが——、と書くと読者はすわ里美《さとみ》のことかと勘繰られるだろうが、これはノーコメントである。近頃そういう問い合わせが多いが、手紙で訊かれても何も応えませんのでそのつもりで。たいしたことでもないし、書くとしても別の機会に譲る。

左手が駄目になっている時はむろんワープロが打てないし、ギプスが取れてからも、しばらくの間は使いものにならない。人間の体の動きのメカニズムは微妙で、一週間もベッドに寝たままでいたらもう歩き方を忘れるそうだが、一ヵ月ほど左手に何もさせずにいたら、ワープロの打ち方をきれいに忘れてしまった。かといってワープロに馴れてしまった今、手書きで原稿を書く気にはなれないので、その間の私はぐずぐずと本を読んだり、過去の資料の整理などをして過ごした。

私の手もとにある資料は、もちろんすべて、御手洗《みたらい》が日本にいた時代、一緒に関わった数々の事件を語るもので、私一人の体験などはない。しかしこのたび、たったひとつだけだが例外ができた。岡山県貝繁村で死亡した人たちのことを伝える小さな新聞記事である。この記事は横浜の新聞には出なかったが、中国新聞には載ったそうで、関係者が切り抜いて私に送ってくれたのだ。こういったものや、二、三の資料、そして未整理だった以前の事件の資料なども、この機会にと思って加えた。

このファイルは、年代順にすでに何冊も作っている。終わったので私は、大型のファイル帳をなんとなく繰っていたら、黒人男性の写真を含む、大きな新聞の切り抜きにぶつかった。続くページはグラフ誌の切り抜きで、こちらにも同じ人物の写真が中央にある。グラフ誌の方は新聞より紙が上質だから、気むずかしそうな老人の表情は鮮明だった。すっかり忘れていたが、写真を眺め、記事の文章を読んでいたら、この記事を切り抜いた当時の自分の驚きや、しみじみとした感動がありありと甦《よみがえ》り、同時に、このエピソードはまだ読者に語っていなかったことにも気づいた。早いもので、あれからもう五年という歳月が経った。

私の作ったファイルは、その内容から大きく二種類に分かれる。ひとつ目はむろん事件の資料であり、これが最重要な部分であることは言うを待たない。そしてこの事件も、弁護士ふうに言えば刑事と民事とに分かれることになる。しかし私はこれらを、そういう基準で分類することはしていない。ファイル中ではランダムに混在する。両者の比重は、どちらかというと逮捕で終わるような刑事事案が多いが、民事事件も負けないほどに多くあり、双方ともに読者の興味を引けそうな奇怪な様相のものや、不可解な印象の出来事の記録がまだまだ残っている。

読者にたびたびせかされるので、私としても早くこれらを筆にしたいのはやまやまなのだが、書けばああの事件かと読者に気づかれるようなものが多いので、仮名を用いても当事者の名誉を毀損《きそん》しかねない。したがって現時点ではまだ公表はむずかしい。これらの事件の資料は、現在私のデスクのひきだしの奥で、熟成を待つブランデーのように時機の到来を待っている。今後はおりを見て、無難なものから順次発表していけるだろう。

残るもう一種類は、事件とはならなかったものの記録である。怪我をしたり傷ついたりした人は出ず、友人の分析的能力が格別鋭く発揮されたわけでもないのだが、私のうちに、長く忘れられないような思い出を残したエピソードである。

奇怪な事件はその不可思議さでいつも私を恐怖させ、これに対して御手洗が示す分析能力は必ず私を驚かせたが、時として、何でもない出来事なのに、それらに負けないほどに私の心に残るものがある。この新聞記事とグラフ誌が語る一九九〇年十二月のこれが、まさしくそういうものだった。

2

御手洗とのつき合いから頻繁に実事件に関わるようになり、思うのだが、どんな陰惨な事件も、時を経れば追憶に甘みが出る。それはまさしくただの酸っぱい水が酒に変わっていく過程なのだが、同時に他人事《ひとごと》たる残酷な事件が、ますます他人事になっていく過程と言えないこともない。派手な事件はどうしても人の関心を引く。それが他人の不幸であれば、しばらくは考えることにも躊躇が湧くのだが、時さえ経てば話題にするのにも気兼ねがなくなる。午後のお茶の時間、ローマ帝国の滅亡のドラマを手軽な話題にするようなものだ。今われわれがこれをお茶の話題にしても、古代ローマ人を傷つけることを気に病む必要はない。

だが追憶の甘さにも種類があり、事件によって味が違う。そして中にはまるで真空パックした料理のように、発生時以降いつまで経っても味が変わらないものもある。私にとって、今から語ろうとするものがそうだ。あれは御手洗がしきりに何かを考え込んで、私の持ち出す話題に全然関心を示さなかった時期だと思う。まあそうは言っても、いつも大なり小なりそんなふうではあるのだが、この時の彼は特に、私の声がまるで耳に届かないらしかった。

一九九〇年も押し詰り、馬車道《ばしゃみち》の商店街のあちらこちらから、ジングルベルとかホワイト・クリスマスのメロディが間断なく聞こえはじめた十二月の中旬だったと思う。こうして思い出しはじめても、なにやら現実感がない。私の住み暮らす平凡な横浜のひと部屋が、世界の歴史と直結しているように私に感じさせた、あれは出来事だった。午前中、突然私のところに電話が入ったのだ。それが始まりだった。声の主はまだ若いふうで、もの馴れた様子がなかった。横浜のある高等学校の、英語研究会の者なんですと自分のことを語った。緊張しているのか声が少しぎこちなく、わずかに震えているようだった。

実は今度の二十三日の日曜日に、「手作りコンサート」と銘うって、ぼくらはI町市民会館で、外国人高校生の身障者の人を楽しませるためのコンサートを開くんです、と彼は言った。本当はクリスマス・イヴの日にしたかったんですけど、それでは学校が終わってしまってまずいから、その前日にしました。自分たちが企画して、会場借りて、ティケット売って、舞台の飾りつけとか採点のカードとかも全部手作りですから、今その準備に追われているところなんです、と言う。外国人の身障者という言い方が耳新しかったので、そういう人は日本にいるのかと訊いたら、大勢いるという返事である。アメリカン・スクールにそういう生徒のための特殊クラスがあり、自分たちは英語の好きな者の集まりなのだが、生の英語に触れる機会を兼ね、車椅子を押すなどのヴォランティア活動をして、この特殊クラスの外国人生徒の世話をしていると言う。そう言われると英語に弱い私などは、二重の意味で頭が下がる。

コンサートの出演者はみんな高校生のアマチュア・バンドで、ロック・バンドもフォーク・バンドもあって、その数は十一もあるから、当日はこれらのバンドの採点をアメリカの身障者の学生代表にやってもらって、コンテスト形式にしたい。優勝者には賞状も授与したいのだと言う。非常にささやかな演奏会のようだった。

彼は言う。十一バンドもあれば数は充分だし、時間も持つとは思うけれど、何と言ってもみんな素人で、しかも高校生バンドばかりだから力量は知れている。おまけにみんな歌入りのポップ・バンドで、ジャズとかフュージョン系の本格テクニック派がいない。アメリカン・スクールの学生たちは耳も肥えているだろうから、プロのミュージシャンがゲストとして来てくれたら最高なんですと言った。

私はひたすら相槌《あいづち》を打ちながら聞いていた。話の内容は、音楽にあまり詳しくない私にも解ったが、だから彼がこちらに何を要求しているのかが解らなかった。彼は続ける。でもぼくらは予算がないから、日本のプロの人呼んでも払えるお金がないし、諦《あきら》めていたら、仲間がふと思いついたんです、とそこまで言って彼は口ごもる。その先を口にするのは遠慮らしかった。私はじっと待っていた。

自分らのサークルの者はミステリーも好きで、石岡《いしおか》先生が書かれるものをみんな読んでいます、と彼はいきなり言いだした。だからみんな御手洗先生の大ファンですと言うので、私は急いで礼を言った。そうしたら彼も少し話しやすくなったらしく、続きが始まった。それでぼくらは思いついたんですけど、もしかして御手洗先生はどうかなと思って。すごく恐れ多いことですけど、あの人のギターはプロのミュージシャン顔負けだっていう話だし、駄目でもともと思ってこうして思い切って電話してみたんです。お金も全然払えないし、毎日お忙しいと思うから、とても無理だとは思ったんですけど、みんなが言うから、こうして一応電話してみました。当日来るアメリカン・スクールの生徒にも、御手洗先生のファンがいます。日本語読める人が、本の内容を英語で話してあげているんだそうです。だからもし来てもらえたら、みんな大喜びします。御手洗先生とか石岡さんなら、ぼくらのこの気持ちも、解ってもらえるかもしれないと思って。

私は聞いていて、反応の言葉に困った。感激屋の私は、すでに気持ちを動かされていたのだ。彼の気持ちももちろん解ったが、何より言葉の通じない異国で、どんなにか苦しいだろう身障者の外国人青年たちの気持ちが理解できた。そこで私はこう即答した。うん解った、とてもいい会みたいだね、ぼくは大賛成だよ、だから今から御手洗を口説いてみます。今忙しいふうだけど、何、ひと晩くらいどうということはないはずだ、きっと口説いてみせますよ、そう言って請け合ったのだ。

彼はすると、それまでの暗い声からは予想もできなかったほど明るい声になって、本当ですか？　と叫ぶように言った。彼の言葉から、突然ぎこちない調子が消えた。もし来てもらえたら、どんなに嬉《うれ》しいか解りません。とても光栄なことです。そして自分の家の電話番号を告げ、私に向かって馴れない社交辞令を懸命に言い、何度も何度も礼を言って電話を切った。

　私はすぐに御手洗の部屋の前まで行ってノックをした。無愛想な声が戻ってきたから中に入ると、彼はベッドに仰向けに寝て、両腕を枕に何事か考え込んでいるようだった。天井を睨んでいて、こちらには一瞥《いちべつ》も向けてはこない。いつものことだから私は気にかけず、たった今受けたばかりの電話の内容を、一言一句漏らさずに伝えた。しかし不思議なくらいに反応がないので、私は不安になって言った。

「君の力を必要としているんだぜ。そりゃこれは別に難事件ってわけじゃないけど、君以外の人じゃできないってことには変わりがない。君が、まさかお金が出せない高校生だから断るなんて人間じゃないことは、ぼくはよく知っている」

　すると彼は、ぼんやりした目をやっとこちらに向けた。

「ああ、お金なんて問題じゃないさ」

　彼は言い、むっくりと起きあがった。

「だけど時間がない、ほかの日なら何とかなったろうが、クリスマス・イヴの前日だけは駄目なんだ。アメリカから大事なお客さんが来るんだよ」

　そして床に足を降ろし、爪先をゆっくりとスリッパに入れた。私は焦って訊き返した。冗談じゃないという思いだった。

「大事なお客さんだって？」

御手洗はベッドから降り、立ちあがる。髪を両手で背後に向かって掻きあげた。そして面倒臭そうに言う。

「そうさ、ぼくはもう約束しちゃったんだ。彼としても、この日一日しかないんだよ、残念だがね」

言いながら御手洗は部屋を出ていく。私も続いた。衝立《ついたて》の脇を通ってキッチンに入り、鍋に水を注いでコンロにかけ、ガスに点火する。私は彼の体を追いかけ続け、ずっと密着した。

私は言った。

「御手洗君、純真な高校生なんだ」

「その彼らが、誠意からヴォランティア活動をしている。アメリカン・スクールの身障者は、言葉の通じない異国で、身体障害に悩んでいる。ずっと車椅子の生活なんだよ。高校生の彼らは、そういう人たちを慰《なぐさ》めようと、全部手作りでコンサートを計画している。無償奉仕なんだよ。そういう彼らの誠意が解らない君じゃあるまい」

「解るさ、ちょっとそこどいてくれ、ティーバッグが取れない。嫌だと言っているんじゃない、ほかの日なら考えてもいい。ギターを弾くだけじゃなく、お喋《しゃべ》りをしてティケットを引き受けてもいい。しかし二十三日は前々から予定が入っているんだよ。もう変えられないんだ」

「ぼくは聞いていない」

「そうだったかな」

「全然聞いていない」

「世の中にはとても大事なことがある、そうだったね」

「ああそうだ。人それぞれ何物にも代えがたいものがある。君にとってはアイドル歌手のCDだろうし、ぼくにとってはお茶を飲んでものを考える時間だ、ちょっと邪魔をしないでくれないか」

「人の真心に応えることだ、そう言っていなかったか？」

「言ったかな？」

「これ以上の真心が世の中にあるのか？　十二月二十三日の宵《よい》に予定が入っているなんて、ぼくはちっとも聞いていない」

「ぼくも聞いていなかったぞ、おととい君が森真理子《もりまりこ》さんと食事の約束をしていたなんてね。それがわれわれの運命なのさ、互いに腹を探り合い、秘密の中を独立独歩で生きていくのさ、お茶もこうして自分で淹《い》れる、食事も各自自分で作る」

「話を逸《そ》らすなよ。じゃ君は、高校生からのコンサート出演の依頼を断るって言うのか？

英語研究会のメンバーは、みんなわれわれの本を読んでいて、君の大ファンだって言うんだぞ。今度のは、PTAのおばさんたちが君に会いたがっているわけじゃない」

「できれば顔を見せてあげたいね」

「これ以上の真心が世の中にあるんだろうか」

「真心の問題じゃない、ただのスケジュールの問題だ。問題をむずかしくしないでくれよ」

「断るのは君らしくない。百万円積まれて無理に演奏依頼をされているというのだったら解るが」

「それは君の趣味の問題だ。世の中にはできることとできないことがある。例えば君だって……」

「アイドル歌謡のCDくらい捨てたっていい！」

私は先廻りして言った。

「ついでにギャル・タレントの写真集も捨てようか？　それにぼくはアイドル歌謡ばかりが好きなんじゃない、ビートルズも好きだ。でもいくら頼んでも、君はちっとも弾いてくれないじゃないか。ぼくは感動したんだ。この高校生の依頼と引換なら、何だって捨てていいぞ」

「じゃあのヴィデオの山もお願いしたいね」

御手洗は遠慮なく言った。

「ああ、君と趣味が違うから……、いいとも、君がこのコンサートに出てくれるなら処分しようじゃないか」

「本棚を占拠している『自分に克つ』とか、『ユダヤ商法ここが違う』なんて本も頼むよ」

「君はそんなにぼくの趣味が気にいらなかったのか？　今回もそうなのか？　高校生のお遊びには時間が割《さ》けないのは、ぼくとの趣味の違いなのか？　君はこんなことには感動できないと」

「そうは言ってないさ」

御手洗はうんざりして言う。

「じゃ、どうしたら君は彼らに顔を見せてくれるんだ？」

「耳の不自由な水牛みたいだな石岡君、突進あるのみか。お茶でも飲んで落ちつかないか」

「なんとでも言ってくれ、でもぼくの顔を潰さないでくれ、たとえ相手が高校生でも、志の高貴さに高低はない」

「コンサートの趣旨はよく解ったよ石岡君。依頼の相手が高校生だろうと小学生だろうと関係はない」

「じゃいいのか？」

御手洗は大袈裟にうなだれた。

「先約があるんだって言っているだろう」

「ぼくはもう引き請けてしまった。ぼくの顔を潰すのか？」

「悪いが断ってくれたまえ、できることとできないことがあるんだ」

「いったいこれ以上どんな重大事があるんだ？　ファンを大事にしないとあとで泣きを見るぞ、ぼくらの本もちっとも売れなくなって、ぼくらは一緒に物乞いしなくちゃならなくなるぞ、それでいいのか」

「物乞いはアメリカでは立派な職業だ。ライセンスまで発行されている」

「ここは日本だ御手洗君、ぼくは日本の話をしているんだ！」

「一緒にアメリカに行ってやろうじゃないか、百ドルくらいでポンコツ車を買って、夜はその中で眠ればいい。昼は公園のベンチで眠って気楽なものだぜ。コインランドリーで頑張っていて、みんなの洗濯物を受け取って、洗って畳んでおいてやるっていうのもいいね、そうすればティップで生活ができるんだ」

「君が一人でやれ、ぼくはごめんだ」

「石岡君、飲まないか？」

鍋に煮立ったお湯を、ティーバッグを放り込んだカップに注ぎながら御手洗は言った。沸騰しているものだから、お湯の飛沫《しぶき》が音をたてながら派手にあちこちに飛んだ。

「一人一人でやろうじゃないか御手洗君、君がこの話を断るなら、これからはそう覚悟してもらおう。ぼくは非人情な男に淹れてもらったお茶は飲みたくない。君も今夜から、ぼくが作った鯖《さば》の味噌煮は諦めてもらおう。一人でラーメンを作って、部屋で食べてくれよ」

「解らない男だね君も。アメリカから来た男の方は放っておいても非人情じゃないのか？」

「アメリカからわざわざ来るのなら、時間は用意してあるだろう。それともアメリカから二十三日の朝飛んで来て、二十四日の早朝には帰るってのか？　会うのは前の日でも、その翌日でもいいじゃないか。いくらでも時間はあるはずだ。二十三日一日、いや夕刻の一時間くらい放っておいても殺されはしないだろう。高校生たちのコンサートは、この日のこの時刻しかないんだ。時間がないなら、君はとりに出てくれればいい。八時くらいにI町市民会館の会場に来て、ちょっとギターを弾いて、すぐに帰ってくれてもいいんだ」

「友人はたいへんに忙しい男なんだ、本当にこの日一日しか空いていないんだよ。いずれ理由を知ったら君も納得するさ。万難を排して、この日に会っておかなくちゃならないんだ。これはとても大事なことなんだ」

「どんなことがあろうと、ぼくは納得なんてしない」

「それに石岡君……」

ティーカップを持って彼は歩きだす。私もむろんついていく。ソファに行ってすわった。私も横にすわる。

「ギターをちょっと弾くといったって、電気ギターかい？　それともアクースティックかな。アクースティックなら、PAが神経質だ、高校生にできるかな？　もし電気なら、バックはどうなっている？　電気ギターなら、一人じゃ様にならないよ。バック・バンドを誰かに頼まなくちゃならない。そうなれば練習も必要だ。高校生たちにちょっと頼んでブルースの進行で弾くといったって、多少は音合わせの必要がある。打ち合わせも全然しないで、八時にちょっと顔を出して、八時十分にさっさと帰るってわけにはいかない。だから今回だけはどうしても無理なんだ、是非解ってくれ」

「そんなに不人情な男だったのか、君は。やはり高校生からの依頼だから、君は断りたいんだ。これがちゃんとしたプロからのコンサート、ゲスト出演の依頼だったら君は行くだろう」

「百万円で引き請けて、家計の足しにするかな。君がもし今のぼくの頭の中を覗けたら、そんなことは決して言わないだろうな、今ぼくの考えていることを解ればね」

「解らないとは思わないね」

私も冷ややかに言ってやった。

「君はおとといあたりから何かいらいら、せかせかしている。頭の中でまた何か考え続けているんだろう」

「それが解っているんだったら、何も言わないでくれよ、否定はしない、ぼくは今とても忙しい」

「だからアメリカから友人が来るとかなんとか、それにかこつけてるんだ。本当は自分のやりたいことをやりたいんだ。だから高校生のお遊びにつき合っている気分にはなれないんだ」

「気分の問題じゃない、物理的に時間がないんだ」

「アメリカの友人はまた来るかもしれないじゃないか。それに君はそんな風来坊だ、君がちょいとアメリカに行くのは、何の造作もないことだろう。どうして今回はそんなにこだわるんだ」

「石岡君、それは逆なんだ。この次はもうないんだよ、高校生たちのコンサートこそ、来年またあるかもしれない。そうしたら、来年こそは出ようじゃないか。今から予約しておいてくれたら、きっと予定しておく。約束したなら、ぼくは破ることはしないよ」

「まるで大演奏家だな、そんなに偉いのか君は。高校生の真心の『手作りコンサート』よりも、その友人に会うことの方が大事なのか」

「申し訳ないね石岡君。答えはイエスだ」

「なんてエゴイストなんだ！」

「見解の相違だね」

「ぼくは大演奏家だ、だからスケジュールは自分じゃ解らない。ちょっと秘書に電話してくれたまえ、来年の末までスケジュールはいっぱいだろうが、来年のクリスマス頃なら何とかなるだろう、か。たいしたものだな。電話してきた彼は、三年生だって言ってた。来春にはもう卒業してしまうんだよ。だから来年はないんだ」

「それはとても残念だね。彼の命が危ないとでもいうなら考えよう。だがそうじゃないのなら、悪いが結論は変わらない。この世界には、できることとできないことがある。間《ま》が悪かったんだ」

「だがね、御手洗君……」

私が言いかけると、御手洗はさっと右手をあげて制した。

「議論はもうこれまでだ。後はもう繰り返しになるだけだ。できないことはできない、誰が何と言おうとだ。それを無理じいするのはわがままというものだよ。高校生の彼には、申し訳ないとぼくが謝っていたと伝えてくれないか。翌日でいいなら部屋に遊びに行く。ここに来たいなら、どうぞ来てもらってかまわない。だが、二十三日の夜だけは駄目なんだ。悪いね、ではぼくはもう出かけなくちゃならない。帰りは遅くなるかもしれない。このカップは、嫌なら洗わないでそこらに置いておいてくれていい。帰ってからぼくがやるし、鯖の味噌煮は諦めよう」

お茶を飲み終わり、御手洗はせかせかと立ちあがった。部屋にあるコートを取るため、くると私に背中を向けた。一度言いだしたら、てこでも動かない男だ。だからその背中に向かって私は言った。

「今ぼくがどんなにがっかりしているか、到底君には解らないだろうな」

御手洗は何も言わなかった。それでしばらく沈黙ができた。

ドアを開け、自室に入り、コートを取ってまた出てきた。首の左右にはマフラーの両端をぶらさげており、ゆっくりとショート・コートを羽織っていた。

「世の中の弱い立場の人のために、骨身を惜しまないのが君だと思っていた。たいした勘違いだったな。これからは認識をあらためよう。外国人の友人のためなら、真心も踏みにじる男だとね」

「紙に書いて壁に貼っておいたら？」

御手洗は言った。

「身障者で、車椅子で、おまけに外国人だ。これ以上弱い立場の人が世の中にいるのかい？　言いたくないが、もしかすると今日のは、ぼくの生涯最大級の失望だぜ」

「弱い立場の人は、世の中にたくさんいる。だがぼくは一人だ、できることは限られる」

言いおいて御手洗は、せかせかと玄関に向かう。

「どんなに大事な友人か知らないが、君はこの頃堕落したんじゃないか」

腹がたったから、私は言ってやった。

「それが現実だよ石岡君」

背中を見せたまま、彼は言った。

「人間は成長する、いつまでも聖人君子じゃいられないさ」

そして彼はドアを閉めた。

3

この時の私がどんなに面目ない思いがしたか、電話をしてきた佐久間《さくま》君という高校生に報告の電話をするのがどんなに辛《つら》かったか、ちょっと表現ができないくらいだ。高校生なら帰っているだろうと思われる午後の七時に電話をしたのだが、電話に出たのは彼のお母さんと思われる人で、息子さんをと言うと、「手作りコンサート」の準備とかで、まだ帰ってきていないんですよと言った。連日深夜まで頑張っているという。受験前なのに、とても心配だと彼女は私にまで言った。

そう聞くと、彼がこのコンサート実現にどんなに打ち込んでいるかが解り、断られたと告げるのがますます苦しくなった。が、言わないわけにもいかないので、お帰りになったらこちらに電話をくれるようにと言って、電話を切った。石岡と言うと、ひょっとして母親は事情を知っているかと思ったが、何も聞いていないようで、石岡さんですね？　と念を押し、はじめて聞く名前に怪訝《けげん》そうだった。

十一時頃、彼から電話が入った。二度目だからうちとけ、弾んだ声で、はじめて電話をしてきた時とは別人のようだった。お電話いただいたようで、と彼は言った。そして、今I町市民会館から帰ってきたところで、舞台の飾りつけもほぼ終わり、十点満点での採点カードの作製もやっと終わった、今日は、点数出す時にともす審査員席の白色電球の取り付けと、配線をやっていたんですと言った。まったく夢中のようだったから、私は無力感でいっぱいだった。最近の高校生には、すれからしたような不良も少なくないと聞く。特に横浜にはその手の高校生が多いそうだが、彼にはそんな様子が微塵《みじん》もなく、純粋で誠実なエネルギーに突き動かされて行動しているふうだった。

お母さん、君の受験のことを心配していたよ、と私はまず言った。彼を満たしている情熱に水をさすのが恐くて、御手洗に断られたことを開口一番では言いたくなかった。だから本題に入る前に、まずクッションをもくろんだのだ。すると彼は言う。ええ、でもぼくは内申書はたぶん悪くないと思うし、目指してるのは英語系の大学だから、これも勉強の内なんです。それに御手洗さんが来てくれるって言ったら、学校中に伝わってしまって、関係ない子まで大勢手伝いにきてくれるようになっちゃって、みんな徹夜してでも頑張るって言ってはりきってますから、ぼくが頑張らないわけにはいきません。もともとの言いだしっぺはぼくなんですから。今日はみんな手分けして、自分の家から鉢植えの花持ってきてくれたので、舞台が花でいっぱいになりました。

そう聞いて私は、ますます言いだせなくなった。高校時代の自分は、こんな価値のある活動をやってはこなかった。それに彼の年代の頃に、彼のようにもっと積極的に英語に取り組んでいたら、今こんなにも英語コンプレックスに悩むことはなかった。

私が沈黙がちになったので、御手洗さん、引き請けてくださいましたでしょうか、と彼はおずおず訊いてきた。しかしその声は相変わらず明るく、屈託がなく、私を信じきっている様子だった。私が請け合った以上、御手洗が断ってくるなど考えてもいないふうで、追い詰められて私は、御手洗を激しく怨んだ。

本当に申し訳ない、と私は始めた。この苦痛の時間よ早く終わってくれ、と祈りたい気分だった。御手洗なんだけれど、その前の日でも後の日でもいいと言うんだ。でも十二月二十三日だけは、前々から予定が入っていてどうしても駄目だと言うんだ。ぼくもそのことは聞いていなくて、あわてて食いさがったんだけど、どうしてもどうしても駄目だって言うんだ。引き請けながら本当に申し訳ないんだけど、そしてずいぶん口説いたんだけど、ぼくとしてももうどうしようもなかった。小声ながら、私は一気にまくしたてた。そうしたら、沈黙が私を待っていた。私の気持ちは沈んだ。

ああそうですか、と彼は、ややあって残念そうに言った。みんな、残念がるだろうなあ、とつぶやくように言う。私がそうであったように、彼もまた、仲間の手前面子《メンツ》を失うだろう、私は想像した。繕《つくろ》う言葉がなかった。

でもしようがないです。コンサートの日取りがこんなに近づいてきていきなりなんですから、御手洗さんも予定あると思います、男らしく彼は言った。みんな、御手洗さんが来るって言っても半信半疑だったから、だからこれでいいんです。そういう彼の言葉に、私は心臓が冷えた。彼の活動のようなもののために、本来私のような者の存在はあるべきなのだが、私は務めを果たせなかった。

ああ、お詫びと言ってはなんだけど、と私は大あわてで言った。ぼくでよければ何でも協力するから、だからぼくにできること何かあったら言ってね。でもぼくはギターは弾けないけど。それに音痴だし、何かパフォーマンスやれと言われても駄目だけど。

はい、ありがとうございます、と彼は力なく言った。私にそう言われて、彼が戸惑うのが解った。私などにそんなことを言われても、仕事の割りふりようがないだろう。コンサートだから、ギタリストでもある御手洗に声がかかったのであって、音楽会に、音譜も読めず、アイドル歌謡を聴くだけが趣味といった無芸の男に仕事はない。

じゃあ、開会の挨拶をしていただけますでしょうか、と彼がこともなげに言った。え、と私は、内心心臓が停まるほどにぎくりとした。自慢ではないが私はあがり性で、口下手で、人前で話すのは大の苦手である。人の視線を遮って立っていることだって苦痛なくらいなのに、大勢の人前で何か話すなど思いもよらない。だから講演の類《たぐい》の依頼は、すべてお断りしている。彼としては私がもう年齢がいっているし、時に先生とも呼ばれる人種なのだから、学校の先生と同じように考えて、みなの前で喋ることくらい何でもないと思っているのだ。

しかしこんな間の抜けた行きがかりでは、私には断る資格もない。も、もちろんかまわないけど、でもぼくなんかでいいのかなぁ、ぼくは音楽のことは何も知らないし、ヴォランティアの趣旨も全然理解していないし、英語はひと言も話せないし、ほかにもっとふさわしい人がいるんじゃないかと思う、例えば君の学校の先生とか。もしぼくに気を遣《つか》って言っているんだったら、それは全然無用のことだからね。ぼくが言ったのは、荷物運びとか、切符切りとかのことであって、と汗まみれで防戦したのだが、まるで効果はなかった。そんな仕事なんてもうとっくにみんなで分担してあるし、当日は、学校から先生は一人も来ないのだと一蹴《いっしゅう》された。抵抗のかいもなく私は、コンサート開会の挨拶、そして審査員の一人を引き請けさせられてしまい、また別の意味で落ち込むことになった。

彼としても、これは今訊こうと思っていたところだと言う。御手洗さんの返事聞いてからチラシやティケットを印刷しようと思っていたので、仲間が今家で自分の電話を待っているのだと言う。だからこの電話切ったらすぐに仲間に電話して、石岡さんは来てくださることになったとチラシに入れるのだと言った。あまり嬉しくはなかったのだが、責任上致し方がない。それまでを断れる人の悪さは、私は持ちあわせていなかった。舞台に上がったら、自分がいかに音楽に素人であるかの説明と、御手洗を口説き落とせなかったお詫びを言おうと心に決めた。

彼の口調から、今や当初の弾んだ調子は消えている。ああは言っているが、彼がいかに気落ちしているかが私にもはっきりと感じられ、気の毒でならなかった。それでも彼は、気力を奮いたたせるようにして無力な私に礼を言い、電話を切っていった。

彼と私とは、年齢は親子ほどにも違うはずだが、私は教えられた思いがしきりにした。それにしても感じるのは、御手洗への立腹だった。彼の不人情ぶりが私には信じられないともに、ひどく悲しかった。御手洗は変わったと思った。以前なら、こんなことをするような人間ではなかった。

それで、その夜から御手洗とは冷たい戦争に入った。彼のために夕食など作る気はさらさらなかったし、となると自分一人の分だけを作るのも馬鹿馬鹿しく思われて、私は食事を表のレストランに行ってすませた。実は魚を買ってきていたのだが、冷凍庫に放り込んで凍らせた。

御手洗が帰ってきても、当然ひと言も言葉を交わす気はない。帰宅すると私はさっさと自室に籠《こも》り、読書したり、ヘッドフォンでビートルズのCDを聴いて過ごした。この頃私は、何度目かのビートルズ狂いの日々を過ごしていた。御手洗と出遭った当時は、むしろ御手洗の方がビートルズを好んでいて、私は何かと彼に教えられた。彼はもともとはジャズの人なのだが、ビートルズだけは例外のようで、中期以降の彼らの創造性を気にいっている、といったセリフを何回か聞いた記憶がある。

音楽を聴きながら、そうか、高校生による今度の「手作りコンサート」で、もしビートルズ調のバンドが出るなら、私などにも採点ができるかもしれないと思いついたりした。私は何もアイドル歌謡ばかりを聴いているわけではない。数は少ないが、英語の歌だって聴いている。ただ正直に言うと、私は歌なしでは寂しく聞こえる方で、そして歌入りなら、英語がからきしの私だから日本語の方がより感動できる。これは事実だ。そして同じ歌入りなら、男より若い女の子の声の方に魅《ひ》かれてしまう。残念ながらこのあたりは、まったく御手洗の言う通りなのであった。

しかしその頃の御手洗はといえば、もうビートルズは聴いているふうではなかった。この頃の彼は、ロックぽくなったジャズをしきりに聴いていて、以前はビートルズを自分なりにアレンジし、ギター曲ふうに弾いたりもしていたのに、この頃はいくら頼んでも拝んでも、ビートルズは弾いてくれなかった。そういう彼の態度は、なんとなくビートルズを軽んじているようにも受け取れて、これもまた私は気に入らなかった。ビートルズは私にとって唯一理解できる英語の歌で、これは言葉を替えて言えば、英語コンプレックスが強い私としては、自分が理解可能の音楽中の唯一高級な部分であったから、これまでを軽んじられては、私はまったく立つ瀬がなかった。

玄関のドアが開いて、御手洗が帰ってきたようだった。洗面所に行って手を洗い（この手を洗うという行為は、御手洗は実によくやる。一日に何度もやる。名は体を表すとはよく言ったものだ）、そのまま居間を横切って自室に入っていく気配。食事は外ですませてきたのだろう、厨房には興味を示さない。そうなるとまた少し寂しいような思いがするのは複雑だが、ドアがパタリと閉まり、後はことりとも物音がしなくなる。この後、アンプを通さない電気ギターの音がよく聞こえたりするのだが、このところはそれもない。今彼の頭を占めているのは全然別の何かであって、音楽ではないのだ。

私はまた内耳型のヘッドフォンを耳に入れ、「マジカル・ミステリー・ツアー」を聴くことにした。その頃はこれと、「ホワイト・アルバム」の四面目、「リヴォリューション・ナンバー9」を除いた部分を特に気にいっていた。

そしてこの時だった。不思議なことだが、私はようやく思い当たったのだった。この頃暇さえあればビートルズを聴いていたのに、全然考えてもみなかった。今年は一九九〇年、ジョン・レノンが殺されてちょうど十年目の年だ。おまけに十二月、ジョンが射殺されたのも一九八〇年の十二月だった。私はかなりびっくりした。まったく気づかずにいたからだ。

あの日のことはよく憶えている。一九八〇年の確か十二月八日だ。もう御手洗と出会ってから三年近い年月が経っていて、一緒に馬車道に引っ越してきてからもう二年が経っていた。そう考えると、彼とのつき合いも長いと気づかされるが、ビートルズは、むしろ御手洗と暮らすようになってから詳しくなった。

師走《しわす》のあの日、私は御手洗にステレオの部品を買ってきてくれるように頼まれ、一人秋葉原に出かけて、メモの品を求めて半日電気街をぶらついていた。そして黄昏《たそがれ》時に馬車道の部屋に帰りつき、ドアを開けた途端に彼からジョンの死を聞かされた。彼もさすがにショックを受けたようで、腕を組んでしきりに何か考え込んでいた。私はと言えば、誰もがきっとそうであったように、しばらく信じがたかった。しかしその頃私は、今ほどにはビートルズを知らなかったし、愛着も持ってはいなかったから、ショックは感じたものの、言ってみればショックを感じる資格がないような受けとめ方だった。だから割合余裕もあった。このとてつもない悲劇は、私などではなく、もっと別の人たちのためのものだった。

私にとってジョンの死の衝撃は、むしろそれから何年も経ち、ビートルズをよく聴くようになってからじわじわとやってきた。事件自体はそれはひどいことだったが、同時に私にとっても、八〇年前後といえばこの上なくひどい時代だったので、とても個人的な感じ方なのだが、妙に心にしっくりと来た。あり得ることのように納得したのである。あの頃なら、私だってそんなふうに命を落としていて不思議はない。八〇年前後、あれはとても危険な時代だった。

いずれにせよ、私にとってビートルズの死はそんなふうだ。どこまで行っても静かで、仲間とともに悲劇を共有し、涙を流すチャンスを逸した。出会いの熱狂にも遅れ、アルバム一枚一枚の成長ぶりに対する尊敬にも遅れ、そして死のショックにも出遅れた。私にとってのビートルズ体験は、簡単に言うとそんなふうだ。そして今、八日はもうとうに過ぎている。ジョン・レノンの死の十周年もまた、私はこんなふうに一人でぼんやりと生きていたのだ。

4

御手洗との冷戦は、二十三日当日まで続いた。それまでの数日というもの、私は彼とはいっさいの口を利《き》かなかった。これが夫婦なら、さしずめ家庭内別居というやつだ。しかしそう思っていたのは、案外私だけかもしれなかったのだが。

あれ以降、もう口論の場面はなかった。私がベッドから起きだし、活動を開始する午前十時頃には友人はすでに出かけていて、帰宅してくるのは自室に籠った私が、そろそろベッドに入ろうかという頃合いだったから、エゴイストの同居人の不人情ぶりを面と向かってなじる機会は、二度と訪れなかった。

御手洗はひどく忙しそうで、ひょっとして悪いことをしたと思って、自分に顔を合わせまいとしているのかとも思ってみたが、考えてみればそんなことをいちいち気に病むような男ではない。彼としては、ただ自分のやりたい仕事がたくさんあるというだけなのだ。私に何を言われたかももう忘れているに違いない。

高校生の佐久間君とは、その後も何回か話す機会があった。当日の打ち合わせをしなくてはならなかったからだ。家まで迎えにいきましょうかと彼が言うから、そんな偉い人でもないし、I町市民会館は知っているから、ちょっと距離はあるけれど、自分で歩いていくと言った。すると彼は、ではコンサートは夕刻五時からで、だいたい三時間くらいの予定なのですが、石岡先生は四時半くらいに小ホールの受付にいらしていただければいいですと言う。自分たちが借りているのは小ホールの方ですから、と彼は言った。

話しながら彼は小声になり、今御手洗さんそこにいるんですかと訊いた。少しでもいいから彼と口が利きたいようだった。冷たく断られても、彼はまだ御手洗のことが好きなのだ。気が知れないとまでは言わないが、一緒に暮らしていなければ、よいところしか見えない。御手洗は出かけている、そう私が言うと、ああそうですかと彼は言い、明らかに残念そうだった。しかし彼は、御手洗さん、出演の方はやっぱり駄目なんでしょうかといったような、往生際の悪い態度は決して見せなかった。

高校生たちだけのコンサートかと思ったが、会場のたぶん三分の一近くは父母も来るはずだと言う。これはつまり、出演バンドの家族である。となると、開会のスピーチもあまりいい加減なことは言えないように思われた。アメリカン・スクールのバンドも四組くらい出るし、審査員は石岡先生を除いてみんな外国人だし、父母にも外国人がいますから、スピーチには英語を混じえてもらってもいいですと彼に言われ、じょ、冗談じゃないとばかりに私は即座に断った。めっそうもない、そんなことができるようなら苦労はしない。

それでコンサート当日が近づくにつれ、私は自室で一人、ぶつぶつと開会の挨拶の練習をして過ごした。レポート用紙に挨拶の文面を書き、憶え、暗唱するのだが、当日、暗い足元に整列しているだろう観客の無数の顔を想像したら、簡単なこれが全然頭に入らない。だんだんに食欲までなくなるありさまだったから、これは駄目だ、格好をつけず、舞台上でメモを読もうと決めた。

それにしてもいつも思うことだが、作家と名のつく職業人は、よく「講演」ということをやる。それも二時間も三時間もである。これが作家という者の仕事の一部と一般に考えられているらしい。私にはこれがまた全然解らない。読者と同じただの人間が、本を何冊か出したら、どうして人前で長々と喋るような大それたことができるようになるというのだろう。みながそう考える理由が、私には理解できない。自分がそんなことをする際を想像したら、緊張でショック死しそうになる。ほんの三十秒の（そんなにもないかもしれない）挨拶でさえこれなのだ。

私は一生、講演などという大それた真似はできないに違いない。とすれば、たぶん私は作家ではないのだろう。いやたぶんではない、まったくの言葉通り、私は作家ではない。そんな偉そうな人ではないのだ。私は単に御手洗という友人の仕事の記録者であり、彼の推理理論の注釈家程度の存在にすぎない。人を集めて主張すべきどんな思想も、私は持ち合わせてはいない。自慢ではないが、これは胸を張って言える。

いよいよ二十三日の朝となった。緊張のあまり、私は前夜よく眠れずにいた。開会の挨拶くらいでこれなのだから、講演だったらいったいどんなことになるのであろう。考えるだに恐ろしい。

あれは午前十時くらいのことだったろうか、睡眠不充分なのでまだ起きる気にはなれず、かといっていつもはもう起きる頃合いなので、なかなか眠りの内に戻ることもできない。それで私は、頭から布団をかぶったまま、しばらく悶々と寝床の中にいた。私の狭い部屋は、どういうわけか窓がないので（これは前の住民がカメラマンで、暗室にするために潰したらしい）、寝坊したい時にはまことに具合いがいい。このまま明日の朝までだって眠っていられる。しかし時間が解らないから、早く起きなくてはならない時は地獄で、だから目覚まし時計二個は必需品である。

半分眠り、半分覚醒したような気分の底で、私は玄関のドアがノックされ続けているのを聞いていた。眠りが徐々に覚醒し、私はぼんやりと、この音が夢なのか現実なのかと考えた。枕の上で目を開き、枕元のスタンドをともし、暗い天井をしばらく見ていたら、またどんどんと音がする。現実だ、と知り、私はあわてて跳ね起きた。寒いのでサイドテーブルに置いていたガウンを引っかけ、「はーい」と大声を出しながら玄関まで飛んでいった。

急いでドアを引き開けると、そこに一人の痩せた黒人が立っていた。ぎくりとする。ひょっとして日本語を話さないのだろうかと心配したのだ。しかしここは日本だし、この国に住んでいるのなら、まさかまったく日本語を解さないということもあるまいと考え直した。

大きなサングラスをかけ、見るからに高級品らしい革のジャンパーを着ていた。外国人にしては背はそれほど高くはなく、私くらいだったろうか。外国人だったから、今日のコンサートの関係の人かと考えた。しかしそれにしては年齢が行きすぎているし、一人で来るのも妙だ。黒人の年は解りにくいが、すでにもう老人のように見えた。

あ、と言い、緊張のままに私がぺこりと頭をさげると、彼はにこりともせず、「ハイ」とまず、ひどく嗄《しゃが》れた声で言った。それからまさかと思った悪い予想の通り、彼の口からずらずらと英語が出てきた。私にはまったくひと言も解らないから、師走というのに例によって全身から汗が噴き出す。解らなかったのは、英語だからというだけではない。彼の声がひどくかすれ、無理をして喉から絞り出しているような様子だったからである。苦し気なきしり音が、かろうじて言語になっているというふうで、だからこれがたとえ日本語であっても、非常に聞き取り辛かったろうと思う。私はまったく、何ひとつ解らなかった。

私が痴呆のようにだんまりで突っ立っているので、彼は呆れ果てたようにちょっと笑い、両手を広げた。その様子に、あるかなしかの私の自尊心はいたく傷つき、劣等感の井戸の底にすとんと落ちた。こうなると私は、正気を失って変なことをやりだすのが自分で解っていたので、私はできるだけじっとしていようと考えた。英語が解らないのは誰でもない自分のせいなのだから、誰を怨むこともできない。

彼が、私の体の脇につと手を伸ばしてきた。何をされるのかと思ってぎくとしたら、彼はドアをついと押し開けただけだ。そして首をかしげ、中を覗くふうである。この時彼の体から、高そうなオー・デ・トワレの香りがした。

それから老人は、私の肩にぽんと手を置いた。そしてわずかに微笑《ほほえ》み、体をゆっくりとはすにした。諦め、帰ろうとしている。緊張の極《きわみ》にあった私だが、この時ようやく、彼が御手洗を捜しているのかと見当がついた。それで、

「あの、御手洗、でしょうか」

と私は、断るまでもないだろうが日本語で言った。するとこれが通じたらしく、彼は「ヤ」と言って頷いたのだ。

「あ、ちょ、ちょっと待ってください、今部屋見てきます！」

私はまた日本語で言って、御手洗の部屋のドアの前まで走っていった。どうしてこの程度の英語も出ないのだろうと、われながら心底不思議だった。部屋のドアをどんどんと叩き、返事がないからがばと開けてもみたが、彼の姿はない。

私は汗をだらだらと流しながら、また小走りで玄関にとって返した。もう駄目だ、もうどうしていいか解らない、といったパニック寸前だった。

「あの、あの、今いません、どこかに行きました。今いません！　今いません！」

悲鳴のように繰り返しながら、気づくと私は両手を滅茶苦茶に振り回し、まったく意味も何もないジェスチャーをやっているのだった。その時だった。

「オウ、ハーイ」という明るい声が廊下でして、御手洗らしい足音が階段を上がってくるふうだ。黒人の彼も何か声を出し、少し階段をくだって迎えにいくふうだ。御手洗が帰ってきた！　そう思うと私は安堵の虚脱で、その場にへなへなと膝をつきそうになった。

御手洗は、黒人と肩を組むようにして部屋に入ってくる。年齢は親子ほどにも違うようだが、仲がよさそうだ。どうやら旧知の間柄といったところらしかった。御手洗が英語で私を紹介した。その時、黒人がサングラスを取った。するとその下から、まるで射るようにするどい視線が現れたので、私はまた威圧される思いで立ち尽くした。こんな眼光に、私は今まで出遭ったことがない。インドの予言者のようだと思った。同時に私は、この老人は、このただならぬ眼光を隠すため、これまでサングラスをしていたのかと考えた。

私は、汗ばみ紅潮しているに違いない顔を、またぺこりとさげた。すると彼は右手を差し出し、握手を求めてくるふうだ。顔つきに似ない、案外気さくな様子に戸惑いながら私がその手を握ると、彼は私の極限的動揺を見透かすようににやりとする。笑う時も、大きな鋭い目の印象はいささかも変化しない。それで私はというと、どうしたことか自分の意志でなく、またしても反射的に頭をぺこりとさげてしまうのだ。彼は、また私の左の二の腕あたりをぽんと叩く。自分の身についた卑屈さに愛想が尽きる思いだ。私は、どうやっても堂々と振る舞えない人間なのである。

御手洗がソファを勧めている。黒人は少し足を引きずるような歩き方で寄っていき、ゆっ

くりと腰を降ろした。すると御手洗は、

「石岡君、熱い紅茶を頼むよ!」

と明るい大声で言った。さも当然のような口調である。すると私もまた、緊張から解放された安堵のせいか、喧嘩をしていたこともすっかり忘れ、大あわてで厨房に飛んでいくや、夢中で紅茶を淹れてしまうのだった。

盆に載せた紅茶を運んでいくと、二人は夢中で何ごとか話し込んでいる。そして紅茶を半分も飲むと、話がまとまったらしく、揃って立ちあがった。どうやら一緒に表に出ていく風情だ。老人が、私に向かってちょっと右手を上げていった。すると私は、恐ろしいことにまたしてもぺこりと頭をさげてしまうのである。紅茶のことといい、長年で身についた習性とは恐ろしいもので、私の脳の回路には、これ以外の反応動作がインプットされていないのだ。

ぱたんとドアが閉まり、部屋には気の抜けたような静寂が戻る。虚脱し、私はソファにすとんと腰を降ろしてしまう。そしてこの時にいたって私は、ようやく自分がまだパジャマを着ていたことにも気づいたのだった。しばらくすわっていると、別にそんなことなど考えてもいないのに、「ちょっと待って」は「ジャスト・モーメント」だったと思い出すのである。今頃思いついても何にもならないのに、続いて「今いません、今いません」と頭の壊れたオウムみたいに繰り返さないで、「マイ・フレンド・イズ・アウト・ナウ」とか何とか言えばよかった、などとしきりに悔やまれてくる。必要がなくなってから、英訳は快調に進むのである。そうなるともう「ジャスト・モーメント」と、「マイ・フレンド・イズ・アウト・ナウ」が頭の中で千回もリピートし、責めたてられる思いで、だんだんに目が廻ってくるのであった（ちなみに、正しくは「ジャスト・ア・モーメント」である）。

御手洗が言っていた、二十三日にアメリカからやってくる友人というのが、どうやら今の黒人なのであろう。今の彼と前々から約束していたため、御手洗は高校生の「手作りコンサート」にはゲスト出演ができないというのだ。これから一日をかけ、二人で横浜と東京見物だろうか。これからの何時間かで、いったい何が観られるというのだろう。何者なのか知らないが、彼がそんなに大事な人なのだろうか。高校生の純真な心と、自分へのラヴ・コールをあっさり無視してまでつき合わなくてはならないほどの相手なのか。確かにただならない気配を漂わせ、その割に案外よさそうな人ではあったが、私には、やはりどうしてもこれが解らない。

緊張が徐々に去っていくと、友人への憤《いきどお》りもまた甦る。しかし今やこれに、自分のふがいなさへの憤りもない交ぜになるから、ひどく複雑な様子である。パニックの極にあってひとたび解放されるや、喜びのあまり正気を失ってすべてを忘れ、尻尾《しっぽ》をぷるぷる振るようにして、要求されることを何でもやってしまう自分にも腹がたつ。

だが冷静になるにつれ、そういう憤りの大半は自分へ向けられるべきとも解ってきた。すべては自分の罪なのか、と私は力なく思う。御手洗は約束を破ったわけではない。あの黒人との約束が先にあったのだ。約束を破れと言っているのは私の方だ。御手洗の約束相手に会ったことで、私の内にようやくそういう発想が訪れた。誰なのかは知らないが、確かに彼は年寄りだし、礼を尽くすべき威厳に似たものが備わっていた。

それなら私は、自分のできるすべてを、今夜のコンサートへの協力という形で出し尽くすべきだろうと思った。御手洗の行動はもう決まってしまった。協力は無理だ。となると今自分たちにできることと言えば、もうそれしかない。御手洗が駄目なら、いかに非力といえどもその分私が働き、欠落をほんの少しでも小さくするほかはないのだ。

5

I町市民会館の小ホール受付に行くと、大書《たいしょ》されて掲げられた「手作りコンサート」のボードの下に、スティールのデスクが出されていて、向こう側に三人ばかり女の子がかけていた。デスクの上にはチラシが積みあげられている。みんなもの馴れたふうでなく、どこか緊張していて、私服姿だったが一見して高校生たちと解る様子だった。

椅子にかけた女の子の背後には男子生徒が二、三人立っていたが、私が入っていくと全員がぴくんと顔をあげ、私に会釈を送ってきた。男子生徒の一人が、急いで女の子たちの背後を廻ってこちらにやってくる。色白の顔立ちで、痩せた小柄な青年だった。細面だが童顔で、その少年らしい印象から、私には高校三年生には見えなかった。もっと若く見えた。

「石岡先生でしょうか」

と彼は言った。受付に入っていったのは私一人ではなく、別にも何人か年配の客がいた。彼らは女の子にティケットをちぎってもらい、チラシを取って黙々と観客席へ向かう。そういう何人かの人間の内から、彼は私を見つけた。

「はあそうです」

私が言うと、佐久間ですと名乗り、そこにいた全員を紹介してくれる。みんな起立して、私に黙礼してくれた。校長先生にでもなったようで恐縮だった。佐久間君がデスクの上のチラシを一枚とって、私にもくれた。見るとこれに、「審査員、石岡和己《かずみ》（作家）」と私の名前が印刷されてある。午前中の外国人とのやりとりなどを思い出し、なにやらまた冷や汗が出る。

I町の市民会館には大ホールと小ホールとがあり、小ホールの方は、観客のキャパシティがせいぜい三百人くらいに見える小ぢんまりした会場だ。とてもよいホールで、私はなかなか気に入っている。今までここに何度か足を運ぶ機会があったが、それらはいずれもそれほど有名でない文化人の講演会だったから、会場はいつもせいぜい五分《ごぶ》くらいの入りで、静かなものだった。

したがってI町市民会館小ホールでの催しといえば、せいぜいその程度の客の入りしか私にはイメージができず、特に今回は高校生の素人バンドによるコンサートでもあることだから、客はそれよりもさらに少ないくらいだろうと予想して出かけていた。ところが佐久間君に案内されて後方から会場に入ってみると、まだ開演までに時間があるというのにほぼ満席だったから、びっくり仰天した。しかも客は、私たちに前後してさらにどんどん入ってきている。じきに満員盛況になるのは明らかだった。佐久間君の話では、新聞記者も取材に来ているという。私は震えあがり、それでいかに抑えても、私の激しい緊張はスタートしてしまった。

緞帳《どんちょう》が降りていたから、舞台上の飾りつけなどは全然見えなかった。私の横を歩きながら佐久間君が、舞台後方にはひな壇みたいな台を置いて、そのうえに鉢植えの花を並べたので、なんだか植木のショーみたいになってしまいましたと説明する。しかし私は、今から自分があの舞台に上がり、これら大勢の観客に対して開会の挨拶をするのかと思うと、信じられない思いがして早々とあがってしまい、気もそぞろになって彼への相槌もぎこちなくなる。本当にできるのだろうかと試しに挨拶の文面を思い出すと、どうしたことか頭の中は真っ白けでまったく何も出てこない。まあいい、メモを読めばいいのだと思い直す。

佐久間君は終始気恥ずかしそうな話し方をする。私の姿を見かけて以来、ことあるたび何度も何度も会釈を寄越すので、なんだかさっきの自分を見るようでこちらも少し気恥ずかしい。とはいえ、むろん私としては彼から、絶えず言いようのない好ましさを感じ続けた。御手洗が来られなかったというのに、彼は私程度の者の来訪にも心から喜んでくれているようだった。

佐久間君に導かれ、私は舞台のすぐ足もと、最前列まで案内された。私の席は舞台に向かって左端で、右手を見ると、ずらりと横一列に車椅子が並んでいた。二十人もいるだろうか、壮観だった。車椅子の前には小さなデスクが、椅子ひとつについてひとつずつあり、採点のためらしい点数カードが載っている。デスクのひとつひとつには、それぞれ白色電球が取りつけられていて、それらは私の前にもある。数字は紙の裏表に墨汁で書いたらしく、いかにも手作りである。

車椅子の後方には、それぞれヴォランティアか、家族らしい付き添い人がすわる椅子があり、彼らは外国人日本人が半々で、その手はたいてい車椅子の後方に付いたグリップにかかっている。車椅子の人たちは、私の視界の及ぶ限りすべて外国人だった。彼らの頭はたいてい真っ直ぐに立ってはいず、左右に寝ていた。その仕草は、私には眠っているか苦痛に堪えているように見え、胸が痛んだ。ヴォランティアの人たちの献身と苦労に私は思いを馳せ、来てよかったと思うとともに、これからも自分にできることがあれば何でもやろうと決めた。

会場の壁に取りつけられた時計が、午後の五時を告げる。後方を見廻すと、客席はもう満員である。いよいよ始まる、と思うと、私の心臓は知らず早鐘のようになる。左の肩がとんとんと叩かれたので、私は跳びあがった。見ると、佐久間君が横の通路に立っている。

「石岡先生、まずぼくが上がって始めること言いますから、それから先生の名前を紹介したら、この階段から上がってあのマイクの前まで来てください」

ことともなげに言う彼は、まことに落ちついている。あとでクラスメートに訊いたら、彼は生徒会長で、大勢の前で話すことに馴れているのだそうだ。私の方はというと、え、もう？という焦った思いと、そういう彼の言葉を聞いた途端に自分を見失ってしまい、早鐘のように鳴る心臓の音を聞きながら、うんと言って頷くこともできない。

言いおくと佐久間君は、たった今私に示した目の前の階段を、さっさと上がっていく。すると轟然《ごうぜん》たる大拍手が会場から湧き起こり、その音を聞いたら私はもう駄目で、なかば気を失ってしまってすごすごと家に帰りたくなった。

佐久間君がマイクの前に到着すると、拍手はすうっと鳴りやむ。彼はゆっくり口を開く。その様子は、私などに対して喋っているのとまったく変わらぬごく自然な調子なので、ああ、あんなふうにやらなくてはいけないんだなぁ、と私はしみじみ思った。

このイヴェントの趣旨を説明している。見ると紙など持たず、空で話しているではないか！　激しいショックを感じ、私の心臓は喉もとまで駈けあがる。自分たちがコンサートを始めようと意図したいきさつ、そして開会にこぎつけるまでの多少の苦労話なども、彼は淡々とユーモアさえ交えて語る。彼のジョークに会場が沸くたび、私は自分との話術の差に縮みあがる。

特殊クラスの生徒が日頃いかに苦労しているか、そして一般がいかに無理解で、車椅子を押していると街にどんなに多くの障害が存在するかなどを、嫌味なく彼は訴えている。あがっているような気配は微塵もなく、私は心から感心する。これだけ要を尽くした挨拶があるのに、何故この上私などがのこのこと上がっていって喋る必要があるのか。そんなことをしてもぶち壊しになるだけだ。だがその時だった。

「今日は、横浜在住の有名な作家、石岡和己先生にも審査員としていらしていただいています」

彼の口がいよいよそう言ったので、私はいろんな意味で悶絶しそうになった。私は有名でもないし、作家でもないし、先生でもない。

「では先生に、ちょっと開会の挨拶をいただきたいと思います。では石岡先生、お願いします」

そして嵐のような拍手が、容赦なく私の虚弱な心臓を直撃した。私はもうすっかり足が震えてしまって立てなかった。いったい私はどうしてこう気が小さいのか、自分でも不思議でたまらない。そんな自分がどうしてこんなことを引き請けてしまったのだろうと激しく後悔する。たとえどんなに不人情をしようと、できないことはできないのだ。ああ引き請けるのではなかった、そう心から思う。しかしこうなってはもう家に帰ることもできないから、立ちあがり、よろよろと前進しようとしたら、足がデスクの脚にひっかかって転びそうになった。そしたら、観客席がちょっとどよめく。

するともういけない、私はますますあがってしまう。こんなに長く生きてきたのに、こういう経験が今まで一度もないことは驚きだ。私は、ただただだらだら生きてきたというだけの人間で、まったく引っ込み思案で、学生時代からこんな晴れがましいことには関係した記憶がない。楽器も駄目、歌も駄目、弁論大会の時も、私に出ろとは誰も言わなかった。生徒会長はもちろん、学級委員もやったことがないから、こんなに大勢の人の前に立ったことは一度もない。

しかし、机の脚に蹴つまずいたことは却ってよかった。体に気合が入って、何とか歩けるようになった。あれがなかったら、私はおそらく階段を踏みはずして転落したことであろう。そして開会挨拶はあえなく中止、大観衆注視の中、担架に乗せられてうめきながら退場となり、翌日の横浜新聞には「作家石岡和己氏、コンサート会場の舞台から転落、骨折して入院」などと三面を飾ったに違いない。

舞台に上がってみたら、大拍手が私を包み、自分の靴が舞台の床を踏む音も聞こえない。雲の上を行くようだ。夢うつつでマイクの前に立つ。横にいた佐久間君が、さらに何ごとか私について紹介してくれたはずなのだが、まったく何も憶えていない。ええいままよと、上着の胸ポケットからメモを取り出す。格好など言ってはいられない。メモなしで人前で喋る力は、私にはないのだ。

無我夢中でお辞儀をすると、勢いよくマイクに頭突きをくらわし、轟音とともに車椅子の人たちの頭上に倒しそうになる。佐久間君があわててマイクに取りつき、かろうじてもと通りに立ててくれた。観客は度肝を抜かれたか、拍手が急速にしぼむ。極端に焦り、私は震える手でメモを顔の前に持ってくる。私としては、静かになることなど全然望んではいない。もっともっとざわついていて欲しいのだ。私の声など聞こえなくていい。どうせ今からたいしたことを言うわけでもないのだ。

そろそろとメモに目を落としていった。すると、恐怖で髪が逆立ち、私は大声で泣きたくなった。何ということだろう！　ライトがそっぽを向いていて手もとが暗く、しかもメモの字が小さすぎて、たったの一文字も読めないのだ！　ああ、もっと大きな字で書けばよかった！　そう後悔したが、すでに後の祭りだ。私は茫然と舞台中央で立ち尽くした。

ふと足もとを見てしまう。すると暗い中に着席し、私をじっと見つめている顔顔顔、無数の顔の海が目に入る。全員がしんとしている。しわぶきひとつない。そして、私が何か言うのをじっと待っている。その恐怖！

この瞬間が、わが人生最悪の時のひとつだった。メモがまったく読めず、私はそれでやむなく、考えていた挨拶の文句を思い出そうと努めてもみた。ところが、予想した通り、まったく何も出てはこない。やはり私はこんなところに上がるべき人間ではなかった。さっきもそう思ったが、まったくその通りで、挨拶などできはしない人間だったのだ。ああ、引き受けるんじゃなかった、とまたも激しく後悔する。

メモの文面を読もうと、もう一度空しい努力を試みる。目の一センチ前まで持ってくる。しかし、やはり駄目だ。それで私は、自分でも気づかないうちにこうつぶやいていた。

「ああ駄目だ、読めません」

すると意外なことが起こった。観客席がどっと沸いたのである。客は、私がジョークを言ったと思ったのだ。途端にホール中の照明があかあかとともり、舞台上も含め、館内は真昼よりも明るくなった。そうしたら、印画紙の像が現像液の中で浮かびあがるようにして、すうっと文字が目に入ってきた。

「あ、どうもすいません、見えてきました！」

喜びのあまり、私は思わず叫んだのだった。そしたら、観客がまたどっと笑う。実際私としては、そう言わずにはいられなかった。この時私が照明係の人物にどれほど感謝したか、到底筆舌《ひつぜつ》に尽くしがたい。

「最近、どうも老眼が進んできたものですから、暗いところで小さい字はちょっと……」

日頃思っていることが、正直に口をついて出る。するとどうしたことか、場内はもう爆笑だった。しかし私としてはすっかりあがっているものだから、自分が何を言っているのか全然解っていない。ジョークどころか、真剣も真剣、いいところであった。生まれてこのかた、これほどに真剣になったことがかつてあったろうかと思うほどに真剣だった。だから、観客が何故沸いているのかが皆目見当もつかない。

「石岡和己です」

と私は言った。正確に言えば読んだ。私はどうやら、自分の名前も忘れているらしかった。

「本日はお招きいただきまして、ありがとうございます。本当は友人の御手洗を連れてきたかったのですが、彼は今日はアメリカから来た友人を連れ、東京と横浜を観光案内して廻っているものですから、どうしても口説き落とせませんでした」

私の読み方は、どうしてもたどたどしくなる。もう百回も読み、練習しているはずなのに、あれだけの経験はいったいどこに行ってしまうのか。私はまったく、何ひとつ憶えてはいないのだ。だからこの場ではじめて読んでいるのと同じことである。まるで子供の作文朗読のような棒読みとなり、観客はどうもそういう私の何かが面白いらしくて、ずっとくすくす笑いが続いている。

「この次にはきっと連れてこようと思います。ですからこのような社会的意味のある催しは、これから何回も続けていただきたいと思います。でも私をまた呼んでいただいても、お役には立てないでしょう。何故かと言いますと、私はギターのコードというと、CとAmとDm

とG7しか知りませんし、聴いている音楽というとアイドル歌謡ばっかりで、歌の技術についても全然解りません。歌はまったく音痴で、この前カラオケというものをはじめてやらされたら、私はまだ一生懸命歌っていたのに、伴奏の方が先に終わっていました。だからこの次、ティケットもぎりでも楽器運びでも何でもやりますが、審査員にだけはしないでください」

私は大汗をかいて一生懸命だったのだが、最後の方は自分の声が全然聞こえなかった。何故かと言うと、理由は解らないのだが、観客が爆笑してしまって場内が、騒然としたからだ。

はっとわれに返ると、私は割れんばかりの拍手に送られ、よろよろと舞台を歩いた末、そろそろと階段を降り始めていた。拍手は鳴りやまず、席に復しながらも私は、何が起こったのか理解ができない。佐久間君がまた舞台に駈けあがっている。急いでマイクの前に立った。

「石岡先生、どうもありがとうございました。いやぁ、さすがにプロの先生は違いますね、こんなにユーモアあふれる名スピーチははじめてです。ぼくもこれから一生懸命練習して、いつかあんなスピーチができるようになりたいです」

と言ったから腰が抜けた。

「じゃあこれから始めます。石岡先生のあんな楽しいスピーチの後だから、コンサートはもう成功したも同然です」

彼が言い、緞帳がゆっくりと上がっていく。私のスピーチは楽しかったのだろうか？　私は真剣に首を傾《かし》げた。放心はまだ続いていたが、どうしたことか、気分は悪くなかった。

6

緞帳が上がると、佐久間君が言っていた通り舞台背後に五段ばかりのひな壇が現れ、この上にはぎっしりと花や植木の鉢が載っていた。ひな壇は左右にひとつずつ置かれ、その中央には空間が取られて、ここから背後にかかっているブルー一色のカーテンが望めた。出演者は楽器を抱え、このブルーのカーテンの中央部分をかき分けて登場したのち、植木の載った左右のひな壇の間を通って、舞台の上まで進んでくるようになっていた。

佐久間君の言うように、確かに植木のショーのように見えないこともない。植木の載ったこのひな壇の手前に、ロック・バンド用のアンプやドラムセットが並んでいて、右端には大きな三角形のボードがひな壇に立て掛けられていた。ボードには「手作りコンサート」と大きく書かれ、周囲には紙で造ったらしい白やピンクの造花がぐるりと留められて、いかにも高校生による手作りといった素朴な意匠だったが、悪くないできだと私は思った。

ブルーのカーテンをかき分け、ひな壇の間を通って最初に出てきたバンドは、女の子二人、男の子一人という編成のフォーク・グループだった。ギターは一本で、これは男の子が持っていた。三人でおずおずマイクの前まで進み、男の子がギター用のマイクの先を調節し、ギターのホールの前に持ってきてから伴奏を始めた。ところが歌が始まるべき場所まで来ても、女の子たちはあがってしまっているのか歌えず、また最初からやり直した。みんな自分と同じようなので、私はかなりほっとする。いくら小ホールとはいっても、こんな本格的な会場で歌うことは、高校生にはなかなかないのだろう。

出演バンドの実力は、正直に言うと私にはよく解らなかった。私自身にしどろもどろの開会挨拶の余韻が続いていたせいもあるのかもしれないが、高校生たちの演奏の中に、自分の知ってる曲は一曲も出てこなかったし、上手なのか下手なのか、私には判定がつかないというのが正直なところだ。ただ、声が小さすぎて歌詞がよく聞こえなかったり、明らかに途中と解る場所で歌が停まったりしたようなバンドに関しては、点数を低くすべきなのだろうと見当をつけ、適当に数字を掲げていった。

高校生の手作りになる審査員席の装置は、なかなかよく考えられていて、一つのバンドの演奏が終わり、司会の佐久間君が「では点数をお願いします」と言うと、審査員席のデスクの白色電球にぱっと明かりがともり、われわれが掲げたボードの数字が、客席からよく見えるようになるのである。

途中で歌が停まったり、演奏自体が中断して、もう一回最初からやり直したりするようなバンドの中にあって、アメリカン・スクールのロック・バンドはさすがに上手だった。まずは英語の発音がうまい。それはまあ当り前の話だが、それだけでもう私にはうまく聞こえてしまう。日本の高校生のバンドはフォーク・グループが多く、ドラムが入っていないし、どうも遠慮がちに歌っているふうだったから、こういうものに較べるとドラムが入ったロック・バンドは音量が違うし、歌も堂々として聞こえる。するともうそれだけで、私などには上手に思われるのだ。

日本の高校生のバンドは、素人っぽいがとても可愛い印象のグループが多かった。女の子ばかりのグループも多く、そういうグループはたいていアクースティック・ギターがひとつふたつ入っただけのフォーク・バンドで、花についての歌詞を、ハーモニーを利かせて歌った。

だが女の子だけのロック・バンドも何組かあり、中にひと組、アメリカン・スクールのバンドで、凄いお化粧をしたバンドがあったから、私は度肝を抜かれた。まるっきりのプロという印象で、高校生がこんなことをしてもいいのだろうかなどと思わず私の方がびくつき、しかし私は、このバンドにしっかり十点満点をつけてしまった。演奏も悪くなかったし、何よりびっくりするような美人の子たちだった。

審査員をやりながら右手を見ていると、車椅子にすわった人たちも、笑ったり手を叩いたりして、盛んに楽しんでいるふうである。私などには明らかに上手に聞こえるアメリカン・

スクールのロック・バンドに、彼らの与える点数が案外低いのは意外だった。彼らは、日本の女の子によるコーラス・グループなどに、総じて高い点を入れている。

一時間と少し経った頃、休憩が入った。佐久間君がそう告げ、緞帳が降りた。私はほうっと大きく息を吐いて椅子の背にそり返り、気持ちがいいのでしばらくそのままでいたら、「あのう」という遠慮がちの声がしたのでびっくりして跳ね起きた。私の周りに、車椅子の人たちが集まってきていた。椅子を押している日本人女性の一人が、私に声をかけたのだ。

「は、はい」

私が応えると、彼女でなく、車椅子に乗っている白人の青年が何ごとか私に話しかけてきた。しかし彼は口が少し不自由で、発音が明瞭でない。それでも彼は何ごとかを、英語で懸命に訴えた。

「お聞き取りにくいかと思いますが……」

ヴォランティアの女性が言ったが、たとえ発音が明瞭であっても私には解らない。

「今夜、御手洗さんはいらしてはいただけないんでしょうかと、彼は言っています」

聞いて、私は衝撃を受けた。車椅子の人たちは、続々と私の周りに集まってくるふうだ。見廻すと、二十人全員が私の周囲に寄ってこようとしていた。目の前の通路は、だから交通渋滞だった。そして彼らは、不自由な言葉で口々に同じことを言っている。みんな、御手洗は来ないのかと私に訊いているのだ。

私は言葉に詰まってしまう。どう弁解していいか解らない。

「どうも、本当にすいません、ぼくはずいぶん口説いたんですが、今日は、アメリカから友人が来るということが前々から決まっていたらしくて、昨日でも明日でもよかったらしいんですが、今夜だけはどうしても駄目だって言うんです。いくら食いさがっても駄目で、みなさん楽しみにしていただいたみたいですが、ぼくが力足らずで、本当にどうも申し訳ありません」

私は頭を下げた。こんなにたくさんの若者が御手洗に会いたがっていたとは知らなかった。まったく予想外だ。車椅子の背後に立つヴォランティアの人たちが、それぞれ英語になって私の釈明を伝えている。すると車椅子の上の人たちの顔が、徐々に領きはじめた。その様子を見ると、私は言いようもなく感動する。

別の車椅子の人が発言する。この言葉もやはり明瞭ではない。背後の若い女性が通訳する。

「おととしの秋に、あなた方はベルリンに行ったのかということですが……」

「はい、行きました」

意表を突かれ、私は思わず応えてしまう。どうして知っているのだろうと思った。また別の人が発言する。ヴォランティアの人が通訳する。

「日本でも、薬害で踊りだすような人が実際に出たんですか、ということです」

「出ました。とても珍しいことなんですが、ありました」

私は応える。すると彼は、続けてまた何か発言する。

「彼は、この問題には以前から大変関心があるんだそうです。アメリカでもそういう症例が報告されていて、日本にもあると知って驚いたそうです」

私は頷く。彼は車椅子の生活だから、薬害や、医療の問題にはとりわけ関心が高いのだろう。しかし何より、彼らが私たちについて非常に詳しいことに驚いてしまう。休憩時間は、私への質問時間になってしまった。

「石岡さん！」

という日本語の大声が後方からした。

「横浜新聞です。今夜は御手洗さんはいらっしゃらないんですか？」

という質問がまた飛んできたのでびっくり仰天した。御手洗の動向は、今や新聞の関心事にもなったらしい。

「はあ、今日だけは駄目だというんです、アメリカから友人が来るというんで……」

と私はまた弁明である。これではまるで私の釈明記者会見だ。

「それは誰です？　友達って」

新聞記者はさすがにプロで、突っ込みがある。

「それが、ぼくは知らないんです」

「会ってはいないんですか？」

「ぼくがですか？　会いました」

「どんな人です？　有名人ですか？」

「痩せていて、黒人のお年寄りで、でも有名な人ではないでしょう別に」

私は応えた。

「私たちのところでも何か変な事件があったら、御手洗さんに、いらしていただけますか？」

車椅子を押す女性が私に訊いた。

「もちろん御手洗が興味を持つ事件だったら、喜んでうかがいます」

私は応える。

「横浜では、暗闇坂以外に、何か変わった事件はありませんでしたか？」

別のヴォランティアの人が問う。

「ありました」

私は応える。

「でも、ちょっとまだ発表の段階ではないので」

私は言った。

「いつか、御手洗さんに会える機会、私たちにもありますでしょうか」

別の女性が訊く。通訳しているのか自分の意志なのか不明だが、私は可能だろうと応えた。

「望まれるなら、この埋め合せはすると言っていましたから、明日でも、明後日でも、呼んでくださるなら出かけると言っていました」

「本当ですか？」

叫ぶように彼女が言い、ほかの女性たちの顔にも笑みが浮く。別の女性が、

「この人たちはみんな、御手洗さんに会いたがっています」

と言うと、車椅子の上の人たちが、てんでに頷いている。

「それから、もちろん私たちもです」

私が応えて何か言おうとした時、開演のブザーが鳴った。それで、質問会は打ち切りとなった。みんな私に黙礼し、車椅子は、遠くの人から順に、ゆっくりと席に戻っていく。手前のヴォランティアは、私に背を見せたまま、自分の前があくまでしばらく立って待っている。

緞帳が上がり、司会の佐久間君が現れる。彼の紹介で、また別のバンドが出てきて演奏が始まった。フォーク・グループだった。フォークのグループが多い。音が小さい方が、練習がしやすいからだろう。

二時間も審査員を続けると、さすがの私も気分が落ちついた。いろいろな緊張が去って、

ようやく人心地がついたのだ。そうなると、たった今の休憩時間の様子が、私にあれこれと考えさせた。思い返すと、たまらない気分になる。この貴重な場所に御手洗が姿を見せなかったことを、許しがたいように感じるのだ。さっきまではそれほどでもなかった。だが、みなのあいう様子を見てしまった今は違う。私は息が苦しいような気分にさえなっていた。みんなあれほどまでに御手洗に会いたがっている。それをあの男は、にべもなく断ったのだ。

彼は、ああいう人たちの存在を知っているのだろうか。私も充分自覚してはいなかった。私などは、こっちで会いたいと言っても相手は逃げる。御手洗の場合、あんな勝手な男なのに、みんな彼に会いたがって行列しているのだ。これほどありがたいファンを、何故ないがしろにするのか。もし私が御手洗だったら、何を犠牲にしてでも彼らの期待には応える。人気などいっときのものだ。こんな状態はいつまでもは続かない。人気があるうち、ちゃんと誠意を見せておかなくては、こんなものはじきにしぼむのだ。あの男にはどうしてそれが解らないのか。

また、佐久間君が電話で私に言ったことは完全に正しい。出演しているバンドの音楽はすべて歌入りだ。間奏でギターのソロを聴かせるバンドもなくはないが、またアメリカン・スクールのバンドなどかなり上手ではあるのだが、間奏は短いし、格別驚くようなテクニックは見せない。フォーク・バンドにいたっては、間奏も弾かないグループが大半だ。楽器構成も、フォーク・グループはギターだけだし、ロックはといえばギター、ベース、ドラムの編成ばかりで、キーボードが入ったバンドもなく、変化が乏しい。ここはやはり御手洗が、歌なし、ギターだけの音楽を聴かせるべきだった。

しかし私の思惑とは無関係に、コンサートはとどこおりなく進行し、最後のロック・バンドの演奏も終わった。採点は十点満点で、小数点以下はなかったから、私はあるいは同率首位や、同率二位が何組か出るのではと心配した。が、審査員の数が多いので、つまり総計得点の数字が高いので、そんなことはなかったらしい。一位、二位、三位がすんなりと決まった。ファンファーレなどの用意があるわけでもないから、佐久間君が淡々とバンド名と、メンバーの名前を読みあげた。一位は、日本の女の子二人組のフォーク・バンドだった。二位はアメリカン・スクールのロック・バンド、三位もまたアメリカン・スクールのバンドだった。アメリカン・スクールのお化粧バンドは、残念ながら三位以内に入らなかった。そんなものかなぁ、と私は審査員として首を傾げた。彼女たちなら、CDが出たら買ってもいい。

一位、二位、三位、の彼らがまたステージに出てきて、佐久間君から賞状と、リボンのかかった賞品の包みをもらった。彼らは観客席に向かって一礼をし、「感想をどうぞ」と佐久間君に求められ、一位の女の子たちは「ありがとうございます」とひと言言った。二位、三位の高校生たちは英語で何か言ったが、むろん私には解らない。

コンサートは終わった。観客席後方の気の早い人たちは、もう腰を浮かせ、帰り支度を始めた。会場は、いくぶんかざわついた雰囲気になる。私は、何かひとつ食い足りない気分がしきりにした。高校生の素人バンドによるコンサートだから、プロによる演奏会のような充実感や感動を期待したわけではないが、それにしても、何かが足りないとしきりに思った。

壇上の佐久間君が、最後の挨拶をしていた。

「今夜はみんな、どうもありがとう。父兄の方々も、どうもありがとうございました。練習不足のバンドもあったようで、ちょっと恥ずかしかったですけど、まあみんな一生懸命やったから、全然悔いはないです。でも最後にひとつ、これは言わないつもりだったけど、やっぱり言わずにはいられないな。今のぼくにはひとつだけ悔いがあります。御手洗さんのギターが聴けなかったことです。でも仕方ないな、ぼくたちはまだ若いし、これからの長い人生には、きっとあの人のギターを聴ける日もくると思う」

その時、ギターの音が聴こえた。和音を分解した、アルペジオふうの奏法だった。音は馬鹿に大きくて、立ち上がって背後を向きかけていた人も、足を停め、舞台に注目した。

馬鹿でかい音をたてているらしい電気ギターのネックが、ブルーのカーテンの隙間から覗いた。それはギブソンの335らしく、私には見覚えがあった。と見る間に、さっとブルーのカーテンが撥《は》ねあげられ、御手洗が颯爽《さっそう》と姿を現した。そして何小節か流麗なソロを聴かせた。弾きながら植木の間をゆっくりと歩き、舞台上に進んでくると、背後に、今朝見かけた黒人がしたがって来ているのが見えた。黒人は、赤いトランペットを持っていた。

マイクの前まで進むと御手洗は、ピックを持った右手をギターから離し、

「ハロー、マイ・フレンズ!」

と元気よく英語で話しかけた。

私は知らなかったが、会場でカセット・テープを廻していた人がいたから、この時の様子は録音されて残っている。私もこのコピーをもらったから、こうして様子が正確に再現できるのである。御手洗の発言はすべて英語だった。私が今これを書けているのは、テープを停めては聴き直しながら、懸命に翻訳したからだ。

「遅れたかな? 間に合ってよかった」

そして湧き起こった拍手と歓声は、文字通り会場を揺さぶった。この中には、私のものも混じっている。私は胸が熱くなった。笑いながら御手洗は右手を伸ばし、壇上の佐久間君と握手をした。彼もまた、熱く感激しているのが私にはよく解った。

「とてもいいコンサートだったようだね、席で聴けなくて残念だ。でもきっと友人が、ぼくの代わりに聴いてくれたと思う。ところで明日はクリスマス・イヴ、どんなしまり屋も、愛する人のために贈り物をする夜だ。今夜の君たちは幸せだ。ぼくの古い友人が、今から君たちのために演奏をしてくれる。凄いやつなんだ、世界最高のトランペッターだぜ。でも一曲だけだ、とても忙しい男だからね。一曲吹いたら、すぐにアメリカに帰るんだ。だが一曲で充分のはずだ。今夜の経験は、きっと君たちの思い出に長く残ると思うよ。彼の名前はシヴ

ア・セリム、アメリカから、このコンサートのために駈けつけてくれたんだ!」

御手洗は、黒人の老人を左手で指し示した。彼は、赤いトランペットを少し持ちあげ、振った。拍手が起こる。

御手洗のギターから、いきなりコードの音が流れた。ゆっくりと、時計のように、正確に音を刻んだ。観客は、急激にしんとする。黒人が、やや俯くようにして、マウスピースを口にあてた。ペットの先は、床に向かってだらりと下がっていた。と見ている間に、朗々としたメロディが、ペットの先から床にあふれて落ちた。それは最初は低く、今日一日いろいろとあって疲れていた私の心を、ゆっくりと撫でるようだった。

突然、彼の顔が上を向く。ペットの先も天井を向いた。そうしてしばらく吹くと、今度はぐいと観客席の方向に向きなおり、気分を鼓舞するような、強い高音をたてた。

御手洗はその間アルペジオの音に徹していて、これをじっと支えている。二人のアンサンブルは、それはとても不思議な音楽を創っていた。リズム楽器がいっさいなく、トランペットと電気ギターだけ。しかし私には、それがとても重い音楽に聞こえた。これまで聴いたことがない種類の音だ。だが同時にその何かが、絶えず私を、懐かしい気分にと誘い続けた。聴いたことがない曲のはずなのに、私はこれを知っていると感じるのだ。これは何だ?

あっ、と声に出してしまった。老人がまた俯き、崩さないメロディを吹いた時、私に解った。この旋律、これは「ストロベリィ・フィールズ・フォーエヴァー」だ。ビートルズだった。知っていたはずだ。そして老人の音が沈む時、私は感じた。なんと美しい音だ。なんて心に染みいるようなメロディだろう。土の匂いがして、草や、緑の香りがするような、なんて優しい響きだ。私はこれまでの心の疲れや、重なる赤恥で少しささくれ立っていた気分が、ゆっくりと癒されるのを感じた。

老人の立ち振舞いは、観客などいないがごときだった。観客に背中を向けて吹き、そうかと思うと、しゃがみ込んで得心がいくまで吹いた。少し疲れているのだろうか、じっと立っているのが辛そうだった。老人は、今朝見た時と同じ、濃いグレーの革ジャンパーを着ている。そして市松《いちまつ》模様に似た、黒白の派手なパンツを穿《は》いていた。ずいぶんお洒落な老人だなと思った。立ったりしゃがんだりする時、この市松模様がゆるやかに動く。

そして私は、この時になってようやく、この老人はトランペットを吹く人だったのかと知った。今まで二人でどこを歩いてきたのか知らないが、御手洗は、このコンサートのことが気にかかっていたのだろう。決して忘れていたわけではなかった。この老人が音楽家だから、いっそ彼を誘ってコンサートにやってきたのだ。

老人が立ちあがる。そしてマウスピースから口を離した。存分に吹いたので、しばらく休むふうだった。その様子に、われわれは拍手を送らないではいられない。割れるような拍手が起こった。老人は、赤いトランペットをついとあおって、御手洗に合図を送った。その仕草は板について、この老人が、昨日今日のアマチュアではないことを観客に語った。

すると、御手洗のソロが始まった。それまでおとなしくしていた彼のギターが、会場の床をびりびりと震わせるような、とてつもない音をたてた。大きくて重いドアが、ゆっくりと開いたと感じた。私は、まずこの音に度肝を抜かれた。そして今、自分の扉がきしるような物凄い音だった。私は、まずこの音に度肝を抜かれた。

開いたと感じた。なんの扉かは知らないが、私は、自分の心の内にある何かの扉が、今強引に押し開かれたのを感じた。胸が波立つような気分だった。不思議なことだが、私はこの時、自分は変われると思った。きっといつの日にか、変わることができると確信した。

とそう思った瞬間、御手洗の圧倒的なソロが始まった。それはまるで雪崩《なだれ》のようだった。ギター一本でなんであんな音がたてられるのか。私は今までこんな音を聴いたことがない。そして御手洗が、あれほどに打ち込んだソロを弾くのも、私はそれまで聴いたことがなかった。御手洗のギターから物凄い風圧が観客に向かって浴びせられ、われわれの体は、なすべもなく、観客席の背もたれに押しつけられた。

この時の衝撃は、ちょっと表現の言葉がない。低音から果てしない高音まで、御手洗のギターは天空を縦横に駈け巡るようだった。その喩《たと》えようもない自由さ。聴いていると呼吸が詰まり、目が廻るようだった。

ペットを持つ老人は、じっと立ち尽くしている。彼もびっくりしていることは間違いがなかった。彼もまた圧倒されているのだ。御手洗は、たったの一小節も、「ストロベリィ・フィールズ」の旋律を弾かなかった。

御手洗がソロを止めた。見ると、彼の手がまったく止まっている。ちょっと空白ができた。老人が白い歯を見せている。苦笑いのように見えた。そして御手洗に向かい、右手の親指を立てた。御手洗の手は停まっていたが、音は変わらずに続いている。アンプが余韻を鳴らし続けているのだ。

すると老人のトランペットが入ってきて、「ストロベリィ・フィールズ」の主旋律を、ゆっくりと、崩さずに吹いた。それは、まったく宝石のような瞬間だった。観客が息を呑むのが解った。魂が自由になり、宙に浮かぶのを感じた。どうして彼らはこんな音がたてられるのだろうと、私は心から不思議に思った。われわれと違わない人間として生まれ落ちたはずなのに、どうして彼らにだけ、こんなことができるのだろう。

しかしそれはもう嫉妬でも、自分に劣等感を強《し》いる何かでもない、ただひたすら、音楽というものの意味を考えた。音楽には、こんなことができるのだと知ったのだ。これは凄いことだ。そして、なんと素晴らしいことだろう。今この瞬間に自分が居合わせたことを、心から神に感謝した。私は幸せだと感じた。こんな取得《とりえ》のない自分だが、生きていてよかったと思ったのだ。

気づくと、音楽は終わってしまっていた。私たちは、拍手をすることも忘れていた。二人が見つめ合ってにやりとし、御手洗の左手がゆっくりとネックの上に載ったから、ようやくわれわれは音楽が終わったことを知って、拍手を始めた。拍手は最初は小さく、そして、果てしなく大きくなった。そしていつまでも終わらない。いつまでも、いつまでも終わらない。このままでどうなるのか、どう収拾《しゅうしゅう》がつくのかと、私は本気で心配した。

老人が、ゆっくりとマイクの前に進んできた。観客がこれを見たので、拍手がすうっと沈む。老人は、赤いトランペットを胸の前で抱えた。唇が今度はマイクに近づき、ひどい嗄れ声の英語が、こう言った。

「ゆうべ俺は、鳥になった夢を見た。マリブの海岸の波打ち際を飛んで、潮の香りや、果物の匂いをたっぷり嗅いだ。幸せな一瞬だった。鳥になったことを、一瞬たりとも後悔はしなかった。マイ・フレンズ、差別だらけの世の中だ、だが負けずに、ベストを尽くそうぜ。いつか天国で会おう！」

そして彼はくると背中を向け、すたすたとブルーのカーテンに向かって戻っていった。代わって御手洗がマイクに近づく。彼は日本語で、こう言った。

「さあ、今度こそコンサートは終わりだ。楽しんでくれたのならいいんだけれど。そして石岡君、早く家に帰って熱い紅茶でも飲もう」

7

それは私にとって最高のクリスマス・プレゼントだった。御手洗がそう意図したかどうかは不明だが、彼は私に、私が望み続けていたビートルズ・ナンバーの演奏を、これ以上ないかたちでプレゼントしてくれたのだった。それからしばらくの間、私はあの夜の音楽の余韻に浸るようにして過ごした。「ストロベリィ・フィールズ・フォーエヴァー」は、その頃私の最も気にいっていた曲であったが、すぐに最も愛する曲になった。今私は思わず「これ以上ないかたちで」と書いたが、そういう表現の真の意味を知るのは、実はもっと先のことになる。

その後の御手洗はというと、いつもとまったく変わる様子がなかった。彼のそのペースに巻き込まれているうち、私の気分もいつか日常的なものに戻り、そしてクリスマスを過ぎ、年が明け、春が過ぎて夏になった。私はいつか、九〇年の師走にあった出来事を忘れるようになった。九一年もまた、それなりにいろいろなことがあったからだ。

私は今もたやすく思い出す。それは九月三十日月曜日の朝刊だった。どこだったかは忘れたが御手洗は外国に出かけていて、長期不在だった。アメリカの有名なジャズ・ミュージシャンが、二十八日にロスアンジェルスで死亡したという記事が出たのである。彼の名前はマイルス・デイヴィス、死因は肺炎、呼吸不全、卒中などの合併症だという。亡くなった病院はLA、サンタモニカのセント・ジョンズ病院健康センター、享年六十五と記事にはあった。

新聞には、晩年のものと断ったマイルス・デイヴィスの写真が掲載されていた。写真を目にした際の衝撃について、私の筆は語る言葉を持たない。私は体が硬直し、呼吸が停まってしまった。突然、I町市民会館小ホールで聴いたトランペットの鋭い響きが耳許に甦り、私は激しく緊張した。しかしそれは朗々として豊かな低音も持っており、記事を読んでいる間中、それらは私の内で鳴り続けた。写真は、たった今私がかけて新聞を読んでいるまさにそのソファにすわり、私の淹れた紅茶を飲んでいた黒人の顔だった。

私はその頃、マイルス・デイヴィスの名前くらいはむろん知っていたが、彼がどれほどに偉大で、世界的に有名なミュージシャンであるかは知らなかった。記事は、「今世紀最後の巨人」と表現していた。

私はしばらく放心した。それほどの巨人が、あんなI町の素人バンドのコンサート会場に姿を見せた？　もしそうなら、御手洗が言った「世界最高のトランペッターだぜ」という言葉は、嘘でもジョークでもなく、過不足のない、文字通りの説明である。にわかには信じがたかったが、思い出すことがある。去る間際、彼が観客に向かって言った最後の言葉だ。「差別だらけの世の中だ、だが負けずに、ベストを尽くそうぜ」。黒人である巨匠が、同じ英語圏の身障者のための集まりと聞いて共感し、無償で顔を出す気になったのだろうか。身障者も黒人も、受ける疎外感は共通する。そう思った時、私は巨匠の精神の高さに、しみじみと感動した。

放心虚脱の何日かを過ごしたのち、私は街に出て、マイルスの死亡を報じ、彼の価値ある仕事の歴史を紹介した雑誌の類を、片端から買いあさった。そしてさまざまに知識を増やした。彼が二度と現れない天才であること、しかし非常に気むずかしい人間で、決して人に媚《こ》びず、生涯一度も人に謝ったことがなく、いたってつき合い辛い男であることなども知った。「威張り屋の帝王」と書いたものもあった。しかし、私にはそんなふうではなかった。気さくに私の二の腕を叩き、部屋を去る時には、ちょっと手をあげていった。ただ威張るだけのつまらぬ男が、街の高校生のコンサートなどに顔を出すだろうか。自分のこの部屋で見た彼のあの仕草を、私は生涯忘れることはないだろう。

多くの記事を読むうちに、彼の生涯最後の来日が、一九九〇年の十二月であったことも知った。彼の謎のひとつに、気むずかしい男であるのにもかかわらず、なかなかの日本びいきだったことがある。彼は晩年多くの病気を持っていて、例の嗄れ声も喉のポリープ手術のためらしいが、そのため七六年からの六年間、沈黙の時期を送っている。しかし八〇年代に入って活動を再開してからは、たびたび来日していて、この最後が九〇年の十二月二十一日、二十二日の二日間、後楽園のビッグエッグで行われた「ジョン・レノン追悼コンサート」への出演だった。

マイルスはこのコンサートで、ビートルズの曲を一曲だけ演奏するために来日している。そしてこの来日が彼にとって、また日本のファンにとって最後になった。その十ヵ月後、彼はロスアンジェルスで亡くなるのである。彼の自宅はニューヨークだが、ＬＡのマリブにも別荘があるのだそうだ。亡くなったサンタモニカの病院は、この別荘から道を下っていった場所にあるらしい。

それでまた私に、解ることがある。「ゆうべ、鳥になった夢を見た」と彼は言った。「マリブの波打ち際を飛んで、潮の香りや、果物の匂いを嗅いだ」とも言った。マリブというのは彼の別荘がある場所だ。あの言葉は、思えば日本のファンへの遺言ともなったわけだが、あの夜がビッグエッグでのコンサートの翌日なら、あの前夜彼は東京のホテルで眠ったはずである。彼は東京で、鳥になる夢を見たわけだ。それもまた象徴的だ。彼は好きだった東洋の一都市で、死後の自分のイメージを垣間見《かいまみ》たのだ。

御手洗が、何としても彼に会っておかなくてはいけないんだと言っていた理由も解った。御手洗は、マイルスの体がよくないことを知っていて、これが会える最後と予想していた。彼自身は、決してそんなふうには言わなかったが。だからこそ彼は、あんなに打ち込んだソロを聴かせた。短いが、全身全霊を賭けた異様なほどのあのプレイは、偉大な友人に送る、最後の贐《はなむけ》だったのであろう。

御手洗がどこにいるのか知らないが、今頃どこか遠い異国で、この訃報《ふほう》に接しているだろうか。私は想像した。これほどの大物なら、世界中どこにいてもニュースが届くだろう。彼は、私などとは比較にもならないほどに感慨があるに違いない。

それにしても御手洗は、どうしてこんな有名な友人を作り得たのか。いかに同胞の身障者のための集まりといっても、御手洗の説得がなくてはあんな小さなコンサートに、彼ほどの大物が顔を出しはしなかったろう。彼は世界最高峰のジャズ・ミュージシャンだ。巨額の金を積んでも断られるケースが多いと聞く。たった半日ほどの説得で、横浜の片隅のまた片隅の素人コンサートなどに、今世紀最後の巨人を無償で出演させるいったいどんな力が御手洗にあったのか。二人はどんないきさつで知りあったのか。過去にどんな関わりがあったものか、これがその後の私に、長く謎になって残った。

いずれにせよジョン・レノンの傑作「ストロベリィ・フィールズ・フォーエヴァー」は、私の最も気にいった曲から最も愛する曲になり、こうして他を圧するほどに特別な曲となった。街のどこにいても私は、この曲の旋律を耳にするたび、あの夜横浜の小さなコンサート会場に颯爽と姿を見せた世界の巨人マイルスと、わが友御手洗を思い出す。むろんこうして、資料のファイルに貼りつけたマイルス・デイヴィスの写真を見ていてもそうなのだが。

写真の下に私は、ようやく知った巨人の本名を、英文字で書いている。「MILES DAVIS FOREVER」と。そしてこれを書きながら、私は御手洗が壇上で口にした暗号を、やっと解読したのだった。おそらくあの夜、エイジェントとか契約しているレコード会社などとの関連で、巨匠は本名を名乗れなかったのであろう。だから御手洗は、友人の名の綴りを逆に読んだのだ。「SIVAD SELIM」、「シヴァ・セリム」、わが友は確かに巨匠をこう紹介した。私の耳もとに、あの夜の友人の発音がまだはっきりと残っている。

ボストン幽霊絵画事件

1

近頃読者から、御手洗《みたらい》についてどんなことでもいいから書くようにという手紙が届く。彼が日本から姿を消した噂はすっかり読者たちにも及んでいて、それなら新しい話は無理だろうから、昔話でもいい、それが関係者の名誉問題に抵触してむずかしいなら、大学時代の事件でも赤ん坊時代の話でも、何でもいいから教えろという。御手洗のファンたちは、私が思っている以上に御手洗の情報に関して飢餓状態にあるらしく、何でもいいから友人の名前を紙面に見たいのだそうだ。御手洗という男にはどうやら一種の麻薬効果があるらしく、友人としてはありがたいことだが、彼の実体を知る者としてはやはり驚くほかはない。

私の立場からこういう読者にはっきりと言いたいことは、確かに関係者が健在で、法廷闘争なしにはとても発表できないような事件ばかりがファイルに残ったことは否定しないが、私が沈黙がちなのは、話題が尽きたからでは断じてないということである。興味深い事件、恐ろし気な事件の記録は、これまで発表してきたエピソードのゆうに二倍はある。もし乞われるなら、読者の書棚に収まっているであろう御手洗潔《きよし》の記録書物を、これからの二、三年ほどで倍にしてさしあげることは簡単である。しかしそのようなことをすれば、私も出版社も、おそらくはほとんど収益が出ないであろう。書物はすべて名誉《めいよ》毀損《きそん》提訴《ていそ》の対象となり、印税はすべて賠償金に廻ったあげく、社会に甚大な混乱を招くことは確実である。そこで私としては今後、友人の仕事の記録の紹介は海外のもの、それも時間がかなり経っているものに限っていかざるを得ない。また関係者の氏名などは、事件の構造に影響しない範囲で手を加えざるを得ない。こういう事情をここであらかじめお断りし、了承を得たいと思う。

　御手洗と出遭う前、私もそうであったが、読者はおそらく事件の様相が謎めいていて、しかも怪談めいたものがお望みであるに相違ない。私が知るものの多くは日本が舞台だが、彼から伝え聞いた海外の体験談は、幸い大半がそういうものである。このボストンの幽霊絵画事件も、読者のご希望にそえるものと思う。

　正確な日付は私のメモにはない。一九六〇年代ということははっきりしている。六〇年代、御手洗は大学生としてボストンに暮らしていた。当人ははっきりそう言わないが、小学校時代から派手に飛び級を重ねたので、大学に入った時、彼はまだほんの高校新入生の年齢だったということである。詰め込み暗記型でないアメリカの学校には、当時どうやら飛び級というものがあったらしい。しかも中学時代から、御手洗のクラスの数学教師はしょっちゅう友人に授業を任せ、ガールフレンドと映画鑑賞に行ってしまうという調子であったから、御手洗という人物の存在は、仲間うちではかなり特殊なものであったらしい。アメリカの教師というものは普段から生徒の仲間になって、大変フレンドリーな態度であるらしいから、御手洗はちょうど年下の教師に対するように、学友から一線を画して接せられていた。そう理解していただければ、この時期の御手洗の立場というものが、お解りいただけるかと思う。

アメリカでの御手洗はいわゆる神童で、小学校から学校というものがまったく退屈であったらしい。だから大学時代の自分はひどく傲慢《ごうまん》な人物になっていたと思う、とある時彼は私に語った。私なども幼稚園の頃、お絵描きの時間に先生から何度かそんなことを言われた記憶もあるが、その栄光もせいぜい小学校の入学までで、年を経るにつれてみるみるただの人になった。友人の場合、それが大学に入るまで持続していたということである。

そう、ここで読者の要望に応え、友人の履歴について多少の情報を披露すると、彼は小学校の低学年時代は日本で過ごしたらしいが、高学年にいたってサンフランシスコの学校に転校し、大学で東海岸に移った。高校時代をどこで過ごしたかは聞いていない。私などには見当もつかないことだが、一般に言われるように天才とは孤独なものであるらしく、と言ってもこれは情緒的な意味あいでなく、現実的、散文的な意味あいで言っている。飛び級をしているのだから、周囲に同年輩の友人がいない。みんなずいぶん年上である。中学生の年齢で高校生をやれば、これは話題も合わないだろうし、体格も違う。しかしそのくらいのハンデイをつけても頭の中身はこの子供の方が遥《はる》かに上であり、おまけにこの子が先生の代わりにみんなの前に出て授業をやる。これは確かに孤独であろうし、この孤独がさぞおかしな人格を作ったであろう。いやそんな他人事ふうな書き方をする必要はない、作ったのだ。私はそれをよく知っているし、また読者もよくご存じであろう。

ともかく大学の新入生時、御手洗はボストンの街中に下宿して、アメリカ有数の有名大学に通っていた。まだ真の悲しみも怒りも知らない無垢《むく》な頃さ、と御手洗は謎のような言葉を私に吐いた。そのキャンパスの噴水の前で、御手洗は、ビリー・シリオという当時親しくしていたイタリア系の学生と話していた。彼はこの時、学生が出版している新聞を持っていて、この中の奇妙な記事のひとつを御手洗との話題にしたのだった。

「キヨシ、君はいつも変わった出来事を捜していたろう?」

ビリーは御手洗に話しかけた。それはボストンのチャップマン・ストリートというところにある、自動車の牽引《けんいん》を専門に行う会社で起こった小さな事件についてだった。

会社の正式な名前は「ZAKAO TOWING SERVICE」と言い、コートジボワール出身のクウェク・ザッカオという人物が経営している牽引と自動車修理の工場だった。ザッカオは二代目で、父親がここに会社を開いた頃のチャップマン・ストリートは寂れた裏通りだったが、六〇年代の当時、高級アパートや洋装店が並ぶようになって、ちょっとした繁華街になっていた。繁華街に黒く油汚れの浮いたザッカオの工場はそぐわないので、何度か買収の話が来ていたが、ザッカオは応じないでこの時にいたっていた。するとある日、この工場に銃弾が撃ち込まれたというのである。大学新聞の記事は、この事件の様子を伝えるものだった。

立ち退かせるための嫌がらせなのだろうと、当初御手洗も思って聞いた。しかしそこは学生の作る新聞のことで、月並みでない要素があるから記事にしているのだった。

「怪我人か死人が出たのかい？」

と十代の御手洗は訊いた。

「一人もない。そもそも人の頭の上の壁を狙って撃っているんだ。工場の者たちにはよく解らなかったそうだぜ、銃弾が撃ち込まれたってことが」

ビリー・シリオは言う。

「ザッカオの工場は、その時少しばかり音をたてていたからね」

「じゃあどうして解ったんだい、撃たれたってことが」

御手洗は言った。

「表に廻って見たら、看板と壁にぼこぼこ小さな穴が開いていたからさ。一目で弾痕と解った。そして文字のひとつが落ちかかっていた」

「文字のひとつがだって？」

御手洗は聞き咎めた。

「ほかの文字は？」

「まったく無傷だってさ」

「何故？」

「弾丸が文字のひとつに集中していたのさ」

御手洗は、この時強く興味をひかれた。

「どの文字」

「最初のZらしい。それもこの記事によれば、Zの右肩あたりに集中しているそうだぜ、弾丸は」

「Zの右肩に？」

「そうさ、だから作業員はもちろん、工場の機材にも自動車にも窓ガラスにも、被害はいっさいない。ただZの文字の周りだけだ。ここを狙って撃ったらしい。何故そんなことをしたんだろうな」

「解らないね、でも面白い事件だ。看板文字はどこに付いていたの？」

「工場の壁に留まっていた。ひと文字ずつがボルトで留められている形式のものがあるだろう、あれさ、あれが工場の入口の頭上にあったらしい」

「どこから、誰が狙って撃ったかは？」

「いっさい解らない、そもそも警察は介入していない」

「OKビリー、今時間はあるかい」

「あるよ、どうして」

「そこに行ってみよう」

2

それで二人はキャンパスを出て、バスを乗り継いで現場まで行った。比較的新しいビルが多い繁華街だったので、ひときわ古ぼけ、オイルであちこちが黒く汚れたふうのザッカオ・トゥイング・サーヴィスの煉瓦《れんが》造りの建物は、すぐに解った。問題の看板もすぐに解った。工場の建物はチャップマン・ストリートの舗道に接して建っており、この建物が大きく口を開いて、舗道からも奥の中庭を見せていた。チャップマン・ストリートを牽引してきた車を、ここから工場の中庭に引き入れ、そこで修理をするなり、しばらくパークさせておくなりするようになっていた。問題の文字は、この大きな入口のすぐ上に、横一列にボルト留めされていた。文字は、一見したところでは何のダメージも受けていないように見えた。建物自体が時代もので傷んでいる上に汚れているものだから、Zの文字の上や周辺に開いた小さな穴は目だたないのだ。

「穴はふさがれているぜ、ビリー」

見上げながら御手洗は言った。そしてダメージを受けているZの下に立ち、しばらく観察していたが、そばを通りかかった工員らしい作業着の男に話しかけた。でっぷり太って、鼻の下にひげを蓄《たくわ》えた白人だった。

「ちょっと失礼。君、よくあれが撃たれたって解ったね、ぼくはよく見ないと解らないよ」

「ああ、あれかい、俺たちが修理したんだ。危なく文字がはずれて落っこちるところだったからな」

彼は言った。

「君はその時、銃声は聞いたのかい？」

「俺が？　いいや聞いちゃいねぇな、ダンテが聞いたって言ってた。なんなら奴に訊いてみるかい？」

「ああそうしたいな、どの人だい？」

「あそこでビュイックをいじってるブラック・ガイさ、おいダンテ！」

そして御手洗とビリーは、工場の中庭でダンテ・トマセロと話した。

「銃声ってほどじゃなかったな」

ダンテは言った。

「カンカンって、なにか石っころが跳ねるような音がしばらくした。それから遠くで爆竹の弾《はじ》けるような音もしていた。ほら見ての通りここは何かとうるさいだろう、あっちでヴァキュームの音や、クリーナーの回る音がしている。俺たちも大声で話すしな、誰も銃声なんて聞いちゃいない。でも作業時間が終わって表に廻ってひょいと上を見たら、文字がはずれかかっているのさ。驚いて次の日に出勤してから、Zの文字だけはずして、穴は裏から叩いてふさいで、新しいボルトで留めたのさ。まったくつまらねえいたずらをする奴もいるもんだぜ、ボストンも悪くなった、ニューヨークなみだぜ」

「何時頃だい」

「あれは、そうだな……午後四時頃かな、いやもっと早かったかな、三時半頃かな、いずれにしても遅い午後さ」

「どのくらい続いた？　その音は」

「どのくらいって？」

「朝から時々あったのかい、それとも四時頃のいっときにかたまっていた？」

「朝から一日中ってこたぁないな、五分かそこいら、聞こえていたと思うね」

「その時、表に人間はいなかったの？」

「いない、いたら大ごとさ」

「まったくだね、理由に見当は？」

「いたずらさ、よくあるこった」

「マネージャーは何と？」

「同じ考えさ」

「警察に報らせたかい?」

「警察に? 何で。看板に穴開けられただけだぜ。こっちがポリスに文句言われちまわぁ。被害届にZの字に穴ぼこ四つ、被害総額十セントって書くのかい」

「十セントね」

「ボルト一本の値段と、俺さまの労働賃さ」

「だけどどこかに、それじゃすまなかった人もいるかもしれない。どうしてハーヴァードの学生が知ったんだい? この事件を」

「あそこの自動車部の連中が来たのさ、うちに。うちは連中と懇意にしてるんだ。あんたもあそこの学生かい? 頭がいいんだな」

「あのラダー(脚立《きゃたつ》)を借りてもいいかい?」

「いいとも。現場検証かい? 何か見つけたらこっちにも教えてくれ」

それで御手洗は、脚立を問題の文字が付いた壁にたてかけ、ポケットから定規《じょうぎ》を出しながらよじ登った。

「ヘイ、キヨシ、ボストン警察に就職する気か?」

ビリーが笑った。

「いいね!」

御手洗は言って、熱心に調べた。ビリーは下に立ってこれを見ていた。

「九ミリの弾丸だぜビリー、これはハンドガンだ。ということは、そう遠くから撃ってはいない。ハンドガンでこれだけ集中しているってことは、いくら腕がよくてもせいぜい二、三十ヤード、チャップマン・ストリートを隔てた目の前のビルからだろう。ほかは考えられないな。しかもやや上方から入っている。俯角《ふかく》数度、二階、いや三階以上、四階以下の階からだ。おそらく三階だろう。ということは、三階の窓のどれかからだ。あのビルは五階建てだから、屋上からではあり得ない。三階の窓のひとつの窓枠とかカーテンには、きっと今も火薬の粉が付着しているだろう。

Zの文字には四つの弾丸が命中している。ほかの文字はまったく無傷だ。ということは、Z一字を狙ったと考えて間違いがない。何のためだい！　Zが嫌いだったのかな。弾丸のうちのひとつは、右肩でZの字を留めているボルトに命中している。この文字は左右二ヵ所、両肩で壁にボルト留めされているだけだ。

壁には八発も食い込んでいる。みんなZの周りだけ。それもZの右側だ。合計十二発。ということはおそらく自動式だ。アメリカで通常手に入るハンドガンで輪胴式なら、口径九ミリはまずない。輪胴式なら六連発だ。自動式なら、道に薬莢《やっきょう》が落ちている可能性もあるかな……。ふん、だがもう五日も前だ、無理だろうな」

そして御手洗はゆっくりと脚立を降りた。

「名探偵さん、ずいぶん銃に詳しいんだな」

「アメリカ人の常識さ。このへん昼間は車の音でうるさいんだな、トラックにバスにオートバイか、これがわれわれの目ざしてきた都会というものだぜビリー、十二発もピストルが発射されているのに誰一人気づかないんだ。これじゃジャングルの中と同じで、殺人も簡単だな。さてラダーを返して、あのビルの下の舗道に行ってみようじゃないか」

そして御手洗はビリーをしたがえてチャップマン・ストリートを渡り、ビルの下の舗道を、さんざん往ったり来たりした。

「駄目だ、やっぱり薬莢は落ちていない。ではこの線は諦《あきら》めて……と、ハンドガンがこのビル、それも三階から発射されたことはほぼ間違いがない。ではビリー、次にわれわれは、このビルが何なのかを確かめるべきだ」

御手洗は、ビルの玄関まですたすたと歩いていった。ガラス扉を押して入るとそこは狭いロビーで、郵便受けだけが並んでいる。郵便配達夫用のスペースだ。しかし郵便配達夫が入れるのはそこまでで、その先にはまたガラス扉が立ちふさがる。そっちのガラス扉はロックがされて、すなわち扉は二重になっているのだ。

その奥はなかなか広いロビー・スペースになる。ソファやポプリの鉢が置いてあり、エレヴェーターの扉が二つ見えていた。横には制服を着たセキュリティ・ガードの大男が一人無言で突っ立ち、壁は天井まで本物の大理石で造られ、天井からはシャンデリアが下がる。床には柄物のカーペットが敷かれて、一見して高級アパートといった体裁だ。

「お金持ちのためのアパートだぜビリー、いつかぼくらも住めるかな。三階、四階の住人は合計何人いるのかしら。ほう、こいつは具合がいい、たったの四組だ」

そして御手洗は手帳を出し、四人の名前をメモした。

「さあこれでいい。ちょっと失礼、君」

御手洗はガラス扉の隙間に口をあてて、中にいるセキュリティに、気軽に声をかけた。

「なんだい」

彼は無愛想に応じた。

「部屋を訪ねるにはどうすればいい」

「その電話で訪ねたい先にかけてくれ。部屋からそのドアのロックを解除できる」

「君は解除してくれないのかい？」

「私が開けることはしない」

「もしぼくらが破ったら？」

「そのガラスは強化ガラスさ、弾丸でも壊れない」

御手洗はくすくす笑った。

「じゃあ何のために君はいるんだい。ところでこのアパートで、最近人が死んだり怪我したりはしていないかい？」

「応えることはできない」

「行方不明になった人は」

「応えられない」

「ランドロード（大家）はどこに住んでいる」

「それも同じだ」

「君はいつもそこに？」

「そうさ」

「夜は」

「別の者が交替に立つ」

「交替要員は何人いる？」

「四人」

「眠らないのか？」

「その守衛室で仮眠をとることもある。しかし注意は怠らないさ」

「セキュリティが立っているのはここだけかい？」

「そうさ」

「アパートの住人が、君に見られないで外に出ることは？」

「そんな必要があるのかい？　でも無理だな」

「ＯＫありがとう、さてビリー、この事件をどう思う」

御手洗は同級生に向き直って言った。

「どといって、これは事件なのかい？」

御手洗は往来に向かって歩きだしている。ビリーもしたがった。

「さあね、可能性はある」

御手洗は言った。

「警察も動いていないのに？」

「連中は近眼の象さ、目の前に死体をつきつけなきゃ事件と解りゃしないよ」

「じゃあ今から死体を捜すのか？」

「いいねビリー！　いい考えだ。ともかく山の中じゃないんだ、いくら退屈しても、人は普通、ハンドガンを十二発もいちどきに連続しては撃たないだろう。あのカフェに入ってコーヒーでも飲みながら、一緒に理由を考えようじゃないか」

3

ミミズ・カフェという名のそのコーヒー・ショップは、ウエイトレスのいない形式で、レジでコーヒーを買ったら、自分でカップを持ってテーブルを見つけてすわる。幸いすいていたので、二人はチャップマン・ストリートやアパートを目の前に見わたせる席に、向かい合ってすわることができた。

「さあ考えようぜ、ビリー」

と御手洗は元気よく言った。拳で自分の前歯をしきりに叩いていて、これは彼がご機嫌な証《あか》しだった。ビリー・シリオはいささか戸惑っていた。

「君は、何でも考えることが好きなんだね」

ビリーは感心したように、そしてなかば呆れたように言った。

「そうとも！」

御手洗は言った。そして、

「そうとも！」

ともう一度言った。あんまりその通りなので、うまい比喩が浮かばなかったのだ。

「さあ君の意見を聞かせてくれよ、ビリー」

「ウェル……」

ビリーは言いかけたが、ちょっと考えた。

「ぼくは君とは少し考えが違うかもしれない。ぼくはこれにさして重大な社会性は感じない。ダンテと同じ意見だ。君も知っているだろう、大学の学生には、もっと馬鹿ないたずらをする奴もいる。強《し》いて反社会的な要素を挙げるなら、その手段にハンドガンが使われているということくらいだ。ハンドガンは文字に傷をつけるだけじゃない、人に当たれば命を奪うからね」

「いいともビリー、その可能性は捨てがたいものとして残る。だがぼくの見るところ、そのパーセンテージは低いね」

御手洗は言う。

「何故だい」

「後で話そう、君の意見をもっと聞かせてくれ。この人物は何故向かいの牽引会社の建物の看板文字を撃ったんだ？」

「いたずらに意味はないさ。ただ面白いと思ったんだろう」

「何故Zを撃ったんだ？」

「一番最初の文字だからじゃないかな」

「どの文字でもよかったのかい？」

「そう思うね」

「じゃ何故右側なんだ？」

するとビリーは考え込んだ。そして言った。

「さあね」

「腕が悪くて右側に集まったと、そう言いたいんじゃないか？」

そう言われると、ビリーに少し抵抗感が生じたらしく、こう言いだした。

「OK、ハーヴァードの学生にしちゃ凡庸《ぼんよう》な意見だったな。じゃこういうのはどうだ、この工場に対して、あのアパートの三階の住人が怨みを持っていた。そうだな……、自分の車を修理中に壊された」

「それで何故Zを撃ったんだい」

御手洗は言い、ビリーは言葉に詰まって苦笑した。

「面白いストーリーだが、根拠がないな」

御手洗は決めつけた。

「OK、じゃ君のはどうだ。何故いたずらじゃないと見做《みな》す？」

「弾数さ、十二発という弾丸の数だ」

「十二発がどうしていけないんだ？」

「多すぎる」

するとビリーは今度は声をたてて笑いだした。

「二、三発ならよかったかい？　キヨシ」

すると御手洗は真顔で頷《うなず》く。

「そう思うね。二、三発ならいたずらの可能性がうんと高まる。ボストンの街中、白昼に十二発だぜ、近所に気づかれなかったのはたまたまだ。いくらボストンの治安が悪くなったといっても、ここはスラムじゃない、隣り近所で十二発も銃声がすれば、警察が呼ばれていて不思議はなかった」

「だが呼ばれなかった」

「それは結果だ。ぼくが言っているのは撃った者の心理状態だよ。この狙撃者には、まわりに秘密にしておこうという意識はなかったと考える方が合理的だ。そしてこういう行為は、通常いたずらとは言わない。たまたま公的にならなかったんだよ」

「そうかな、一日に一、二発ずつ撃ち、一週間の合計が十二発になったのかもしれないぜ」

「それだって同じさビリー、問題になる可能性はむしろあがる。それにダンテがそれは否定していた。射撃はいちどきに行われたと彼は言った。カンカンと何かが跳ねるような音は、五分程度続いていたと彼は言った。これが理由のひとつだ」

ビリーは無言で聞き、頷いていた。

「ふたつ目はこれだ。十二発という数字が気になる。ビリー、君も射撃をやったことがあるだろう？　この国で一番ポピュラーな九ミリ口径の自動式ハンドガンは、スミス・アンド・ウェッソンだ、そうだね？」

「そうだ」

「S&Wの九ミリにはいろんなモデルがあるが、最もポピュラーなものは弾丸装塡数十二発のものだ。これは無理をすれば弾倉に十三発押し込める。だが通常は、みんな弾倉に十二発入れているんだ。この射撃に関しては、弾倉にあるだけの弾丸を撃ったという可能性は高くないか?」

「輪胴式は六発だ。これを二度やったのかもしれない。全部装填して六発、もう一度装填してまた六発だ」

ビリーが言った。

「ビリー、九ミリの輪胴式は、まずないんだ」

ビリーは沈黙した。

「OKキヨシ、そうかもしれない、君の言う通りかもしれない。で、そのことから何が言いたい」

「十二発弾丸が詰まった自動式のハンドガンが今、ある人物の手にある。彼がこれを持って通りの向う側の看板文字をいたずら心から撃つ。時間は真っ昼間だ。人は通常こういうことはしないが、もし始めたとして、弾倉の弾を全部撃ち尽くすことはしないだろうというのがぼくの考えだ。ここはスラムじゃなく、繁華街の高級アパートなんだからね、あまり何発も撃っていれば警察が呼ばれる。それが嫌なら二、三発でやめる」

「だがキヨシ、実際にこの人間はやったんだぜ」

「そうさ、だから事件の可能性の方が高いと言っているのさ」

「よく解らないね、警察は呼ばれなかったんだぜ」

「そうだ、だが彼はそうは思わなかったろう。つまりこの人物は、警察官を呼んで欲しかったのさ、むしろそう考える方が合理的じゃないか？」

御手洗は言い、ビリーはまた沈黙した。

「ふうむ、だが何ごとも起きなかった」

ビリーは言い、

「そうだ」

と御手洗は言った。

「警察は呼ばれず、同じアパートの住人も、ザッカオ牽引サーヴィスの従業員も、誰も警察に電話はしなかった」

「そうさ、騒いだのはハーヴァード大の新聞だけだ」

御手洗は言った。

「だがキヨシ、もし君が言う通りなら彼は、いや彼女かもしれないが、警察が呼ばれるまで弾丸を撃ち続けないか？」

「百発も二百発もかい？」

「そうだ」

「そうは思わない。そんな元気があれば自分で電話するさ、警察に」

御手洗が言い、ビリーは目をむいた。

「何だって？　キヨシ、君は何を考えている？」

「これはゲームだビリー、そのつもりで聞いて欲しいのだが、射殺は一番無精な殺人方法だ。そう思わないか？」

「さあな、だがそういう考え方はあり得るだろう」

「ソファにかけて、ただ引き金を引けばいい。弾丸が飛んでいって、相手は倒れる。銃の発射というのは、それ自体は非常に楽な行為だ」

「誰かを殺そうとした弾丸だっていうのか？　二階部分の壁だぞ、誰も殺せはしない」

「この弾丸は違うさ。ぼくはそのくらい楽だと一般論を言っているだけだ。たとえばハンドガンから弾倉を引き抜いて、もう一度これに弾丸をひとつずつ十二個押し込め、またガンに入れ戻して撃ったりするよりはずっと楽だ」

「どういう意味だ」

「体が弱っている人間にだってできる行為だということだ。そしてこういう人間なら、命がある限り弾倉に装塡されている弾丸を最後まで撃ち尽くすだろう。そして、それで終わりだ。十三発目はない」

ビリーはまた笑った。

「キヨシ、ぼくらの日常はアラン・ポーの小説のようじゃない、たいていはもっと平凡で退屈なものだよ」

「知ってるさビリー、よく知ってるよ。だからこそぼくは、この現象にこんなに興奮している。是非否定してくれたまえ。この現象を、君の信じる通り退屈で、月並みなものに蹴落としてくれないか」

「だからいたずらだ」

御手洗は椅子にそり返りながら言った。

「それなら、治安最悪の場所でやる以外は、二、三発でやめる可能性の方が高い」

「それは理屈だ。だが理屈におかまいなく、実際にそんな馬鹿をやる人間はアメリカには大勢いる。たとえばジャンキーだ。ヘロインで頭が壊れているような奴だ」

「そういう人間はこんな高級アパートには住まない。たとえ住んでも周りの住人には情報が入っているから、これはさっそく事件にされているだろう」

「OK、じゃあジャンキーではなかったとしよう。だとしても、部屋で銃を撃って遊ぶ馬鹿者はいる。たとえばかのホームズ先生だって部屋でハンドガンを撃って、暖炉の上の壁にVの字を描いた」

「彼はジャンキーだ。それにあれは夜で、相手は自分の部屋の壁だった。今回のこれは午後の三時半から四時で、相手は人目もある大通りを隔てた三十ヤード先の煉瓦壁だ。まるっきりの白昼だぜ。そういう時間帯にこんなあくどいいたずらをやるなら、ぼくならサイレンサーを付けるね」

「付けていたかもしれない」

「ダンテは遠くで爆竹が弾けるような音を聞いたと言った」

「詭弁《きべん》だキヨシ。君の発言は、有効な可能性のひとつというに過ぎない。確かに面白い空想だが、到底立証はできない。乏しい材料のありったけを活用し、組み合わせて、君はポーばりの小説を書いているだけなんだ」

「ビリー、ぼくはまだ得た材料のすべてを使ってはいない。まだいくつも残っているんだぜ。たとえば、ちょっとあれを見たまえ」

御手洗は右手の人差指を掲げ、ゆっくりと巡らせていった。そして、問題の高級アパートの隣のビルディングで止めた。ビリーもこれを目で追った。

「あそこに面白い文字がある。お金持ちたちのアパートの、お隣の建物だ」

隣の建物の壁の端には縦長の看板が付いていて、オフィスらしいテナントの名前がいくつか読めた。

「上から三番目と四番目のふたつのスペースを使って書かれている文字を、読んでみたまえ」

そこには、「ACKERMAN BULLET OF ART SCHOOL（アッカーマン美術の弾丸学校）」とあった。

「そして次はこれだ」

御手洗は自分の手帳をテーブルの上に出して、あるページをひろげた。それはさっき、アパートの郵便受けから写してきた四つの名前だった。御手洗は、そのうちのひとつの上に指を置いて示した。そこには、フレッド・アッカーマンという名前があった。三階の居住者だった。

「これが？」

ビリーは言った。

「フレッド・アッカーマン。彼はあのアッカーマン・ブレット・オブ・アート・スクールの校長かオーナーで、すぐ隣の高級アパートに住んでいるのだろうと思う」

御手洗は言った。ビリーは笑った。

「それがまた君の空想だろう？」

「きわめて蓋然性《がいぜんせい》が高い、ね。これに関しては、ぼくは知っているからさ。ボストン・タイムズの社会戯評欄で、何度も彼の漫画を見ている。君も知っているだろう？」

「アッカーマン、ああ彼か！　君が彼と知り合いだったとはね」

「会ったこともないね！　ぼくが彼について知っている情報はそれで全部だ。でもアート・スクールのオーナーとなれば、それは彼だろう。同姓同名の別人という可能性はむしろ低い。さあビリー、同意するかい？」

「いいだろう」

「よし、ではこの『ブレット（弾丸）』という文字を君はどう考える」

ビリーは絶句した。それからにやにやした。

「まさかキヨシ、君は……」

「ああそうさ。これはもうこじつけとは言えない。むろんこの学校名は、アメリカの美術フィールドへ才能を弾丸のように送り込む、それとも弾丸としての才能を送り込むとでもいった意味あいだろう。アッカーマン氏は思い切った社会評論で知られるから、彼自身の日常の創作態度や発表する作品もまた、政治家への弾丸にひっかけているのかもしれない」

「そこまではいいキヨシ、ごく常識的だ。だが先は？」

「もしこのアッカーマン氏が、実際に射撃が趣味だったとしたらどうだろう。そして腕前にすこぶる自信があった。とすれば、自分の学校名に『弾丸』という文字を入れる発想も自然になる。彼がもし敵の多い人物なら、自分に射撃ができるという宣伝は威嚇《いかく》にもなる」

「ああ、そこまで行くと想像だキヨシ、論理ではない」

「だが弾丸は三階から発射されている。これは否定しがたい。そして三階の住人は、二分の一の確率でアッカーマン氏だ」

「それは解るが、アッカーマン氏の射撃の腕前がいいかどうかは解らない」

「三十ヤードの彼方《かなた》からハンドガンで撃ってあれだけ弾丸を集められるなら、それは腕がいいと言うべきだ」

「そこはいい、解るさ。だがその人物をアッカーマン氏に限定はできない。弾丸が事実君の言う通りあのアパートの三階から発射されていたと仮定しても、三階にはもう一人住人がいる、そうじゃないか？」

「一人は『弾丸』と名前がついた自分の学校を、近日オープンしようとしているんだぜ、こちらの人物の方が確率が高いと考えることは充分に論理だ」

　するとビリーは唸《うな》った。

「まだオープンしていないのか？　どうして解る」

「現在オープン・ハウス開催中だ。開校は九月三十日、あそこにそう書いてある。今日は何日だ？　九月十九日？　ふん、するとあと十日と一日だな。そして看板が撃たれたのは五日前、九月十四日か。このデータは、あるいは先で重要になるかもしれない」

「地位のあるフレッド・アッカーマン氏が、白昼、通りを隔てて反対側の建物の看板の文字を、自分のハンドガンで撃った？　そう言うのか君は」

　ビリーが、悲痛に聞こえるような声を出した。

「二週間後にアート・スクールの校長になる有名人物が、十四日午後三時半から四時、ボストンの繁華街のど真ん中でハンドガンを十二発も連射した。これがいたずらであるはずがない、そう思わないかビリー」

　御手洗は涼しい顔で言う。

　ビリーはしばらく口あんぐりの体《てい》だったが、やがて言うべき言葉を見つけた。

「解った。君の仮説の通りだとしてみよう、するとフレッド・アッカーマン氏は今どうなっていると思うんだ？」

「射撃があったのは五日も前だ。だが新聞にもどこにも事件は現れていない」

御手洗は言った。

「その通りだ。もしアッカーマン氏のような有名人が死ねば、これは事件になって話題にもなるぜ。だがどこにもそんな報道はない。ぼくは聞いていない」

「そうだ。殺人事件は、死体があってはじめて殺人事件となる」

「ふむ、ということは？」

ビリーは訊き、御手洗は応える。

「アッカーマン氏は、失踪している可能性が高いと思うね」

4

ビリー・シリオはしばらく天井を向いて思案していたが、御手洗の顔に視線を戻して言う。

「君はもしかして、誰かに殺されかかって、瀕死状態のアッカーマン氏が、断末魔の苦しみの中でこんなことをしたと、そう言いたいのか？」

御手洗の方は下を向いて考えた。そして慎重に言う。

「もっかのところ、その仮説は否定されたとは言えないね」

「馬鹿な、君はポー以上の空想家だ。そんなに銃の腕に覚えのあるアッカーマン氏が、何故自分を殺そうとする敵に対しては銃を使わなかったんだ？」

「そのような展開に陥るケースはいくらでも考えられるさ。たとえばこうだ。射殺でも毒殺でもいいが、敵はいきなりアッカーマン氏を襲った。彼は予期していず、ふいをつかれた。そして苦しみはじめたアッカーマン氏を見て、犯人はすぐに部屋を立ち去ったと考えたらどうかな。苦痛から、アッカーマン氏は動けない。しかし部屋のどこかに置いていたハンドガンのところまでは行けた。そしてそれを持ち、窓際までは行ける。そして最後の力を振り絞って、銃を撃つことはできる」

「何故牽引会社の壁なんか撃つ」

「さて、そこさ。これが、この事件を特殊にしている。ハンドガンが発明されて以来、地球上で無数に起こっている同種の事件と比して、これを圧倒的に違う印象にしているのさ」

「で、どう考えるんだ？」

「君もさっき言ったろう？　そこにあったからさ」

ビリーは笑った。

「葬儀屋があれば葬儀屋を撃つのか？」

「条件が整うならね」

「ボストン警察ならどうかな？　やっぱり撃ったかい？」

「撃ったろうね。このディベート・ゲーム上、それを阻む要素は見あたらない。しかしビリー、それは大きなポイントなんだ。この最重要の争点の以前に、論じて片付けておくべき問題はいくつもある。こいつは最後の料理だ、後廻しだよ。たとえばさっきの想像が正しいなら、犯人はアッカーマン氏と親しい者だね」

「ふいを襲ったからかい？」

「そうだ、でも毒殺ならそうでなくともいいな。しかし三時過ぎにアッカーマン氏は食事なんかするかな」

「コーヒーだっていいだろう」

「飲み物に毒を入れるのは冒険だ。毒というやつは、たいてい味があるんだ」

「毒殺の可能性は下がるというのか？」

ビリーは訊いた。

「踏まえるべきポイントはこれだ。一階ロビーには、いつもセキュリティ・ガードが頑張っているということだよビリー。したがってわれわれの目の前のあの箱は、大きな密室なんだ。一フロアに二組ずつ、五階建てだから合計十組の家族が中に住んでいる。この十家庭の者以外なら、九月十四日午後三時半以降に、この犯人は一階にいたセキュリティに姿を見られているということだ」

「逃げる時に？」

「そうさ」

「その可能性があるということだな？」

「ああ、その通りだビリー、可能性があるということだ。可能性ということは、これがもし突発的な殺人でないなら……」

「ヘイヘイ、キヨシ、殺人事件と決めつけてるのか？」

「ビリー、ゲームだと言ったろう？　否定されていない以上、このように話すことは許される。この箱の中でアッカーマン氏を殺すと、それは自動的に逃亡時、一階のセキュリティに姿を見られるということを意味したはずだ。これが謀殺で、犯人がセキュリティと顔見知りでないなら、犯人は想定されるこういう不利な条件を克服するために、何らかの手を打つはずだ。手当をしてからことに及んだろう」

「ロビーだけを気にしていていいのか？　ああいうビルには必ず非常階段がある。そこを使って逃げることは考えられる」

「その通りだ。しかしそれではセキュリティの用をなさない。君が言うのは、セキュリティが常駐していないようなビルの話だ。連中がロビーでだけ張っているということは、出入りするすべての人間が、ロビーを通らないと部屋に行けないようになっているということだろう」

「出ることは？」

「そいつがポイントだな、しかしそれもないとさっき彼は言っていた。後でチェックすべきだが、今はとりあえずこれを信じて考えているんだ」

「ふむ」

ビリーは頷いた。

「こういう条件だビリー、そしてこれが殺人事件だと仮定する。するとどのような可能性が考えられる？」

御手洗は訊いた。

「ゲームだな？」

「そうだゲームだ」

「君が訊いているのは犯人像か？」

「あらゆることさ。だがとりあえずはそれだ」

ビリーは時間をかけて考え込んでいた。ずいぶんして言う。

「こういう条件下では、まず出入りする人たちの多くはセキュリティと顔見知りになることが考えられる」

「いいね、ぼくもそう思う」

御手洗は言った。

「さっきのセキュリティは、交替要員は四人だと言っていた。これに対して居住家族はわずかに十組だ。ということは、住人はいずれはみんなセキュリティと顔見知りになる」

「賛成だね」

御手洗は言う。

「続いて来客だ。彼らのうちの常連となると、これもまたいずれは顔見知りになってしまうだろう」

「いいね、ぼくもそう思う」

御手洗は嬉しそうに言った。

「逆に言うと、はじめての客は、セキュリティには目立つということだ」

「その通りだ。ぼくもそう考える」

「もし、アッカーマン氏の部屋に、入るのにも出るのにも必ずセキュリティの前を通らなくてはならないと仮定するなら」

「うん」

「これに例外がないとするなら、犯人はアッカーマン氏を殺す際に、こういうことを考えただろう」

「そうだ」

「そして彼がアッカーマン氏のアパートに頻繁に出入りしていないような人間なら、部屋でアッカーマン氏を殺すことは諦めたろう」

「素晴らしい、完璧に同感だ。すなわち犯人は、セキュリティの顔見知りの内にいる」

御手洗は言い、そしてこう続けた。

「だがもうひとつ条件がある」

「何だ？」

「アッカーマン氏の死体だ。これが外に運び出せない理屈になる。事実アッカーマン氏が殺されていて、にもかかわらずまだ事件になっていないとすれば、それは死体がないからだ。とすればなんらかの方法で犯人は、アッカーマン氏の死体を表に持ち出したことになる」

「そうだキヨシ、出るのも入るのにも、必ずセキュリティの目に触れるという条件下なら、この死体は必ずセキュリティの目に触れているという話になる、そうだね」

ビリーは訊いた。

「そうだ、にもかかわらず事件になっていないとすれば、犯人はよほどこれをうまくやったということになる。二週間後にボストンの街中で学校を開こうかというような有名人が、死体になって自室に転がっていて、発覚しないはずもない。学校がお隣なんだ、当然関係者の出入りはある。しかも開校二週間前だ。まだ騒ぎになっていないとすれば、あの三階に死体はないのだ。殺されたのち、犯人によって巧みに表に運び出された……」

「もしくは殺人事件などではないかだ、キヨシ」

「ふむ」

御手洗もにやりとして言う。

「アッカーマン氏はまだぴんぴんしていて、あそこの学校の入った建物の中で、たった今も授業のカリキュラムをせっせと作っているかだ」

「常識的な解答だな、ビリー。しかし残念ながらこのケースではその可能性は低い」

御手洗は決めつけ、ビリーはあきれて両手を広げた。

「自信満々だなキヨシ」

「ぼくは可能性は低いと言っているんだぜビリー、自信満々なら、そんな可能性はないと言いきるさ。まあそうしてもいいんだけれどね、これはほとんど明々白々たるケースだから」

「賭けるかキヨシ」

御手洗は苦笑した。

「いいとも、損をしたいのならどうぞ」

「じきに解ることだ。あのセキュリティに訊いたっていい。九月十四日の夕刻に、フレッド・アッカーマンさんの死体が運び出されていきましたか、とね」

「ビリー」

「ああ解ってるさキヨシ」

ビリーは手をあげた。

「むき出しの死体は運ばんだろうな、だったら棺桶か、それもないか？　それなら棺桶以上の容積を持つ何かの箱だ。もしくはタンス、サイドボード、大型のトランクなんてのもいい、それとも底を刳《く》りぬいたソファか、とにかくそういったものだ。返答は間違いなくノーだろうな、退屈な世界さ、百ドルでどうだ？」

「無理をするなよビリー、今月は金がないんだろう」

「だから賭けたいのさ、金欠だからな。千ドルにしたいところだが、君が可哀想だから。さてコーヒーは飲んだかい？　それなら行ってみようぜ、百ドルのツアーに。もう一度アパートのロビーだ」

「イタリア人は金が賭からないと動かないんだな」

「ああ、シーザーの昔からそうさ」

「かまわないがビリー、さっき話しかけたことを最後まで言っておく。アッカーマン氏の死体がうまく外に運び出されたなら、これは殺人事件とはならない、こいつはいいかいビリー」

「いいとも」

すでに立ちあがっているビリーは言う。

「ということは、その場合犯人は、セキュリティの顔見知りでなくてもいいという話になる。事件になってボストン警察がロビーに聞込みに来ないなら、それらはとりあえず問題ではないんだ。見知らぬ男がロビーのガラス扉の鍵を持っていて、すたすたアパートに入ってきたとか、ロビーからアッカーマン氏に電話して扉を開けてもらい、エレヴェーターで三階にあがっていったとか、そういうことを彼がしばらく記憶していたとしても、事件にならないで何週間も時間が過ぎれば、セキュリティも彼の顔を忘れるだろうからね」

「ああ解ったよキヨシ、そいつは解った、さあ行こうか」

ビリーはせかせかとして言う。

「友達から百ドルも取るのは気が進まないね」

御手洗は言って立ちあがる。

5

ビリー・シリオは、今度は先にたってチャップマン・ストリートを渡った。アパートのロビーのガラス扉を押して中に入り、奥のガラス扉の隙間に鼻をすりつけた。ロビーにはさっきのセキュリティがまだ立っている。

「失礼、君！」

とビリーは陽気に話しかけた。ガードマンは御手洗とビリーを見ると、少しうんざりしたような顔になった。

「ああまた戻ってきたよ、さっきの二人組だ。悪いけど、とても大事な話なんだ。教えてくれないかな。九月十四日の午後三時半以降から夜にかけて、そのエレヴェーターから大きな箱、タンス、大型トランク、ソファの類が運び出されてきてはいないかい？」

「九月十四日？」

セキュリティは言った。

「ああ、先週の木曜日さ」

「いいや」

彼は首を横に振った。

「何も出ないかい？」

「何も」

「十四日とは限らないぜ」

横で御手洗が言った。

「十四日だけじゃない、十四日の午後三時半以降、今日までだ。十五、十六、十七、十八、そして今日だ、何か運び出されてはいないか？」

「何もないね。引っ越しした家なんてないからな」

ビリーはちょっと御手洗を振り返り、ウインクした。

「ありがとう。これは念のためだが、担架に乗った病人とか、死体の入った棺なども出てはいないね？」

「死体？」

そしてセキュリティは、珍しく含み笑いをもらした。簡単に笑い顔を見せる男には見えなかった。

「まったくないさ、何故だい」

「ああ、ちょっと友達と賭けをしてるのさ、非常階段はどうだい？」

「非常階段がどうしたって？」

「あるんだろう？」

「あるさ、裏に」

「そこから出たってことは？」

「あり得ないね」

「どうして？」

「見たら解る。非常階段は二階までしかない。往来から誰も飛びつけないようにな」

「なんだって？　じゃあ火事の時はどうするんだ？　それじゃ住人が逃げられないじゃないか」

「いつもは階段が上にあがっているんだ、スライド式になっていてね。上から降りてきた者は、ロックをはずして、そいつを滑らせて地上まで落とすんだ。そうしたら降りられる」

「なんだ、じゃあやっぱり、中の者は君に気づかれないで裏に降りられるんだな」

「そうはならない。誰かが階段を降ろしたら、その守衛室のブザーが鳴って赤ランプが点灯するからすぐ解る。そしたら私がこのドアから裏に出ていって、様子を見る」

「するとロビーはお留守になるんだね」

横で御手洗が言った。

「それはそうだが、十四日以降、ランプは一度もともっちゃいない」

セキュリティは応えた。

「ヘイ、キヨシ」

ビリーが言って、右手のひらを出していた。

「何だい」

「おいおい忘れるなよ。さあ百ドルだ」

「ビリー、ぼくはここから死体が必ず運び出されたとは言っていない。三階のアッカーマンさんの部屋で殺人事件があったと言っているんだ」

「往生際が悪いぜキヨシ、アッカーマン氏が殺されていて、死体がここから出ていっていないなら、それは殺人事件の発覚を意味する。これは論理的帰結だ、君もさっきそう言わなかったか？」

「そうなると、確かに君の言う蓋然性は高いな」

「何が蓋然性だ、百ドルが惜しくて逃げないでくれよキヨシ。彼が何も見ていないなら、殺人事件なんてなかったんだ。アッカーマン氏が殺された、そうだな？　それとも殺人事件というだけで、被害者は別の人間である可能性もあるのか？」

「ないね」

「ＯＫ、犠牲者はアッカーマン氏だ。彼は有名人で、十日後には隣のビルで学校を開く、そういう重要人物が部屋で殺され、その死体が外には出ていなくて、しかも殺人事件発覚で大騒ぎになっていない可能性というものがあり得るというのか？」

「いくつかあるさ」

「どんな？」

するとは御手洗は、ふっと鼻で笑った。

「たとえば、部屋にまだ死体がある」

ビリーはとうとうげらげら笑いだした。そしてセキュリティに向き直った。

「ヘイ君、名前を訊いていいかい？」

「ジャド」

「ジャド、ここに空想家がいる、はっきり言ってやってくれないか。三階のアッカーマンさんは、隣にできるアート・スクールのオーナーだね？」

「ああそうだ」

「彼の部屋に、十四日以降、アッカーマンさんの学校の関係者が出入りしていないかい？」

「してるさ」

ジャドは応えた。

「わんさと出入りしてるよ。さっきも入っていった」

ビリーは御手洗の方を振り向いて、どうだいというように両手をひろげた。そして、百ドルが近づいたという顔をした。

「そうして、彼らに何か騒ぎが起こっているかい？」

「私は知らないな」

「警官が来ているかい？」

「警官？　いいや」

「もう充分だろうキヨシ、三階では何も起こっちゃいない。君の期待するような何事も起こっちゃいない。この世界がどんなに退屈かは、ジャドがいくらでも証言してくれるだろうぜ」

しかし御手洗はまだにやにやしていた。そしてジャドに向かってこう言った。

「ジャド、十四日以降、君はアッカーマンさんを見かけたかい？」

するとジャドはこう応えた。

「いいや」

「一度もかい？」

「一度も見てないな」

今度は御手洗がビリーの方に向き、両手をひろげた。

「どうだいビリー、まだ勝負はついちゃいないさ。二週間後に学校を開こうっていう人が、自宅アパートのロビーに、一度も姿を見せていないいんだぜ」

ビリーは、さすがに笑みを消して考え込んだ。そして言う。

「君たちは、交代要員が四人いるんだろう？」

「そうだ。だが先週の木曜日は私だった」

「それはもういいさ。ほかのメンバーも、アッカーマンさんを見ていないのか？」

「ああ見ていないと言ってる。この点はちょっとした話題になっている。だがもうこれ以上は言いたくない。必要なら学校の関係者に訊いてくれ」

「しかしジャド、ほかのメンバーが確かに見ていないと……」

「ビリー、ジャドは学校で訊いてくれと言ってるんだ。そうしようじゃないか」

横で御手洗が言った。

「学校に泊まり込んでいるのかもしれないじゃないか」

「十ヤード先に家があるのに？　だからそれを学校で訊こうじゃないか」

「ああそうしてくれ。私は終日ここに突っ立っているだけだ、何も知りはしない。アッカーマンさんの秘書なら詳しいだろう」

ジャドは言う。

「それはいい考えだよジャド。その人の名前と電話番号を教えてくれたら、ぼくらはすぐに引きさがるぜ」

御手洗は言った。

「ローラ、ローラ・スウェインと言ったな、確か。電話番号は表の看板に書いてあるだろう、私は知らない」

ジャドはうるさそうに言う。

「彼女の年齢はいくつくらいだ？」

「眼鏡をかけている。白人で、やせて冷たい感じだ。年は若いな、三十くらいか」

「独身かい？」

「そう聞いたな」

「OK、ありがとうジャド。さあ行こうぜビリー、百ドルの用意はいいか？」

御手洗は言う。

「秘書が独身かどうかが事件に関係あるのか？」

「あらゆることが関係ある。じきに解るよ、さあ行こう」

しかし二人はすぐに学校へは行かず、しばらくアパートの周囲を巡った。

「なかなか小奇麗なアパートだ、煉瓦造りで、五階の壁だけがアイヴォリィに塗ってある。窓はなかなか大きくとられていて、中は明るそうだ」

歩きながら御手洗は言った。

「ああ。そしてチャップマン・ストリート側は、ザッカオの牽引会社はじめ、各商店から丸見えだな」

「そんな印象だ。夜になって、窓にカーテンを引かないでいたら、反対側のザッカオの工場からは、ステージが五層重なっているように見えるだろう」

「そうだね、アパートのこっち側では、何も秘密の行動はできないふうだ。こっちは繁華街だからな」

ビリーも言う。

「まだいろいろと興味深いことがある。ザッカオ側からアパートに向かって右横のこっち側の壁は、窓がたくさん付いていて、見晴らしはよさそうだが、こんなふうに二階建ての隣家の庭がぴったりと接している。一インチの隙間さえない。この民家は敷地の周囲に金属の高い柵を巡らせているね。火事にでもなって、こっち側の窓から飛び降りたらお隣さんの庭の中だ、あのジャーマン・シェパードに大騒ぎされそうだ」

「そうだね」

ビリーも同意した。

「そして最大級の特徴はこれだ。反対側、西のアッカーマン・ブレット・オブ・アート・スクールのあるビルの側には窓がないんだ」

「本当かい？」

ビリーは言い、二人は学校の入るビルとの境目まで歩いていった。御手洗の言う通りだった。アート・スクールが入るビルの側の壁には窓はひとつもなく、ただの巨大な煉瓦壁だった。

「おそらくアート・スクールのビルの方が古いんだ。アパートがあとでできたので、それにこんなに狭い間隔だからね、窓を付けるのは遠慮したんだろう。板でも渡せば窓から隣家に侵入できてしまうし、どうせ窓を開けても見えるものは隣の室内だけだ。風も陽も入らない」

しかも隙間には柵が造られ、上部には鉄条網の束があった。ということはすなわち、アパートのビルの左右には、通路がないのだ。

「これはビルの裏手まで出るのは骨だね、ずいぶん大廻りさせられる」

御手洗が言い、先に立って歩いていった。アート・スクールの入るビルの先にもう一軒のビルがあり、そこを右に曲がり、ワン・ブロック歩いて右折した。するとそこは車がようやくすれ違えるくらいの路地裏で、右側にはやや汚れた背中を見せてビルが並んでいた。フラー・アヴェニューとあって、左側は倉庫群らしかった。大型のゴミ箱が、各ビルからひとつずつ出て道端に置かれている。

「フラーか、危なそうな裏通りだ」

ビリーが言った。

「ああ、目撃者が出にくそうだ。ここで殺人を犯しても、裁判で被告の犯行を立証しにくい。われわれも気をつけたほうがいいぜ」

御手洗も言った。

「キヨシ、今ぼくを殺せば百ドルがセイヴできるぜ」

ビリーは言った。御手洗は、つまらない冗談にはとりあわなかった。

アッカーマンのアパートの裏に出た。確かに頭上に金属階段があり、二階で途切れている。しかしよく見ると、二階と三階の間の階段は二重になっているのが解る。地上に落とすための階段が、上に引き上げられているのだ。

御手洗はポケットに両手を入れ、しばらく周囲を見廻し、言った。

「人目がないね。ここなら人目をはばかってこっそり地上に降りることだってできるだろう。ジャドを除いてだけれど」

「うん、このドアが、ジャドが出てくるドアだろうな」

「そうだね、ここは裏通りで人目がないから、こっそりこっちに降りてこの路地を通ってアパートから逃亡することは可能だろう」

アッカーマンのアパートにぶつかるような格好で、北から路地が来ていた。

「しかし表のチャップマン・ストリートからここまで来るのにはずいぶん時間がかかるな、アパートの両脇が通れないからね、アパートの左右は、西はビルふたつ分、東側も民家二軒分迂回させられるんだ」

「そうだ。で、キヨシ、ここからどんな理屈が導ける？」

「アッカーマン氏のアパートの表と裏は、全然別の世界に通じているってことさ。相互に連絡はない。こっそり逃げるなら裏に限るな」

「ああ、だがジャドには知られる」

しかしこの時、御手洗は考え込んでいた。

「いちがいにそうとは言えない」

そして金属製の階段を指さした。

「あそこまで降りてきて、あとはロープを伝って地上に降りればいい」

「なるほど。だがロープは残るな」

「輪にしておいて、下で結び目をほどいて回収すればいい」

「そうか」

「死体も、そんな方法で運びおろすことはできるだろう、深夜にでもね」

「うーん、そうか」

「これがアッカーマン氏が九月十四日に、三階の自室で殺されていても騒ぎが起こらない可能性、その二だね」

　御手洗は言う。そしてこう続けた。

「さあ、ここはもういい。あとは学校関係者だ」

6

　御手洗とビリーは、アッカーマン・ブレット・オブ・アート・スクールが開校する予定のビルの前まで行き、御手洗が看板に書かれた電話番号をまず手帳にメモした。それから、玄関ロビーに向かっていった。ビリーも続く。

　ここもロビーは広かった。しかし置かれているふたつのベンチは木造りで、セキュリティの姿はなく、サインボードの三階と四階部分には、アッカーマン美術の弾丸学校という名称の表示が入っていた。

「さて、三階に上がってみよう」

「三階へ？　どうして」

　ビリーが言い、御手洗は目をむいた。

「ここにいちゃ何も解らないからさ。ミス・スウェインにも会えない」

「どんな権限で？　われわれは警官じゃないんだぜ」

しかし御手洗は不敵に笑った。そしてエレヴェーターに向かっていく。

「ビリー、今君が美術の弾丸学校のオーナーだと思ってみたまえ。一番欲しいものは何だ？」

「さあな、金か？」

エレヴェーターは一階にいて、ドアはすぐに開いた。

「生徒か？」

「正解だ。それは誰が運んでくる？」

「そうだ。彼らは今不安でいっぱいなのさ、うまく生徒が集まるかどうか。ましてオーナーは殺されたんだぜ。われわれがブローシャー（案内パンフレット）が欲しいと言ったらもろ手をあげて大歓迎さ」

ビリーは黙った。ところが三階の歓迎ぶりは、御手洗の言うほどではなかった。教室らしい広い部屋にいた男に、この学校に興味があるからブローシャーが欲しいのだがと御手洗が言ったら、ブローシャーはもうなくなってしまったし、生徒募集はとっくに締め切った、もう生徒入学の余地はないという返事だった。

「ありゃ、こいつは旗色が悪いな」

御手洗は言った。

「作戦を変えなくてはならないかな」

「有名人の開く学校は、君の予想ほど弱気じゃないな」

ビリーもささやく。

「アッカーマンさんに会うことはできませんか？」

御手洗は彼に訊いた。

「アッカーマンさんは今誰とも会わない。知り合いかい？」

「ああ、秘書のミス・スウェインとね、彼女は今？」

「ローラは四階の秘書室だ」

「ありがとう先生、ビリー、上だぜ」

そして彼は、またすたすたとエレヴェーターに向かう。

「キヨシ、ローラ・スウェインと会う気か？」

「あたり前だろう、そのために来たんだ」

「生徒募集は締め切られたのに、どんな口実で」

「彼女の顔を見てから考えるさ」

「一人で話せよ、ぼくは知らないぞ」

「いいとも。では横にいて、いっさい口をきかないでくれ」

言われてビリーは悪い予感を感じたか、じっと御手洗の目を見ていた。

四階も廊下の感じはよく似ており、秘書室と書かれたドアはすぐに解った。ほんの一秒もためらわず、御手洗はそのドアをノックする。

中から返事があった。ジャドの言った通り、その声はなかなか冷たい。御手洗はドアを開けた。狭い部屋で、デスクの向こうで、眼鏡をかけた白い顔がこちらを見ていた。髪の色はブラウンだった。

「ハイ、ミス・スウェイン、今日はなんて素敵な日だろう。あなたにお会いできたんですからね！　ぼくはキヨシと言い、長年アッカーマンさんの漫画の大ファンでした。よろしければぼくの友人のビリー・シリオを紹介させてください。彼はそれに加え、秘書のあなたの大ファンでもあります。今友人は胸がいっぱいで何も話せないのです」

「あら、それはどうも」

女性秘書は短く言った。

「それであなたが代わりに話しているわけね」

「ああ、ぼくも胸がいっぱいなんです。こうして話しているのがやっとなんですよ」

「そうは見えないわね」

「なにしろ十年来のファンで」

「私がアッカーマンさんの秘書になってからまだ二年よ」

「ああ、もちろんそうですとも！　あなたのファンになってからは二年です。今のはアッカーマンさんのファンという意味です」

秘書は声を殺して少し笑った。

「ＯＫ、ご用件は何ですか？　ご存じでしょう、開校前で、私もずいぶんと忙しいんです」

「そう、きっと忙しさは増すでしょうね」

御手洗は言った。そして、

「開校できればだがね」

とビリーにささやいた。秘書は笑いを消した。

「どういう意味でしょう」

「アッカーマンさんの姿が見あたらないからです。オーナーがいらっしゃらないなら、それは秘書の仕事は増すでしょう」

「アッカーマンさんは旅行中なんです」

御手洗は、じっと彼女の顔をのぞき込んだ。

「旅行中ですか？」

「そうです」

「開校十日前に」

「欧州です。彼にご用なら……」

「はい、用事なら？」

「私がうかがっておきますわ」

「簡単な伝言ではないんです。少し長い話になるかもしれない」

「私はもう帰宅するところでした。今あまり時間がありません。それならほかの者をご紹介しますわ、ミスター……」

「御手洗と申します」

「御手洗さん、ご用件の筋を」

「スウェインさん、アッカーマンさんは、十四日から旅行に？」

すると、女性秘書の顔が少し緊張した。

「どうしてそれを？」

「秘書であるあなたに何の連絡もなく、十五日にこちらに出勤してくると、いきなりボスは旅行に出たと言われた、違いますか？」

「そうです」

「本当に旅行だと思いましたか？」

「御手洗さん、ご用件は何でしょう」

「開校十日前にいきなり欧州旅行とは、おかしいと思いませんか？」

「御手洗さん、用件をおっしゃってください。でないと、誰かを呼ぶことになりますわよ」

「解りました。これはあなたの問題でもあるんですよ、スウェインさん。ぼくの考えでは、アッカーマンさんはもう二度とここには帰ってこないと思います。するとあなたも学校も、微妙な立場に立たされるでしょう。ことは簡単には行きませんよ。慎重な対応が必要です。すべてが明るみに出る前にことが把握できるなら、たぶんうまい処理もできるでしょう。アッカーマンさんの交友関係、そして十四日の行動について、可能な限り教えていただけませんか」

すると秘書は黙り、二人の学生の姿を観察するようだった。

「あなたに？」

「警官に言うよりはましでしょう」

「見たところお若いけど、あなたの職業は？」

「もっかのところ、ただの学生です。この街の警察には知り合いはありませんが、サンフランシスコでは、警察の要請で働いていたことがあります」

「どのくらいまでご存じです？」

「まだたいしたことはありませんが、あなたの知らないこともいくつか知っています。今からお帰りだったんでしょう？　よろしければ、アッカーマンさんのアパートの前にあるミミズ・カフェで待っています。しばらく一緒にコーヒーを飲んでくだされば、ぼくの友人は大喜びです」

しかし秘書はゆっくりと首を横に振った。

「私の立場では、部外者に内部の情報は洩らせません。お解りでしょう？　残念ですが、お相手はできかねます」

「ああそうですか、それは大変残念です」

御手洗は見るからにがっくりと肩を落とし、壁に寄りかかって溜め息をついた。

「そうなると、アッカーマン美術の弾丸学校の経営は開校直後から破綻《はたん》し、借金を抱えて廃校の危機に直面することでしょう。殺人事件として警察が介入し、学校は閉鎖されて派手な聞込みが始まります。ここと三階のフロアばかりじゃなく、あなたのアパートのフロアも刑事のドタ靴が埋めて、上を下への犯人捜しが始まるでしょうね。周辺各都市のマスコミが殺到してこのあたりは足の踏み場もなくなり、先生も生徒もちりぢり、あなたも新しい職場を捜すことになるでしょうね」

秘書はブルーの目で、眼鏡越しに御手洗を見据えた。

「あなたは何者なの？」

「ただの学生です」

「それは聞いたわ、学校名は？」

「ハーヴァード」

「そう、エリートなのね」

「さあ、それはどうかな」

「で、私がミミズ・カフェに行かなければ、あなたがそんな騒ぎを起こすのね」

「まさか！　早晩そうなると言っているんです。学校は今大事な時期だ、そうでしょう？」

「そうよ。で、あなたは何をしてくれるの？」

「すべてをです」

「すべて？　すべてって？」

「フレッド・アッカーマンさんに何があったか、いつ、誰が、どこで、彼に何をしたのか、その目的は何か、近い将来ここでは何が起こり、ローラ・スウェインさんは、ここにいるべきか辞めるべきか、あなたにとってどちらに利益があるのか、そういったことをすべて教えてあげられるでしょう」

秘書は沈黙し、隣のビリーは目をむいて御手洗を見ていた。ずいぶんの沈黙ののち、秘書はくすくす笑いだした。

「面白い人ね、あなた、サンフランシスコから来たの？」

「あっちで育ったんです」

「西海岸にはあなたのような人が多いのかしら」

御手洗はへらへらと笑って両手を広げた。

「向こうは気候がよいですからね」

「あなたの報酬は？」

「ぼくの？　そう、こちらの友人が百ドル払ってくれます」

「これが殺人事件ですって？」

「そうです。あなただって薄々ご承知のはずだ。彼が今旅行に行くわけがない、どんな楽天家のオーナーだってそうです。誰がそうあなたに言いました？」

「それは話せないわ、内部のことよ」

「旅行に行ったと言いましたか？　それともそう言えと？」

「それも言えないわ。そんなことすぐに洩らすようだったら、私は馘よ」

「ぼくはあなたの敵ではないんです。洩らさなければ早晩あなたは職を失いますよ」

「学校が閉鎖されるから？」

「すぐにではないでしょうがね。どうすれば話してくれます？」

「あなたが私なら話す？」

「もちろん」

「あなたは何を知っているの？」

「ほとんどすべてをですよ。でも背景をよく確認して、残ったピースをすべてパズル板に埋め込みたいんです、ぼくの目的はそれだけですよ」

「あなたはアッカーマンさんの知り合い？」

「いや」

「じゃ学校関係者の誰かの?」

「そうです」

「その人の名前は?」

「ぼくにも多少の秘密は許してくれませんか」

「駄目よ、その人の名前を教えて」

「ローラ・スウェイン」

女性秘書はくすくす笑った。

「それじゃ信用できないわ。それでほとんどすべてを知っているんですって?」

「外側にいた方がよく解ることもあるんです」

「外側すぎるわ」

御手洗は無言だった。

「私のボスはいつ殺されたの?」

「九月十四日、午後三時半」

「どこで?」

「隣のアパートの、アッカーマンさんの部屋です」

「どうしてそれを?」

「ミミズ・カフェで教えます」

「ここで教えて」

「駄目です。それより否定をしてくれませんか、ぼくの言うことが成立不能なら」

「どんなふうに？」

「たとえば十四日夜、あなたがアッカーマンさんとデートした」

「してないわ、それはシャーリィの役目よ」

「シャーリィ？　アッカーマンさんのガールフレンドですか？」

「そうよ、それはみんな知っていること。シャーリィ・ゴールドマン、雑誌にもよく出ていたわ。あなた、そんなことも知らないの？」

「そういうことは知らないんです、専門違いで。だからそういうのを知りたいんですよ」

「ゴシップ誌程度の情報なら教えられるわ、でもそんなこと、私に訊かなくてもボストン中の主婦が知っているわよ」

「主婦の知り合いがいないんです。とにかく十四日午後以降、あなたはアッカーマンさんを見ていないんですね？」

「いないわ」

「ほかの人は」

「誰も見てないわ」

「それで捜索願いは？」

「応えられないわ」

「危険な状態だ」

「えっ？」

「ゴシップ雑誌にあつらえたような状態です。フレッド・アッカーマン氏、自身の学校開校直前に謎の失踪。年若い恋人、ゴールドマン嬢は語る、秘書のローラが怪しいわ！」

「ゴールドマン嬢は四十六歳よ」

「ああ……」

御手洗はちょっと言葉に詰まった。

「OK、もう制限時間よ、私は帰宅しても仕事があるの。あなたに仕事を依頼するかどうかは、ゴシップ誌にゴールドマン嬢のコメントが出てからにするわ。どうぞお引き取りください」

「後悔しますよ」

「だってあなたは何も知らないじゃない、私がミミズ・カフェに行く理由はないわ」

「あなただって今口にしたことは、アッカーマンさんの恋人の名と年齢だけだ。誰だって知っていることをすべて口にはしませんよ、初対面の人にね」

「犯人の名前を教えてくれるっていうのなら行ってもいいわ。ではその時までさようなら。

お会いできて楽しかったわ御手洗さん」

「これが殺人事件と認めるんですね？」

「そうは言ってないわ。その可能性も、まだ否定できていないって言っているの。あなたの意見に賛成したわけじゃないわ」

「しかたない、犯人の名前をお教えしてもいい。でもひとつ条件がある」

御手洗は言い、ビリーは目をむき、女性秘書は唇の端を歪めた。

「あら、あなたが条件を出せる立場かしら」

「学校が救えるんですよ」

御手洗は言った。

「OK、一応聞くわ、おいくら？」

「ミミズ・カフェのあと、一緒にアッカーマンさんの部屋に入って欲しいんです。ここと違って、ジャドという大男が一階ロビーで頑張っているんでね。あなたと一緒じゃないと入れない」

「それだけ？」

「コーヒー代を払ってもらってもいいかなビリー、どうせ学校の経費で落ちるでしょうからね」

「OK了解よ。で、誰？」

「この人は日系人でしょうね」

すると、女性秘書の頰から、さっと笑みが消えた。かわりに不安、それとも恐怖に似た表情が浮いた。

「名前は、中尾《なかお》といったかな」

その時のローラ・スウェインの顔は見ものだった。口がなかば開き、たっぷり十秒間、全身が凍りついた。そして低い声で、ようやくこう言った。

「ミミズ・カフェね」

「そうです、待っていますよ。じゃビリー、行こう」

しかしビリーの表情もまた、すっかり凍っている。

7

「キヨシ、君みたいな嘘つきを、ぼくはこれまで見たことがない！」

ミミズ・カフェの窓ぎわにコーヒーを持ってすわるなり、ビリーがわめいた。白い顔がやや紅潮している。

「まったくハリウッドばりの演技力だな、日本人はみんなそうなのか？」

「なんの話だ？」

「君はさっきまで、この事件について知っていることは、フレッド・アッカーマン氏がボストン・タイムズで社会戯評の漫画を描いていることだけだって言ったじゃないか！」

「そうさ、君だって知っていただろう？」

「ああ、ぼくはそれだけだ！　それが中尾とは何なんだ⁉　誰なんだいそれは。君はアート・スクール内部の関係者にまで詳しいんじゃないか」

「ビリー、これは推理の結果だ。さっき噴水の前で君からこの事件に関する記事の話を聞くまで、ぼくは何も知っちゃいなかった。知っていたことは、アッカーマン氏が新聞に漫画を描いていたってことだけだ。どこに住んでいるかも、射撃がうまいことも、住まいの近くに学校をオープンしようとしていることも、何ひとつ知っちゃいなかった」

「本当にそうなのか？　またぼくをだまそうとしているんじゃないか」

「人聞きの悪いこと言わないでくれよ、それにまたとはなんだい。ぼくがいつ君をだました？」

「推理で、君は犯人の名前を知ったっていうのか？」

「もちろんさ、ほかにどうするんだい」

「推理だけか？　ぼく以上の情報を君は知っちゃいないと」

「まあ、それは少し違うかな」

「どう違う」

「君より知らない」

ビリーは少し沈黙し、御手洗を睨《にら》んだ。

「あれだけの材料で、犯人の名前まで解るわけがない！　馬鹿にしないでくれ！」

「ビリー、君は推理というものの威力を知らない。純粋で冷静な論理思考は、すべてを凌駕《りょうが》するんだ。ぼくは誓って何も知らなかった。秘書の名前も、ボストン中の女性が知っているらしい彼の恋人の名前も、まったく知らなかった。それはさっき君も解ったろう」

「犯人の名前まで知っていたなら、それは自信満々でこれが殺人事件だと言えただろうな」

「まあそういうことだ、だから百ドルなんて賭けるなと言ったのさ」

「これが殺人事件であることは確かなのか？」

「ぼくは自信を持っている。しかしローラは半信半疑だ。おそらく学校中の関係者も、シャーリィ・ゴールドマンもだろう。ぼくの意見に同意してくれそうなのは犯人だけだ。立証ができなければ、事件は存在しないのだ。刑事事件とは、そういうゲームなんだよ」

「どうやって立証する。犯人の告白か？」

「そんなもの、なんの役にもたちゃしないさ」

「それじゃあ何だ？」

「アッカーマン氏の死体だ」

「じゃ君は、それを捜しに今からアッカーマン氏の部屋に入るのか？」

「ぼくは警官じゃないからねビリー、これは君とぼくとのゲームだよ。むろん、ついでに正義も行うけれどね。しかし殺人事件を立証できたら、それでもうゲームは終わりだ」

「ぼくから百ドルを取ったらか」

「さっき非常階段を調べた限りでは、部屋にアッカーマン氏の死体が残っている可能性は低くなった。あの構造なら、ぼくなら死体は地上に降ろすね。そしてボストン湾の底だ。あのアパートの機密性は、ジャドが信じるほどじゃない。そうなると、君から百ドルを取るのはむずかしくなるな。とにかく、ぼくはゲームを最後まで仕上げるだけだ。犯人に会わずにことが終わるのを願うね。シャーリィやローラがその後どうなるかはゴシップ誌にまかせるさ。やあ、ローラが来た」

ローラは、白い革のバッグを小脇に抱えていた。バッグには細かい鰐革《わにがわ》プリントが入っていた。長いフレアー・スカートを穿《は》いて、肩にカーディガンをはおり、まだ眼鏡はかけていて、せかせかと歩いてきた。

「お待たせしたかしら、ジェントルメン」と彼女は言った。学生たちの隣の椅子にいったんバッグを置き、「あらもうコーヒー買ったのね」と言ってから、自分の分を買いにレジに戻っていった。

「ミス・スウェイン、アッカーマンさんの性格を知りたいんです。彼は敵の多い人でしたか?」

ローラがすわるより早く、御手洗は訊いた。

「これから話すこと、もしあなたが誰にも洩らさないと誓うなら」

「いくらでも誓いますよ、ミス・スウェイン」

「私は、今から秘書の仕事を逸脱《いつだつ》するのよ、解る？　だから警察抜きで、事件のからくりをすべて解明し、それを私だけに教えてくれるという条件つきでなら話すわ」

「どんな条件でも呑みますが、あなたは逸脱はしません。今からあなたは、就職して以来最も重要な仕事をするんです。秘書としてね」

「敵を作らないように、気をつけている人ではなかったわね」

ローラはきっぱりと言い、コーヒーをすすった。

「でもあなたはきっと、彼を殺そうと考えるほどの敵はいるかと、そう訊きたいんでしょうね？」

御手洗は頷いて言った。

「そうです」

「それはいないと思った、中尾を含めてね。その名前を聞いて驚いたけど、でも、確かにないことではないと思ったわ」

「アッカーマンさんの人間関係を教えてください」

「人間関係、どんな？」

「そう、たとえばあなたの得意なものからではどうです」

「私の得意なもの？」

「女性関係なんてどうでしょう？　彼の結婚歴はどうなっていました？」

ローラは、少しむっとしたように沈黙したが、気をとり直して言った。

「彼の最初の奥さんがキャシィ中尾よ。四年で別れたと聞いたわ。次の奥さんがメラニー・ロペス、これは七年間続いたと言っていた。それぞれに子供があって、キャシィとの間には息子、メラニーとの間には娘があったの。それぞれクリストファーとステファニー。アッカーマンさんは、二人ともに養育費を出していたと思ったわ」

「それもボストン中の主婦が？」

「東海岸中でしょうね。彼は有名人よ。アッカーマンさんは責任感の強い人だから、子供たちには責任を感じていて、二人ともに仕事を与えようと努力していたわ。でも、クリストファーは今年三十歳だったと思うけど、ステファニーの方はまだ十六よ。だからクリストファーは、アッカーマン・ブレット・オブ・アート・スクールのマネージャーの一人にすることになっていた」

「マネージャーに？」

「本当は教員とか、もっと要職に就けたかったんでしょうけど、クリストファーにはその資格がなかったのよ。絵画の才能はからきしだったしね、彼、大学にも行っていないのよ。勉強は嫌いだって言っていた。少しぐれた時期もあったようだし。サブスティテュート・ティーチャー（臨時補助教師）くらいなら使えるでしょうけれどね、でも何を教えられるかしら」

「クリストファーは、あなたとはつき合いがあったんですね」

「私とも、アッカーマンさんともあったわ。親子の間柄は良好だった。少なくとも私はそう思っていた。でもアッカーマンさんは、息子の能力はかっていなかったわね。ただのよた者だって思っていたみたい。息子だから面倒みていたのよ」

「お母さんのキャシィは？」

「最近癌で亡くなったと聞いたわ。乳癌だったって」

「クリストファーはそれを悲しんでいた？」

「特にそうは見えなかったけど」

「ステファニーは？」

「イギリスのハイスクールに行かせているって、アッカーマンさんは言っていた。お母さんも一緒だって」

「なるほど、アッカーマンさんと今一番親しい人は？」

「シャーリィ・ゴールドマン」

「どんな性格の人ですか？　彼女は」

「必要なら家に行って会ってみれば？　私からは言いたくないわ。若い頃はニューヨークにいて、もとダンサーで女優よ、そういう人、だいたい解るでしょう」

「あなたとの関係は」

「私と？　ふふ、ソヴィエト連邦とアメリカみたいなものね、別に大親友になる必要もないでしょう。でも戦争はまだ起こしてないわ」

「それは微妙なところですね、ミス・スウェイン。彼女とアッカーマンさんとは？」

「シャーリィがまだアッカーマンさんを殺さないことだけは確かね、損ですもの。結婚前よ」

「ゴールドマンさんの次に親しい人は、あなたですか？」

「そうは言えないわね、マネージャーよ。ロビー・クック。もう二十年来のつき合いだわ。でもアッカーマンさんは彼を切りたがっていた、ちょっと狡猾《こうかつ》だったから。年をとって、ますますそうなってきていた。猫撫で声で揉み手をして、ずるそうな目で人を見るのよ。だから今度の学校のスタッフに、アッカーマンさんは彼を入れていないのよ」

「クックさんの方は？」

「切られたがってはいなかったわね。学校にもなんとか出入りしたがっていた。それに彼としては、これまでのアッカーマンさんの作品が管理できるのよ。それはとても魅力だったでしょうね」

「うん？　つまり、今アッカーマンさんが死んでくれたら、ですか」

「はっきり言えばそうね。アッカーマンさんが生きていてほかの人と契約しない限り、彼はうまくそう立ち廻れたでしょう」

「つまり、今はそれができるわけだ」

「そうよ」

「生前アッカーマンさんは、クックさんでなく別の人との契約を考えていた」

「考えていたわ」

「誰とです？」

「そこまでは言っていなかった」

「アッカーマンさんは自分で校長をやるつもりでしたか？」

「それはなかった。校長には別の人をたてるつもりでいたわ。彼は自分の仕事で忙しかったもの」

「結婚という難事もまだだしね。校長は誰です？」

「それを、十五日に発表するって言っていたのよ。ティー・パーティをやって」

「ティー・パーティ？」

「そう、ボストン・ティー・パーティ事件にひっかけて、自分の家のホールでティー・パーティをやるって言ってた。そして船曳《シップ・プリング》きのアトラクションをやるって、そう言っていたわ。だから私たち、誰も校長の名を知らされていなかったのよ」

「ティー・パーティで船曳き？　何です、それは？」

御手洗は言い、ローラは目を丸くして両手を広げた。

「全然解らないわ。パーティの前日にプロデューサーがいなくなってしまったんですもの」

「彼はよくそういうことを？」

「いなくなるってこと？」

「そうじゃなく、人を煙に巻くようなことを言いましたか？」

「時にはね。人をあっと驚かせるのが大好きだったわね、彼、そういうタイプなのよ」

「自分の家のホールで……」

「その点はずっと前から計画していたの。学校が手狭だから、大きく発展するまでのしばらくの間は、自分の家のホールを教員のサロンとして使っていいって言っていた。だから私たち、しょっちゅう彼の家のホールに行っていた。一人では行く気がしないけど、大勢でならね。あなたもきっと見たいでしょう。カウンター・バーがあって、そこにワインやアルコール類と、コーヒーをいつも置いていた。ストゥールも、ソファもあったのよ。とても居心地はよかったわね。そういうくつろげる場所は、学校にはないもの」

「じゃあ彼の家の鍵は？」

「学校の幹部全員が持っていたわね」

「あなたも」

「もちろん私も持っているわ」

「中尾も？」

「持っているでしょう」

「十五日にそこでパーティをして、その席上で校長の名前を発表するということですね」

「そう。でももう解らないわ。もしあなたが言うとおり彼が亡くなったのなら、校長先生の名前も天国よ」

「そのために船曳きのアトラクションを？」

「そうらしいわね」

「アッカーマンさんの部屋のホールに船が？」

ローラは笑った。

「ないわ、そんなもの」

「船の模型は？」

ローラは、首をゆっくりと横に振る。

「ないわね」

「彼は船が好き？」

「そんな話、聞いたこともないわ」

「先祖が船乗り？」

「そんなはずもないわ」

「じゃあ船曳きのアトラクションとは何をやる気だったのか、あなたには見当もつきませんか」

「かいもく！」

ローラは勢いよく言った。

「誰か解りそうな人、学校の幹部には」

「いないわ。みんなと何度もその話したもの。みんな見当もつかないって言うわ」

御手洗は黙り、少し考えていた。

「ビリー、もう喋ってもいいぜ」

「ああ」

ビリーは声を出した。

「ボストン・ティー・パーティ事件は知っているね」

御手洗が訊いた。

「ああ、ハイスクールの入試に出た。植民地時代、東インド会社の財政難救済のためにお茶の税金が引き上げられすぎたから、自治権の危機を感じたアメリカ人が、インディアンに変装してボストン湾に停泊していた船に乗り込んで、商品の茶箱を海に捨てたんだ。独立戦争の直接の引き金になった」

「そう、きっとその時、みんなでロープを持って船を岸壁の近くまで曳いたのよ。アッカーマンさんは、きっとその史実にひっかけているんだと思う」

「三階の部屋から船が曳けるかな」

御手洗は言った。

「海は二マイルの彼方だ」

ビリーは応えた。

「スウェインさん、アッカーマンさんが死んだらクリストファーに利益は？」

「何もないわね。もう言うけど、私たちも、アッカーマンさんに何かあったのではという想像は話していたわ。もし彼が殺されたとしたら、犯人はロビーだというのが大方の幹部の意見よ。彼が一番利益を得るもの」

「ふむ、で、校長の指名は誰になると思っていましたか、幹部のみんなの予想は。ひょっとしてあなたかな」

ローラは肩をすくめてみせた。

「ふん、ないことはないわね」

その感じは、ジョークを言っているようには見えなかった。

「そういうことにしておいた方が安全ね。だってそれなら、私がアッカーマンさんを殺す可能性がなくなるでしょう」

「ああ、あなたはとても頭がいい」

ビリーが感心して言った。

「でも、残念ながらそれはないわ。順当に行ったら、それはトマス・グレィね。一番のやり手よ。もと弁護士だし、頭もいいし、顔も広いし、物腰が洗練されていて魅力的だし、経営の手腕もあるわ。前の仕事でちょっと失敗して、アッカーマンさんに助けられたのよ。彼、アッカーマンさんの学友だから。みんな彼が校長になるだろうって思ってた」

「なるほど、それでだいたいの背景は解った。われわれは警察じゃない、レポートも書く必要はない。だからこんなところで充分ですよミス・スウェイン。じゃあこれから、いよいよアッカーマンさんのアパートに行ってみましょうか」

御手洗が言った時、ローラは少し顔をしかめた。

「幽霊屋敷にね」

「何ですって？」

「あそこはとても陰気なのよ。気が進まないけれど、どうしてもと言うなら」

「どうしてもですよ、スウェインさん」

「あなたの方のお話は？」

「それは部屋を見てからです」

御手洗は言う。

8

「やあジャド、やっと入れるぜ」

一階のロビーに入り、エレヴェーターに向かっていく際、御手洗は顔見知りに陽気に声をかけた。ジャドも右手を少し上げて応えた。

「ジャド、教えてくれないかい。先週十四日の午後三時半から四時頃、クリストファー中尾はここに一人で降りてきたかい？」

セキュリティはしばらく考え込んだ。

「なにしろアッカーマンさんの家には人の出入りが多いからね。たぶん出てきたと思うよ。でもはっきりとは思い出せない。みんな日に何度も出入りするんだ、午後になるとね」

「君は中尾さんとは仲がいいの？」

「とりたてて中尾さんといいわけじゃない、みんな同じさ」

「ジャド、それじゃ中尾さんが十四日の午後四時にここに降りてきたとしよう、このエレヴェーターからだ、いいかい」

「いいよ」

「彼の後、また誰か三階に上がっていったか、降りてきたかしたかい？」

「学校の関係者かい？」

「そうさ、学校の関係者だ」

「それはないだろうな」

ジャドが言い、

「そう、それはないわキヨシ」

ローラも言った。

「何故です？」

「午後四時を過ぎたら、もう入らない約束にしていたのよ私たち。中で居残っているというのならいいけど、サロンとしての使用のためには、午後四時以降は入らないという約束だったの。あとは、アッカーマンさんへのプライヴェートな訪問になるわね」

「なるほど、それで四時前に十二発か。ジャド、君はその時銃声は聞いたかい？」

「いいや」

セキュリティは、首を横に振った。

「OK、ありがとう」

そして御手洗は、エレヴェーターを呼ぶボタンを押した。

扉の上の、柱時計に似た時代ものの表示の針が1を指し、ごとごとと頼りなげな音がして、エレヴェーターの扉が開いた。箱の中には見事な木目の内装が張られていたが、照明は暗く、黄ばんでいた。モーターの唸る音が地の底から陰気に響き、状況が状況だったから、地獄に向かうような心地がした。

「死体捜しの旅か、陽気な音楽でも流したいものだな」

ビリーが言った。

「えらく時代ものだ」

「まったくだわ」

ローラも言う。

身震いするのとそっくりな振動がして、大袈裟な残響音とともにエレヴェーターは三階に着いたらしい。しかしそこが三階か否かはみな半信半疑だった。

表に出ると、九月だったが一同は妙に冷え冷えとした印象を味わった。エレヴェーターの扉の向こうは、奇妙な空間だった。床にはカーペットが敷かれておらず、磨かれた石がむき出しだった。壁は板張りで、時々磨かれているらしく光沢があったが、あたりがひどく暗かった。壁に張りついた蠟燭形の照明ランプの明かりが、黄ばんでか細いせいもあるが、それだけではない、廊下がなく、窓がなかったからだ。床はほとんど正方形に近い。

御手洗が声をあげた。

「ビリー、窓がないぜ！」

「そうよ」

すでに心得ているローラが冷静に応えた。

「それに、廊下もない」

「そう、これは廊下じゃないわ。このアパート、家の外には廊下はないのよ」

ひどく圧迫感を感じた。

「ということは、この階の窓は？」

「窓は、それぞれの家にあるのよ。チャップマン側とフラー側の家それぞれに。廊下もそれぞれの家の中で、ここにはないわ。ここは両家の玄関前の、ただの空き地なの」

そしてローラは、アッカーマン家の玄関ドアに向かっていく。ドアは当然ふたつある。この三階の住人は、二世帯だ。

「ちょっと待ってくれませんかローラ、チャップマン側とフラー側だって？　それはつまり、この階のふたつの家は、チャップマン側とフラー側とに分かれているという意味ですか？　南側の家、北側の家というふうにふたつに？　東西ではなく」

「そうよ、こちらとこちらね」

ローラは両手を使って示した。

「ということはこのアパート三階の、チャップマン・ストリート側の窓は、すべてアッカーマンさんの家の窓ですか？」

「そうよ、そしてフラー側はすべてグリフィンさんの家」

「ああビリー、なんてこったい！　これで牽引会社の看板を撃ったのがアッカーマンさん以外である可能性はほぼなくなったが、最初からやり直しだぜ。ローラ、このアパートは、一階から五階まですべてそういう形式ですか？」

「そうよ」

「しかしローラ、それは変じゃないですか。だったらチャップマン・ストリート側の住人は、火事になった時どうやって非常階段を利用するんです？」

「お隣の家を通してもらうしかないわね」

「深夜でも？　そんな馬鹿な。どうしてそんなおかしな造りになっているんです？　危ないじゃないですか」

「私に言わないで。おかしな趣味の建築家がこれを造ったのよ」

「こいつはまいったよビリー、そうなるとジャドの言う通りだ。十四日以降、もし死体の入るような箱が三階から一階ロビーに降りてきていないなら、セキュリティに見つからずに死体を地上に降ろす方法は、ほとんど存在しない。

西側のアート・スクール側には窓はない。東側に降ろせば隣家の庭のどまん中だ。非常階段を使いたければ、お隣のグリフィンさんを叩き起こして家の中を通してもらわなくてはならない。では窓からロープで降ろすか。とんでもない！　チャップマン・ストリートは繁華街だ。深夜だって人通りがあるぜ。人ごみをかきわけて、ちょいとみなさんすいません、今から死体を降ろしますって言うかな」

そして御手洗は、げらげら笑いだした。

「キヨシ、それで君はどう考えるんだ？」

「思った以上に謎が多い事件だぜ。船曳きのアトラクション付きのティー・パーティだって？　何なんだいそれは！」

「さすがの君も解らないのか？」

「見当もつかないね！　しかしこれらの事実が語るところはただひとつだ。アッカーマンさんの死体は、まだこの部屋の中にあるのさ、それが唯一の論理的帰結だ。さあみなさん、中に入ろうじゃないか」

御手洗は言う。ローラが鍵を差し込み、ひねった。扉は厚く、重そうだった。押すと、ぎいときしみ音が鳴った。

扉の向う側もまた薄暗かった。カーテンが引かれていたせいもあるが、表はそろそろ陽が落ちているのだ。

「ここがホールよ、私たちのサロンでもあったの。私はあんまり来ていないけれどね」

言いながらローラは、壁のスウィッチを入れた。するとまた薄暗い照明がともり、欧州貴族邸ふうの広いホールが現れた。床は寄せ木細工で天井は高く、中型のシャンデリアが下がり、壁は白い塗り壁で、金色の縁どりがあった。

玄関扉の位置から見て左手の壁を除いて、どの壁の前にも大型のソファが置かれている。右手の窓のさらに右、手前側のコーナーに、渋い木造りのバー・カウンターがあって、ストゥールが四、五脚並んでいる。奥の棚には高価そうなブランデーやウィスキーの瓶が並んで、カウンターの脇にはステレオ、レコード・ラック、前にはロココ調のテーブルと、椅子が六脚ばかりあった。居心地のよさそうなホールではあったが、それは昼間のことで、夜になれば気味が悪くなりそうな気もした。

「このアパート、サットンだかコットンだかって、南北戦争時代の将軍の亡霊が住みついているっていうのよ。夜中になったら彼の歩く足音がするんですって。だから私は、あんまり来たくはなかったわね」

「十四日以降は？」

「私は来ていないわ、これがはじめてよ」

「ほかのみんなは、十四日以降も来ているんですね？」

「ええ、もちろん」

「よし、じゃあ今からみんなで死体を捜そう。あれば五日経っている、臭気に注意して。まずはバスルームだ」

御手洗は言い、ローラは顔をしかめた。

「キヨシ、えらく手馴れているんだな」

ビリーが言い、サンフランシスコ時代にさんざんやったのさと御手洗は応えた。

「ボーイスカウトでね」

ローラはまず、ホールについた扉のひとつを開けてみせた。

「ゲスト用のバスルームよ」

しかしそのバスルームにはなんの異常もなく、奥のバスタブは乾いており、シャワーの器具にも異常はなく、手前の便器も浴槽との間のカーテンも、洗剤の清潔な匂いがするばかりだった。御手洗はバスタブの中に入り、壁をいちいち叩いて廻った。

「これ以外に、もうひとつアッカーマンさんが使っていたバスもあるわ、見る？」

「もちろん」

それは別の扉を開いた先にある廊下を、突き当りまで歩いた場所にあった。右側には書斎や、客用の部屋のドアが並んでいた。住人用のバスルームにもまた、御手洗はなんの異常も発見できなかった。

続いて手前に戻り、彼の書斎兼仕事場、寝室、そしてキッチン。それらを御手洗はすみずみまで綿密に観察し、カーペットの床に這いつくばってまで匂いを嗅いで廻ったが、なにも異常は発見できない。そんな調査に御手洗は延べ一時間以上をかけたが、死体や殺人行為の痕跡はなかった。

この頃にはビリーは、御手洗の主張にかなり納得はしていたのだが、この静まり返った邸内を体験して、またぞろ友人への疑惑が甦ったようだった。

「何もないなキヨシ、本当にここで殺人はあったのか？　死体はおろか、血の一滴だって落ちちゃいない。本当に旅行に行っただけじゃないのか」

「間違いはないさ」

御手洗は即座に、自信満々で応える。

「やあ、これは何だ？」

それは、廊下に面した大型の物置部屋だった。ドアを開いて中を覗き込みながら、御手洗は言った。物置部屋は小型のメイド部屋くらいあり、手前の床には掃除用具の一式が置かれている。内部の壁三方にはすべて棚が造ってあって、ペンキの缶とか電気のコード、交換用の電球、壁紙、ニスや床の艶出し、またバケツや各種の工具類、ロープなどが置かれていたが、これらに混じって壁を塗るコテがあった。そして床には、壁土が入った大型の紙袋がいくつか無造作に置かれてあった。

「なるほど、そういうことか」

御手洗はつぶやいた。

「だいたい解った。さあホールに戻ろう」

ホールに入ると、御手洗はまず窓からの正面にあたる壁に寄っていって、これを子細に調べた。壁のあちこちを人差指で撫で、鼻を近づけて匂いを嗅ぎ、さらには椅子を持ってきてその上に乗った。

「ホームズ君、虫眼鏡を貸そうか」

下でビリーが言った。

「是非頼むよ」

御手洗は言って友人の顔をじっと見降ろした。しかし返答がないので、舌打ちをもらした。

「ちっちっ、なんだ冗談かい！　ぼくは今本当にそれが欲しいんだ、まぎらわしいことを言わないでくれよ」

そしてさらに壁を撫で廻し、天井との境目のあたりも調べていた。椅子を飛び降りると、今度は勢いよく床に腹這いになって、床との境目を観察した。ローラとビリーは顔を見合わせた。

「あなたの友達、変わっているわね」

「ここまでとは思いませんでしたよ」

ビリーも感想を述べた。

「おや、こんなところにリングがある。これは何だろうな」

御手洗は、床から少し上の壁にとり付けられた小さなリングを、指でもてあそんでいた。

そして言う。

「なるほど、これが船曳きか」

そして立ちあがり、ズボンや洋服の埃《ほこ》りをぱたぱたとはたいた。

「あなた毎日そんな仕事ぶり？　お母さんは大変ね」

ローラが言った。

「そうでもないよローラ、この床は奇麗だ。誰かが掃除しているよ」

「あらそう、誰かしら」

「犯人さ」

笑って言い、続いて彼はホールを横切って窓際に寄っていった。二人も黙って続く。そして御手洗はここでもまた這いつくばり、カーテンの下を左から右に移動した。そして言う。

「やはり薬莢はない、か」

続いて彼は左手の壁際に寄り、紐をたぐってカーテンを開いた。すると、四つ並んだ窓がゆっくりと現れた。

「ビリー、ローラも、そのカーテンや窓枠には触らない方がいい、ぼくにはもうすっかり解った。パラフィン・テストをやれば、そのあたりから大量の火薬粉が出るだろう。たぶん、ルミノール反応も期待できるね。おや、雨が降りだしていたのか。ボストンの天候は変わりやすいな！」

そして彼は、ポケットに両手を入れて窓の手前に立ち、黄昏時のチャップマン・ストリートに降る雨を見ていた。雨は往来を往きかう車の屋根を濡らし、ザッカオ牽引サーヴィスの建物も濡らしている。

「ザッカオ牽引サーヴィスがすぐ目の前だ。たぶんここから撃ったんだろう。腕に覚えがあれば、この窓から文字を狙える。ローラ、アッカーマンさんは射撃が趣味だったんだろう？」

「そうよ。漫画より自信があるっていつも言ってたわ」

「ふん、それでいい。さて、すべては計算通りだ。ビリー、君も見た通り、書斎のカーペットの上には血痕の類はない。だから少なくとも書斎は現場ではない。カーペットに付いた血は拭きとれない。キッチン、バスルーム、いずれも可能性は低い。書斎のデスクのひきだしにはハンドガンがあったが、弾丸は入っていた。たぶんあれではないな。ローラ、このホールにもアッカーマンさんはハンドガンを置いていたんじゃないかい？」

「聞いたことはある。でも私は知らない」

「たぶんこのカウンターの下か、それともこのデスクのひきだしだろう。布に包んで、ひきだしの奥に隠していたんだ。万一の用心のためにね」

「万一の用心？」

ローラが言う。

「そう、今回みたいなね。でも役にはたたなかったな。いきなりだったからね。アッカーマンさんは、息子のクリストファー中尾とここで話していた。十四日の四時前だ。息子は、母親の死は父に責任があると考えていた。乳癌は、早期に発見していれば死ぬことはない。しかし経済的な困窮が、彼女を病院に行かせなかった。それが命取りになった。また父は、自分に学校を任せようとはしない。そういったもろもろを、息子は父の無責任と感じ、怒りを抱いていた。だから彼は父を撃った。いきなりだ。だから射撃の腕に自信を持っているアッカーマンさんにも、防ぐすべはなかった」

例によって御手洗は、まるで自分が見ていたように語った。

「そのハンドガンにはたぶんサイレンサーが付いていた。だから、誰も何も聞かなかった。遅く出れば怪しまれるから、息子はそれで即刻部屋を出た。一階のセキュリティに、自分が帰ったことを認識させるためだ」

「帰ったって？　死体を置いてか？」

驚いてビリーが言った。

「そうだ。午後四時以降は、もうここには誰も入らないんだ。だから彼は犯行に四時前を選んだんだよ。問題はシャーリィ・ゴールドマンだが、息子はたぶん……」

「彼女はその日、ニューヨークだったわ」

ローラが言って、御手洗は満足した。

「それだ。そういうことだ。だから、部屋にはもう誰も入ってはこない。朝まではね。だから彼はいったん部屋を出て、一階のセキュリティに顔を見せ、家に帰った。しかし、アッカーマンさんはまだ死んではいなかったのだ。彼は死力をふり絞り、ひきだしからS&Wのハンドガンをとり出し、窓際に這い寄って、ザッカオ牽引サーヴィスの看板文字を撃った」

「それ何のこと⁉」

「何のために⁉」

ローラとビリーが、悲鳴のような声で同時に質問を発した。

「われわれがここに来ることになった理由ですよローラ。ビリー、それはあとで話すが、このホールを見てみたまえ、どこにも電話がない。アッカーマンさんの射撃は、弾倉にある弾を全部撃ち尽くすまで続いた。しかし、日中であったにもかかわらず、往来の車の音が大きすぎて、何ごとも起こらなかった。隣のグリフィンさんも気づいてはくれず……」

「彼らはお年寄りの夫婦なのよ」

ローラが補足した。

「そういうわけで彼らは何も聞かず、警察に電話もしてくれなかった。息子はそして深夜、一階のセキュリティが仮眠をとっているだろう時間帯に、ここに戻ってきた。ボストンバッグでも用意してね」

「ボストンバッグを？　何故」

「壁土を入れるためさ」

「壁土⁉」

二人は声を揃えた。

「ああ、死体はどこにもない。床の血痕は拭けるだろうが、死体は隠せない。何週間も時間があるなら処理の方法はいくらもあるが、ひと晩しか猶予《ゆうよ》はないんだ。おまけに一階には二十四時間セキュリティが頑張っている。深夜彼は何時間かはベッドに入るかもしれないが、入らないかもしれない。彼に見られることは覚悟しなくてはならない。そして翌朝になれば、学校関係者がサロンに来る。クリストファー中尾は、だからそれまでにすみやかに死体を処理しなくてはならなかったんだ」

「じゃあどうしたんだ？」

ビリーが訊く。

「あの壁の中さ」

御手洗が言い、

「何？」

ビリーは叫び、ローラは顔を歪めた。

「息子は父親の死体を、あの壁の中に塗り込めたのさ」

二人の男女は、口あんぐりの体で、しばらく無言になった。雨足が徐々に強くなっていて、ホールにも雨音が侵入してきていた。窓の外はもうすっかり暗くなっている。ホールの中は、黄ばんだ照明が照らしている。

「あの壁は新しい。そしてあの壁面だけ金の縁どり装飾がない。ビリー、近くに寄って見るといい、あれはごく最近塗ったものだ。新しい壁土の匂いもする。そして廊下の物置部屋には、壁土とコテがあった。コテに付着した壁土も新しい。そして窓から正面になるこの壁だけは、前にソファが置かれていないんだ。左側の裾あたりの壁をくずして、中にアッカーマンさんの死体を入れて、その上にまた壁土を塗ったんだ。そのあたりだけ、少し色が違う」

雨足はどんどん強くなる。音が次第に大きくなる。

「雨が強くなってきた。これは嵐になるかもしれないな、急いでアパートに帰らなくっちゃね。さて、ゲームは終わったよビリー、悪いがぼくの勝ちだ。でもぼくはそれを立証する気はない。だから君の百ドルは安全だ。ぼくはたった今、自分の考えが正しかったことを自分で知った、だからそれで充分なのさ。さあ帰ろう」

「ちょっと待ってよキヨシ、私は全然充分じゃないわ。本当なのそれ？　じゃ、私はどうしたらいいの？」

「あなたが？」

御手洗は、考えてもいなかった質問に直面していた。

「そうよ。さっきあなたは、どう行動すれば私に一番利益があるかもすべて教えるって言ったじゃない」

「言ったかなビリー」

「言った」

ビリーもローラに味方した。

「OKローラ、アッカーマンさんの秘書として、この犯人を警察に突き出したいですか？」

「突き出したくはないわね。もしあなたの言う通りなら、彼にも同情の余地はあるもの。でも、自首はして欲しいわ。そして、公正な裁判を受けて欲しい」

「それじゃこうするのがいい。あなたは今夜これからどこかのホテルに泊まり、そこからクリストファー中尾に電話してこう言うんだ。自分にはすべて解った。まだ誰にも言ってはいないけど、アッカーマンさんはホールの壁の中ねって」

するとローラは悲鳴をあげた。

「言えないわ、そんなこと！　もし彼が、一人だけ秘密を知っている私を殺そうとしたらどうするの？」

「だからホテルに泊まるんですよローラ、その電話で、ホテル名まで言う必要はない」

御手洗はすまして言った。

「いやよ、恐いわ」

「ローラ、それが秘書の仕事です。あなたのボスは殺されたんですよ。殺人事件の処理は大変なものなんです。向こうは命がけなんだ、こっちだって命をかけないとね」

「駄目よ、ほかの方法にして」

御手洗は溜め息をついた。そして表の雨足を怨めしそうに見つめた。すると雷鳴がした。

「やれやれ雷まで鳴りだした。どっちみち濡れねずみか。ＯＫ、それじゃあなたはこう言うんです。さっきアッカーマンさんの家に行ってみたら、壁からアッカーマンさんの幽霊が出てきて、ノミをふるって壁にあなたの似顔絵を彫りつけていたわ。そして私に、自分は息子を怨んじゃいない、でも必ず自首するように息子に伝えてくれって言ったの、そのように言うんです。それで彼は必ず自首しますよ、さあ行こうぜビリー」

「ちょっと待ってよ。それも駄目よ」

「じゃあ電報になさい。発信人は、そうだな……、キャシィ中尾とするんです」

「待ってよ、私にはまだ何がなんだかさっぱり解らないじゃない。きちんと説明してよ」

「帰宅を急いでいたんじゃないんですかスウェインさん、今ビリーが名刺をくれます、おい、早く出せよビリー。事件が終わったらまた会いましょう。どうしてもというなら、それからここへ連絡をください」

そして御手洗は、急いでアッカーマンの陰気なホールを出た。

9

しかし、事態は御手洗の予想したようには進行しなかった。という言い方は、正確ではないだろうか。ボストン中で、未だに語り継がれるような奇想天外な展開になったのだが、語っても誰も信じないような奇怪で超常識的な部分に関しては、御手洗の主張が奇妙に正鵠《せいこく》を射ていた。ボストンの牽引会社乱射事件は、比較的平板な当初の見え方に反して、背後に風変わりな要素を隠していた。

さてこれ以降の展開、そして結末をどのように描いていこうかと私は迷うのだが、ボストン消防署所属の若いファイヤー・ファイターが、警察やメディアに対して語った証言をもとに、ストーリーを起こしていくのがよいだろう。彼は名前をランディ・グラデンといった。そのために以降は彼の視線を通して、十九日夜から二十日明け方にかけてのできごとを記述してみる。

十九日夜半からボストンの街は、御手洗がローラ・スウェインやビリー・シリオに予想していた通りの、雷鳴をともなった豪雨になった。やや風も出たから、街はさながら嵐のような様相を呈した。舗道には人通りが途絶え、タクシーも流しを控え、道に車の数もめっきり減った。このため、普段から巨大な幽霊屋敷のようなチャップマン・ストリートのアッカーマンのアパートは、深夜になるといつも以上に墓場のようだった。三階で聞く地上を叩く豪雨、そして雷鳴は、かなり遠くに感じられはしたが、煉瓦造りのアパートは風雨に無言で堪えている巨大な墓石というふうだった。納骨堂のようなエレヴェーター・ルームの壁の照明は、表で稲妻がひらめくたび、建物がする呼吸のように、ゆるやかに暗転してはまた戻った。

深夜零時を廻った頃、三階のグリフィン家から、ぱちぱちと何かがはじける音が聞こえた。続いてドアの下から白い煙がもれはじめ、まもなく火災警報装置が作動した。けたたましいベルの音に一階からセキュリティが駈けつけ、グリフィン家のドアを激しく連打した。しかし返事はなく、煙はもれ続けるのにドアは固くロックされたままなので、彼はまた一階に駈けもどって消防署に連絡を入れた。

セキュリティの説明が適切だったので、ボストン消防署のハシゴ車や救急車は、少しも迷うことなく、チャップマン・ストリート側でなくフラー・アヴェニュー側に整列した。事態がここにいたるまでに、警報装置の作動から五分と経ってはいなかった。重装備をしたファイヤー・ファイターたちの一部は、ただちに外側の非常階段を駈けあがり、残る一隊は、エレヴェーターを使って玄関前のスペースにあがってきた。その頃には空間は煙で真っ白くなっていたから、彼らもまた大声をあげながらグリフィン家の玄関を叩き、返答がないのでこれを破ることを告げた。

体当りに続き、斧が堅い木の扉を破る音が空間に充ちて、深夜の豪雨を圧倒した。この時ファイヤー・ファイターの一人ランディ・グラデンは、この仕事には参加せず、グリフィン家の前を離れてアッカーマン家の扉を叩いたのだった。開けるようにとアッカーマン家に向かって大声でわめいたのだが、返答がなく、しかしこのままでは隣家への危険も充分に考えられたから、今から扉を破ると室内に向かって宣言した。そしてこちらの家の扉にも斧は振りおろされ、グリフィン家の仲間と彼が怒鳴り合う大声も響いて、三階は騒然とした。

ほどなくアッカーマン家の扉が破られ、ランディは一人きりで室内に入った。そこはひっそりとしたホールで、窓のひとつに隙間があるらしく、中央が少し開いたカーテンが、湿った風にわずかにそよいでいた。窓のガラスを流れる雨が、どこからかやってくる蒼白い明りで、寄せ木細工の床に模様のように投影されていた。

しかしその空間で最も奇妙だったものは、床に尻もちをつき、ソファに背をもたせかけている奇妙な人影だった。彼は微動もせず、扉の外の馬鹿騒ぎにもいっこうに頓着《とんちゃく》していない様子だった。ランディは、叫ぶように彼に話しかけた。ランディの気分とこの空間の静寂とは、天と地ほどにも落差があった。

「ここは危険です。グリフィンさんの家から出火です。お年寄りに何かあったらしい。今ならまだエレヴェーターが使えるから、とりあえず一階に避難していてください！」

ランディの声は墓場のような空間を圧倒して轟いたが、人影は相変わらずぴくりとも動かない。ランディは驚き、ゆっくりと彼に寄っていった。人影が男であることは解ったが、続いて彼が奇妙に思ったことはその服装だった。最初は白ずくめの格好をしているのかと思った。が、どうやらそうではないのだった。ズボンは黒い色をしていたらしい。つまり、もともとズボンは黒い布だったように思われるのだが、その全体に、びっしりと白い粉が付着しているのだ。

ズボンだけではなかった。シャツも、靴も、そして顔もだった。顔も髪も、両手も首筋も、白い粉を浴びたように全体が真っ白だった。だらりと伸ばした足の爪先の床には、ノミとかバールなどの道具が置かれていて、近くには、くずしたばかりらしいおびただしい壁土が山になっていた。

それでランディは、ホールの壁をぐるりと見廻し、左手の壁の裾の部分に、大きな穴が開いていることを発見した。どんな理由からかは不明だが、彼がたった今、壁のこの部分をくずしたらしいことはあきらかだった。この大きな穴以外は、そこは白いただの壁面だった。

「ハロー、サー、どうかしましたか、具合でも悪いですか？」

ランディがなおも彼に近寄っていった時だった、隣家でどんという爆発音がして、床が少し振動した。彼はあわてて廊下に駈けだし、

「すぐに戻るけど、あなたは避難して！」

と後方に向かって叫んでおいた。

ランディが飛び込むと、グリフィン家の内部は火の海だった。炎はごうごうと音をたてて燃え、ファイターの仲間が老人を担架に乗せて、非常階段を使って降ろそうとしているところだった。三階まで延びてきているハシゴの位置は、適当ではなかった。

「ガス爆発だ！」

消火剤を噴霧しているディックという男が、ランディに向かって怒鳴った。隣家のホールと違い、ここは地獄のような騒音に充ちていた。

「大丈夫か？」

「ああキッチンだ、ここは平気だ！」

そして担架の方に顎をしゃくった。

「彼は心臓麻痺だ」

「夫人は？」

ランディも叫び返した。

「いない、夫が一人だ。隣はどうだった」

「男性が一人床にすわっていた。様子が変だ！」

「変？　フレッド・アッカーマンじゃないのか？」

「フレッド？　それは誰だ？」

ランディはフレッド・アッカーマンを知らなかった。

「有名な漫画家だ、どう変なんだ」

「床から動かない」

その時、強烈な水圧が窓ガラスを叩き割り、室内への放水が始まった。強烈な破壊音とともに小テーブルや上の花瓶が奥の壁に向かって吹き飛び、照明の光線をよぎってさかんに降っている表の雨が見えた。

「イェーイ！」

とファイターたちは揃って歓声をあげた。水量に圧倒され、ファミリー・ルームの火は鎮圧されていく。

「大した相手じゃない！」

仲間が叫んだ。

「ちょろいぜ！」

しかしそうでもなかった。グリフィン家のファイヤー・ファイティングにおいては、まずその通りだった。一時間もかからず、闘いは終息に向かった。通報が早く、指示の的確さが功を奏した。被害はファミリー・ルームとキッチン、それに扉と窓だけで階上階下にはおそらく被害はなく、これから水さえもらなければ、それほどの大金をかけなくても修復は可能に思われた。また車内でのパラメディックの処置が適当だったために、グリフィン老人は一命をとりとめていた。

ところがその時、隣家のアッカーマン家で何かが燃える気配と、音がしていた。ランディとディックは飛びあがった。考えてもいなかったからだ。厚い壁で隔てられているこんなしっかりした煉瓦造りの建物で、隣家に火が移るはずはないとたかをくっていた。エレヴェーターの前を走り、二人が隣家に飛び込むと、ホールが真っ赤に燃えており、ファイターたちはわめきあった。

「何故だ！」

ソファがふたつに、椅子にカーテンの一部が燃えていた。ホースを延ばすのにもたつき、カーテンの大半と、天井の一部を焼いてしまった。しかし放水が始まってからは火勢は問題ではなかった。またたくうちに鎮火ができた。

ところが、事はそれで終了ではなかった。真の事件は、実はこれからだったのだ。ランディもディックも、水の止まったホースを手に持ち、水びたしの床の中央に立ち尽くして唖然とした。むせ返るような高温、多湿の空間に、とてつもなくおかしな光景を見たのだ。火が消えると、あたりは途端に暗くなる。しかしカーテンが燃えてなくなったせいで、どこからか蒼い薄明かりが侵入してきていた。だからだいたいのものは見通せる。多くの異常があったが、まず注目すべきは火の侵入路だった。隣家との境になる壁面の下部がくずされ、大きな穴が開いている。さっきは穴が隣家まで通じているようには見えなかったが、今黒く焦げた壁にあって、焦げた隣家の壁材らしいものが一部、壁の下方に覗いているのが見えたので、隣家に通じる小さな穴が、壁の下方に開いているのだろう。炎は、そこを通ってこちらのホールに侵入してきたのだ。

続いて彼らの肝を冷やしたのは、窓寄りの位置にある一人用のソファにかけた人物だった。さっきランディが見た男に違いなかった。避難するように言ったが、彼はまだそこにいた。あの時は床に腰を降ろしていたが、今は窓寄りのソファに移動している。バー・カウンター前の椅子は大半ひっくり返っていたが、重心が低そうなそのソファだけはきちんとしており、その上に彼は、体が半分ずり落ちたような格好でかけていた。

体が白いのは相変わらずだったが、今は洋服の一部が焦げて、全体がまだらだった。ランディとディックは寄っていったが、ある地点でぎょっとして足を停めることになった。彼の顔の肉がなくなっていて、黒くなった歯が大半覗いていたからだ。鼻もなく、頭髪もなく、頭蓋骨のかなりの部分が露出していた。彼がすでに生きていないことは確実だった。ランディがさっき話しかけた人物は、死人だったのだ。

ランディは続いて、正面の壁をもう一度見た。左下の一部分がくずされ、隣家の炎が侵入してきたと思われる壁だ。するとランディは、息を呑むことになった。そこに不思議なものを見たからだ。

全体が真っ黒く煤《すす》けたその壁全体に、大きく人の顔が浮かんでいたのだ。たった今、誰かがこれを彫りつけたのだ。床には、さっきと同様ノミとバール、そしておびただしい壁土の破片が転がっていた。これを使って、誰かがたった今この顔を刻んだらしい。顔は男で、東洋系に見えた。

「これは、フレッド・アッカーマンの絵だぜ」

ディックがランディに向かって言った。何気ないような調子だったが、聞いた途端、ランディは寒気がした。

「ほら、見ろよランディ。新聞でこの絵よく見るだろう。ケネディや、アイゼンハワーの顔なんかだ。アッカーマンの作に間違いない。彼は、自分の家の壁にもこんなものを彫っていたんだな。でもこれは誰なんだろう、中国人か？」

「ディック、おいディック」

ランディは急いで言った。ささやくような声だった。それ以上の大声は、どうしても出せないのだ。

「じゃ、これは誰だ？」

ランディは、一人用のソファにかけた人物をそっと指さした。ディックは死体に一瞥をくれ、すぐに目をそらし、顔をしかめて首を左右に振った。しばらく何も言わなかったが、

「アッカーマンさんに似てるな」

と言った。そして、

「壁の絵は、彼が彫りつけたんだろう」

とディックは、ごくなんでもないという調子で言った。

「ディック」

とランディはまた仲間に呼びかけた。声が震えた。次第に堪えがたい恐怖を感じはじめたからだ。黙っていることができない。

「この絵は、アッカーマンさんの絵に間違いないのか?」

すると仲間は笑って請け合った。

「ああ間違いない。俺はここ十年、毎日ボストン・タイムズの社会戯評欄を見ているんだ。君も見ているだろう? この線は絶対に彼のものだ。この絵は大型だが、はっきりとした特徴があるんだよ。説明しろなんて言うなよランディ、説明はできないけど、解るんだよ。これはアッカーマンの仕事だ」

「確かか?」

「ああ確かさ、なんで?」

ディックはランディの顔を見た。

「そしてこの人がアッカーマンさん?」

ランディはもう一度指さす。指の先が少し震える。自分がこんな怪談にぶつかろうとは!

「体つきが似ている、たぶん間違いないだろう。おいおいランディ、いったいどうしたっていうんだ? 顔が蒼いぜ」

「ディック、さっきぼくがここに入った時、壁にこの絵はなかった」

ランディは小声で言った。わけが解らなかったからだ。

「今は絵がある。だがさっきはなかった。そしてアッカーマンさんはこんな状態なんだ、当然さっきも死んでいた」

「おいおい」

ディックは笑いだした。

「そりゃ見間違いだろう、ランディ」

「見間違いじゃない！」

ランディは大声で断言した。

「ぼくはしっかり見たんだ。この壁は真っ白だった。絵なんかなかった。そしてアッカーマンさんは、その時もう死んでいた」

「彼はこのソファにいたのか？」

ディックが訊き、ランディはその問いにはすぐに返事ができなかった。

「ランディ、このソファか？」

ディックがもう一度訊いた。ランディは真剣な表情をしていた。そして言った。

「違う、こっちの床だ。床に直接腰を降ろしていた」

ディックは笑いだした。

「ランディ、するとアッカーマンさんは、こんな死体になっているのに、さっき俺たちが隣の火を消している間に床から起きあがって、壁にこの絵を彫りつけたのか？」

「それ以外にどんな解釈がある」

ランディの声は、もう震えが隠せなかった。

「第一アッカーマンさんは、どうしてここに、こんなひどい死体になってすわっているんだ？　何故なんだ。どうして今まで誰も問題にしなかったんだ？　どうして彼の体はこんなに白く汚れている？　わけが解らないじゃないか。火事のせいでここに出てきたって言うのか？」

ランディは言う。

「解らんよランディ、言えることは、それは俺たちの仕事じゃないってことだ。警察に任せよう。そしてもし君の言う通りだとするなら、この人はアッカーマンさんじゃないんだろう」

しかし死体は、アッカーマン自身であることが、ボストン警察によってその日のうちに確認された。

10

二十日朝、ビリーから御手洗のアパートに、ものすごい勢いで電話がかかってきた。

「キヨシ、アッカーマンさんの家のホールの壁に、クリストファー中尾の顔が浮かんだ！」

ビリーはいきなりわめいた。

「クリストファー？　誰だいそれは」

御手洗は言った。彼はまだ眠っていたのだ。それにもう昨夜《ゆうべ》から別の問題を考えはじめていたので、ビリーの言葉の意味が解らなかった。

「クリストファーだよ、中尾だ。ぼくはさっきローラに叩き起こされた。だから今度は君の番だ。今朝はみんなそういう運命なんだ」

「中尾だって？　中尾……、ああ彼か！　彼がどうしたんだって？」

「彼の顔だ、アッカーマンさんの家のホールの壁に、クリストファー中尾の顔が彫られていた。アッカーマンさんは、得意の絵でもって自分を殺した犯人を示したんだ。今ラジオが、そんなことを言って騒いでいる」

「ああ、壁に中尾の絵かい……」

気がなさそうに御手洗は言った。語尾がくぐもったのは、あくびを嚙みころしたからしかった。

「だけど昨夜ぼくらがホールに入った時、どの壁にも絵なんか彫りつけられてはいなかった。昨夜、アッカーマンさんの亡霊が彫りつけたんだ!」

ビリーは叫ぶ。

「どうして亡霊なんだ?」

「ホールで、アッカーマンさんの死体が発見された」

「なんだって?」

今度は御手洗も、さすがに驚いたようだった。

「どうやって発見された?」

「ファイヤー・デパートメントが発見したんだ」

ビリーは言った。

「ファイヤー・デパートメントが?」

「昨夜あのアパートの三階で火事があったらしい」

「三階で? グリフィン家かい?」

「そうだ。それで彼らが出動した。そしてファイヤー・ファイターが、グリフィン家だけでなく、アッカーマンさんの家にも入った。そうして発見した。ホールのソファに、骨の覗いたアッカーマンさんの死体がすわっていた。ファイヤー・ファイターは肝をつぶしたようだが、もっと驚いたことは、壁にクリストファー中尾の顔が彫られていたことだ。アッカーマンさんがだいぶ前に死んでいることはあきらかだ。そして壁に絵が現れたのは昨夜だ。絵はアッカーマンさんの作に間違いがないという。彼をよく知る専門家が全員口を揃えている」

「ああぼくも賛成だね。絵は彼の作だ」

御手洗が言う。

「だったら彼の幽霊が彫ったという以外にどういう解釈があるんだ？　そうじゃないか？」

「そんなことになっていたのか、ちっとも知らなかったな」

御手洗は、またもとののんびりした声に戻って言った。そして訊いた。

「雨は？」

「まだ降っている。だがもうじきやむ。さっき天気予報がそう言っていた。そんなことはどうでもいい！　ローラがすごい剣幕で事態を教えろと言っていた。今からぼくのアパートに来るそうだ、そろそろ着くだろう」

「教えたのか？」

「アパートか？　そりゃ教えたさ、ほかにどうするんだ」

「ぼくならこちらから行くと言うね。で、中尾の情報はないかい」

「中尾の？　なんで。ないよ」

「ローラは、クリストファーに電話したって言ってたかい？」

「電報を打ったって言っていた」

「電報を、打った……、か」

そして御手洗はいっとき考え込んだ。

「電話でなく電報か、そして昨夜は豪雨だった、雷も鳴っていた。そうか！　ああそうなったのか！」

「どうなったんだか知らないが、どうする気だ？　すべて君が始めたことだぞ。このまま何の説明もしないで君が逃げだしたら、ローラはぼくらを訴えかねないぞ」

「ああ解った。じゃあ一時間後にミミズ・カフェで会おうと伝えてくれないか。ミミズ・カフェだ。ぼくのアパートでも君のアパートでもなく、ミミズ・カフェだ。いいね？　そして真相を知りたいなら、必ずプラスのスクリュウドライヴァーを持参するように彼女に言ってくれ」

「プラスのスクリュウドライヴァー？　そんなもので何をするんだ？」

「それがすべての鍵なんだ。あとで説明する。だがビリー、事態解明のための手がかりは、君だってすべて得ている。ぼくに会うまでに、君も自分で理由を考えておいて欲しい。悪くない提案だろう？」

御手洗は言った。

だから私も、ここで同じ提案を読者に示しておこうと思う。材料はすべて提出ずみである。事態のからくりを正確に見抜いていただきたい。

御手洗は続ける。

「スクリュウドライヴァーを忘れないでくれよビリー。じゃあ一時間後に！」

ビリーとローラがミミズ・カフェの窓ぎわにすわっていると、車道をバスがやってきて停まり、御手洗が降りてくるのが見えた。雨は霧雨になりながらもまだ続いていて、舗道に降りたった御手洗は、もたもたと黒い傘を開いていた。

ほどなく彼の姿が店内に入ってきて、二人にちょっと手をあげると、レジについてコーヒーを買い、それを持ってゆっくりとテーブルまで歩いてきた。待っている間中、ローラがいらいらしているのが解った。

「プラスのスクリュウドライヴァーだキヨシ、さあ説明してくれ！」

ビリーがわめいて、ドライヴァーをテーブルに置いた。

「ああ君もか、焦るのはよくないぜ。コーヒーを飲んで、雨があがって、それからさ。やることはまだ山ほどあるんだ。お早うローラ」

「お早うキヨシ、今朝はとってもあなたに会いたかったわ」

「ああ、ぼくもですよローラ。クリストファー中尾のその後の消息は何か？」

「あるわ。さっきオフィスに寄ったら、彼の車がコーン岬の下から出たって」

「コーン岬の下？」

御手洗は少し恐い顔をした。

「そう、転落したのよ。昨夜の雨で、運転を誤ったのね」

「あるいは自殺か、ね。クリストファー自身は？」

「中に乗っていたわ。死体になっていた」

「そう」

そして御手洗は無言になり、コーヒーをすすりながらいっとき表の雨を見ていた。目の前にはアッカーマンのアパートが、昨日と同じように、何事もなかったふうで建っている。しかし建物の前には報道関係者の車が行列のように何台も停まっていて、だから一階の窓はよく見えない。三階を見れば、白いカーテンはすっかり失われていて、何人かの人影が見える。

「それではとりあえず、われわれが焦る理由は消えたわけだ」

御手洗は言った。

「あなたはずっと落ちついていたように見えるけれど」

ローラは言った。

「そう見えるだけですよ」

「われわれが焦る理由はあるぞ。早く説明してくれ」

ビリーが言う。

「ビリー、君は自分では考えなかったのか？」

「考えたさ、だが解らん」

「説明してくださるわね」

ローラはもう少し丁寧に言った。御手洗は両手を広げた。

「なんでも。何が訊きたいですか？」

「何もかもすべてよ。ありすぎて困るわ」

「昨日、初対面の時からそう言ってくだされば、ぼくの苦労はなかったのですがね」

御手洗は嫌味を言った。

「壁の絵について教えてくれ！」

ビリーがせかした。

「あれは誰が彫った」

「アッカーマンさんさ」

御手洗は言う。

「だが彼は六日前に死んでいた。そうじゃないか？」

「その通りさ。絵は六日前にすでに彫られていたんだ。だが、隠されていたんだよ」

「どういうことだ？」

「昨夜あったことを説明しよう。中尾が死んでしまった今、事態を正確に説明できる者は、少なくとも現時点ではぼくだけだろうからね」

御手洗が言い、二人は頷《うなず》いてから椅子にすわり直し、それから椅子ごと少し前進した。

「ビリー、統一場理論は信仰の産物だと思うかい？」

「なんだって？」

ビリーはいらいらした声を出した。

「彼はボーアなんかじゃなくて、ローマ法王と会談すべきだったんじゃないだろうか」

「キヨシ、何を言っているんだ？」

「今のぼくにはそっちの方がよほど重要事だ。とっくに終わっているような事柄についてくどくど説明して、いったい何になるんだろうな。一生は短い、もっと創造的な事柄にこそ精を出さないとね」

「昨夜、あそこで、何があったんだ、キヨシ！」

ビリーは窓の外を指さして、語気を強めた。

「ああ、いいよ、どこまで話した？　そうか、ホールで会見中、それは十四日のことだが、クリストファーがいきなり父親を撃った、それは話したね」

「ああ聞いた」

「そして息子は十五日未明、父親の死体を壁の中に塗り込めた」

「それも聞いた」

ビリーはさっさと言う。

「だが理由は話してないだろう。それは父親が、似たような仕事をやっていたからなんだ」

「似たような仕事？」

「似たような仕事？」

ローラも言った。

「そうさ、アッカーマンさんもホールの壁を塗っていたんだ。コテを使ってね。なんのためか。それはクリストファーも知らなかったが、息子の顔を壁に描くためだ」

「待てよキヨシ、なんのことかさっぱり解らない。解るように説明してくれ！」

ローラも同じと見えて、頷いている。

「言葉通りなんだビリー、別に高尚な比喩じゃない。アッカーマンさんは、ホールの壁に大きく息子の似顔絵を描いた。そしてその上に細身のロープを這わせて、この上から壁土を塗っていったんだ。つまり細いロープを、似顔絵の線に沿って壁に塗り込めた」

「ロープを壁に塗り込めた。そしてそのロープは、クリストファーの似顔絵の上にあった……」

「似顔絵の描線の上にあったんだ、ビリー」

ビリーとローラはいっとき無言になり、その言葉の意味を考えていた。

「線の上か、上なんだな、それは解った。だがアッカーマンさんは、なんのためにそんなことをした?」

「『船曳き』のアトラクションのためさ」

「船曳きのためですって?」

ローラが言った。

「そうさローラ。船曳きとは、この細いロープを、パーティ列席のみんなで引っ張ることだったんだ。アッカーマンさんはそれを計画していた」

「ロープの端をみんなで引っ張る、すると……」

「ロープはばりばりと壁から剝がれるだろうな。すると、後にクリストファー中尾の似顔絵が現れるんだ」

「ああ!」

二人はようやく納得した。

「何も描かれていない白い壁に、いきなりクリストファー中尾の顔が現れるのか、なるほど! そういうことか」

ビリーが言った。

「そういうことさ。だから床近くの壁に、リングが付いていた。ロープを結びつけて、みなで引っ張りやすいようにね。そのためにアッカーマンさんは、壁土やコテなどを購入して、ひそかに壁塗りの工事をしていた。学校関係者に知られては興が削《そ》がれるからね、秘密にして一人でやっていたんだ。しかしこの様子に気づいた息子は、殺した父親を、壁に塗り込めることを連想した。道具は揃っていたんだ。表に運び出す方法はないに等しい。だから彼はこれを決行した。しかし息子は、壁に自分の顔の絵が埋まっていることなんか知らなかったんだ」

「なるほど」

ローラが言った。

「計画はそれなりにうまく行った。アッカーマンさんは失踪し、行方は誰にも解らなかった。そこにわれわれよけい者が登場し、ミス・スウェインに情報を吹き込んだ。それでミス・スウェインは、クリストファーに電報を打った。お父さんは殺されて、ホールの壁の中に眠っているって。普通はこれで、自首が考慮されるところだろう。ところが昨夜に限って、非常に悪い偶然が作用した。豪雨と雷鳴だ」

二人はじっと聞き入っている。

「セキュリティや隣人に知られずにアッカーマンさんの死体を降ろす方法は、ロープでも使って、チャップマン・ストリート側に降ろす以外にないんだ。隣人や住人に知られずにフラー側の非常階段に出る方法はない。東側は民家の庭の中、西側の壁には窓がない。そして一階には常時セキュリティが頑張っている。たとえ彼の仮眠の時を狙っても、自分一人ならともかく、死体運搬となれば話は別だ。万一見つかった時のことを考えれば、実行する勇気は出ないだろう。そしてチャップマン・ストリートは繁華街で、深夜も交通量があり、人通りもある。八方塞がりだが、昨夜だけは千載一遇《せんざいいちぐう》のチャンスだったんだ。豪雨で、街に車も人通りも途絶えた。雷鳴や、道を叩く雨の音で騒音も消える。頑張れば、チャップマン側の舗道に死体を降ろせそうに思えたのさ。それでクリストファーは、いちかばちかこれを決行することにした。死体を海の底にでも移したかったんだ。どうせもう進退窮《きわ》まったんだからね。

深夜、セキュリティの仮眠を待ってホールに忍び込み、できるだけ音をたてないように注意しながら壁をくずして、父親の死骸を掘り出した。ところが運悪く、この時ちょうど隣家が火事になってしまってファイヤー・ファイターたちが三階に飛び込んできた。この中の一人は、ドアを破ってホールの中にまで入ってきた。その間息子は、たぶん別の部屋に逃げていたんだろうがね。

隣のグリフィン家は大騒ぎで、とてもエレヴェーターで逃げだせそうもない、どうしたものかと迷っていたら、死体を掘り出した壁から突然炎が噴き出して、ホールが燃えはじめた。一刻の猶予《ゆうよ》もなくなったのだ。そうなると、当然ファイアーターたちが入ってくるからだ。

そこで息子は死体搬出を諦め、父を運び降ろすために用意していたロープを使って、自分が脱出する以外になくなった。迷っている時間はない。自分が見つかってしまう。しかしまずいことにあのホールには、ロープを結びつけるような対象が何もないんだ。しかし時間はない。とっさに見つけたものが、壁から出ていたリングだった。これがなんのためのものか解らない息子は、急いでこれにロープを結びつけ、窓から外にたらして自分がぶらさがった。これを伝って、地上の舗道に逃れようとしたんだ」

「ああ!」

二人は同時に声をあげた。

「そうしたら……」

「そうさ、そんなことをしたら、ロープはずるずると頼りなく延びていって、息子はあやうく転落死するところだった。しかしそれでも、まずまずの抵抗力は存在したのだろうな、息子は無事に地上に到着した。足くらいはくじいたかもしれないけれどね。彼はそのままあたふたとロープをたぐり寄せ、抱えると、近くに用意していた車に放り込んで逃走した。ロープが増えていることには、たぶん車の中で気づいたろうね。それとも、地獄に行った今でもまだ気づいていないかな。ともかくこれで、息子が窓から脱出した形跡は部屋から消えた。これが、昨夜あったことの一部始終さ」

二人はまったく口あんぐりの体だった。しばらくの間全然口がきけなかったが、ようやくローラが言うことを見つけた。

「待ってよ、ちょっと待ってキヨシ。それじゃあれは？　アッカーマンさんは、最初は床に腰を降ろしていたって。だけど絵が現れてからは、窓寄りの一人用のソファに腰かけていたって」

「そいつはもう解らないな。クリストファーが移していないのなら、ロープがからまって移動したんだろう、そういう偶然はよくあることなんだ」

「ああ」

ローラはそれで納得したようだった。

「待って、ちょっと待って！」

また彼女は、悲鳴のような声をたてた。

「壁にクリストファー中尾の絵ってことは、それ、もしかして⁉」

御手洗はゆっくりと頷いていた。その様子は、人生の皮肉に感じ入っているというふうだった。

「そうさ、アッカーマンさんは、息子のクリストファー中尾を、今度のアート・スクールの校長に指名するつもりだったんだ」

もと女性秘書は、衝撃を受けたようだった。

「壁の絵は、殺人犯の顔じゃない、校長の顔だったんだ。そのために彼は、こんなアトラクションを用意した。普通に発表したのでは、周囲の強い反対が予想されたからね。ローラ、君もそうしたんじゃないかい？」

ローラは無言だった。

「余興付きのこんなやり方なら、盛りあがったパーティ気分のただ中だからね、盛大な拍手のうちに、なしくずしで通ってしまうのさ」

「じゃあクリストファーは、それを知らずに？」

「知っていたら撃つはずもない。そして絵が現れた時には、彼は地上に着いていた。メロドラマだね」

「なんてこと！　本当になんてこと！　アッカーマンさんはクリストファーに、そしてキャシィにも責任を感じていたのに。だからこんなこと考えたのに」

ローラは興奮していた。

「なんてことだいキヨシ」

ビリーも低く言った。

「そんなものさビリー、こんなことが嫌なら離婚なんてしないことだ。その自信がないのなら、結婚もしなければいい」

「明快だなキヨシ、だが人はそれができないのさ。君ならできるんだろうけどな」

「簡単さ」

御手洗は二人に聞こえないくらいの、ごく小さな声で言った。

「御手洗さん」

ローラが、かしこまったような口調で言いはじめた。

「でもあなたは、そもそもどうしてこういうことに気づいたの」

「そうだキヨシ、何故だ。ぼくが学生新聞のあの記事を読んで、たったあれだけで、どうして君はこんなに込み入った、からくりのいっさいがっさいに気づいた」

ビリーも言う。

「それがこれさ」

御手洗はようやく、テーブルの上にあったスクリュウドライヴァーに手を伸ばした。

「どうやら雨もあがったな。天気予報もたまには当たる。世界がいつもこんなふうに、予想通りに進むといいんだけれどね。じゃあ表に出ようじゃないか。最後の仕上げだ」

御手洗は、カフェの隣のザッカオ・トゥイング・サーヴィスの敷地に入っていった。そして右手をあげ、やあダンテ、調子はどうだい、と顔見知りになった作業員に声をかけた。そうしておいてそばにあった脚立を指さし、また十分ほどこれを借りるぜと断った。

脚立を、彼はザッカオ・トゥイング・サーヴィスと書かれた看板の、左横のあたりに立てた。そうして昇っていって、文字に手を触れた。

「ローラ、ビリーも。こっちに廻って、このZの文字が見える位置に来てくれないか」

二人はしたがった。脚立の上からの、ふう変わりな講義だった。

「アッカーマンさんは、あの窓からこのZの文字を射撃した。連続して十二発もだ」

御手洗は三階の窓を指さした。そこには大勢の人影が見えた。人数はさっきよりも増している。警察関係者か、それともメディア関係者だろう。しかし中の誰も、御手洗の手が触れているこの文字に着目してはいなかった。

「射撃の腕に覚えのあったアッカーマンさんは、あそこからこのZの文字一字を狙い撃ちにした。何故か。正確に言うと、この文字を撃ったわけじゃない。文字を留めているボルトを撃ったんだ」

そして御手洗は、右側のボルトにスクリュウドライヴァーを突き立て、ぐいぐいと回した。

「こんなふうにするためさ」

右のボルトがはずれた。するとZはだらりと垂れ、ゆらゆらと揺れながら、半回転した格好でぶらさがった。

「ローラ、ビリー、これはどう読める？」

「ああ！」

二人はまた揃って大声をあげた。

「NAKAO！」

「そうさ。アッカーマンさんは漫画家だったからね、こんなウィットが得意だった。窓からここを見降ろすたび、あのZの右側のボルトがはずれたら、Zが半回転してNになるなと、いつもそう思っていたんじゃないかな。するとザッカオは、最初の妻の名前に変化する」

御手洗はそのままますたすたと脚立を降りる。

「そんないたずら心が、彼の内心にはあったのさ。だが、むろん実行することはなかった。『中尾』に撃たれるまでは」

御手洗は脚立を持ち、もとあった場所に運んでいく。

「おいおいキヨシ、あの看板は！」

指さしてビリーが言い、

「なに、あそこにいる人たちにヒントを与えてやろう」

彼は涼しい顔で言った。

「息子に撃たれた時、断末魔の苦痛の中で、彼はふとこの事実を思い出した。息子はすぐにいなくなった。アッカーマンさんはホールのどこかに隠していたハンドガンをとり出し、窓辺まで這い寄って、この文字の右肩のボルトを狙って撃った。弾倉にあるだけの弾丸を撃ったが、残念ながら右のボルトを撃ち飛ばすことはできなかった。苦痛で、照準が定まらなかったんだろう」

そして御手洗は、その時のアッカーマンの気持ちを思いやるように、もう一度三階の窓を見た。しかし、そこにひしめく大勢の人たちは未だに部屋の検証に夢中で、こちらを見る者はない。

「天才の営為は、常に孤独なものだねビリー、理解する人はとても少ない。さて、これで説明は終わりだ。どこかでおいしい朝食でもとりたいね、お腹がすいたよ」

「ご馳走するわ、この先に私の好きなイタリアンがあるのよ」

ローラがすぐに言った。

「いいね。しかしローラ、お金は節約しないとね。あなたは職を失うかもしれないんです。今日はこのビリーが出してくれますよ。百ドルもあれば、きっと豪華な朝食がとれる」

言って御手洗はウインクした。

さらば遠い輝き

1

アメリカの雑誌「PEOPLE」に、レオナ松崎《まつざき》のインタヴュー記事が載っていた。私はそれをストックホルムの旧市街の書店で見つけた。記事のメインは彼女の近況とか新作の映画のことなのだが、そこは彼女のことで、アメリカ進出直後の体験に関して、すこぶる挑戦的な発言をしていた。

一九八七年前半のことだったという。彼女の二番目の主演作「アイーダ'87」が発表された年のことだ。彼女は雑誌の記者相手に、こんな話をしている。

「『アイーダ』が終わって、しばらく仕事のない時期があったのよ。日本でひどい経験があってくさっていたし、西海岸では気に入った仕事がないしで、あの頃私は本当にいらいらしていた。刺激が欲しかったのよ。体を動かして、力を試したかった。だってそのためにアメリカに来たんですものね。あの思いは本当に切実で、だからもし私にギャングの友達がいて、あの時私に電話してきて『ハロー、レオナ、一緒に銀行を襲おうぜ』って言ったら、O

Kって言ってたかもね。

あの当時の私は、自分にしか達成できない種類の成功があるって信じてた。私はライヴァルたちと全然違う過去を持っていたし、ほかの人たちより多くの言葉を話したし、自分のこと、完璧なプロフェッショナルだって感じてた。体力にだって今よりは自信があったから、どんなハードなアクションの撮影があったって、引き受けた以上必ず体調を整える自信があったし、九時の集合って言われれば、九時十分前には必ず現場にいたわ。でも、あなたも解るでしょう、ほかの人たちみんなとてもだらだらしていて、十時過ぎになってやっと現場にやってきて、『ハイご機嫌いかが、今日のお仕事何時からだったかしら』って言うのよ。スタッフやプロデューサーにとって私は、東洋から来た珍しいお人形っていうにすぎなかった。誰も私にシャープな演技なんて要求していなかったし、カメラの前の私は、東京のファッション・ショーでステージを歩いていた時と大差はなかった。アクションはたいてい一発でOK、拍子抜けするくらい。フォト・ダブルも多く使われたし、えっ、私の仕事ってこれだけ？　って気分よ、解るでしょう。

エイジェントも何も言ってくれない。私のいらいらした気持ちを説明したら、OKレオナ、あなたはアグレッシヴ、その気持ちは大事よって言って、あちこちのオーディションを紹介してくれた。でも大半はつまらない内容だったし、たまによしこれよって燃えて出かけていったら落とされるの。白人が要求されているのね。『おいらん』を観て私を名指しで来るスターリングの仕事っていったら、相変わらず芸者ガールの役とか、京都に来た青年実業家が恋に落ちる日本の女の子の役。一週間だけあちこちのお寺歩いて、キスして、セックスして、それでさっさとシカゴの奥さんと子供のところに戻っていくのよ。これが憧れていたハリウッドなのって思ったわ。退屈で死にそうで、東京での方がよほど刺激があったから、私はだんだん、帰ることを真剣に考えはじめたの。

そしたらその年の夏、エイジェントがモデリングの仕事があるからパリに行ってみないかって言ったのよ。東京でモデルの仕事もしていたってレザメ（履歴書）に書いてたから、そんなに退屈ならこれなら刺激たっぷりよって、彼女そう言いたかったんだと思う。今のスーパーモデルたちも、たいていヨーロッパから仕事始めてるのよ。ファッションの仕事は、ヨーロッパがまだ本場ってとこあるもの。でもあれは、鮫《さめ》がうようよいるプールに放り込まれるようなものよ。誰が泳ぎきるか、誰が食べられてしまうか、まわりからすればきっと面白いみものね。

本当にあの旅はひどかったわ。今思い出してもぞっとする。私がいけないこといろいろ憶えたのも、あのヨーロッパ・ツアーからだった。楽しいこともあったけど、もう二度とごめんね。人間扱いされていなかったのよ。私たち、首から格安のプライス・タッグを下げた商品、さあよりどりみどり、どの子をどう料理してもいいわよって感じで差し出されたの。今でもきっとそうなのでしょうね。ああいうやり方、あの世界では続いていると思う。

パリに着いたら、駈け出しのモデルたち四人と一緒にされて、ホテルに放り込まれた。私たちの誰もフランス語話せないのにね。私たちを運んできた男性のスタッフは、いつのまにか姿を消しちゃったわ。本当に不安でいっぱいよ。私たちの中に、無名時代のI（掲載記事には実名で入っていた）もいたわ。彼女今スーパーモデルの一人だけど、あの頃の彼女、本当にふつうの子で、夜はまだネンネ毛布が必要だったのよ。誰かが面倒見てあげないと、危なくてしようがないって感じ。でもとてもいい子だと思ったわ、少なくとも最初はね。

翌朝から、狼たちが次々に顔を出すのよ。『ハイレディたち、よく眠れたかい？　華のパリの朝はどうかな？　ミスI、君に仕事だ。エル誌のとてもいい仕事だよ、ちょっとドレスは脱いでもらうけどね、さあ行こう！』

私たちみんな、誰も断れるなんて思っていなかった。私の仕事もひどいもの、ビーチに連れていかれて、ブラジャーをむしり取られて、体中に泥を塗られて波打ち際に半日寝かされたわ。おかげで肌はひりひりよ。せっかくむだ毛のお手入れもしてきたのに、しばらく体は出せなくなった。

ホテルに帰ったら、Iはかんかんになって怒ってたわ。ヌードやらないって言ったのにって。私も腹がたったからすぐにエイジェントに電話して、Iと一緒に明日帰ろうって話にしたの。でもその夜、何かIの様子がおかしいのよ。ふらふらしてるし、言うことが変なの。ディナーのあと、地元の有名なフォトグラファーがスイートでパーティを開いてくれた。銀の盆に、コカインが山盛りになって現れたわ。それで私ははははんって思った、ああそういうこと。彼女、コカインの常習者だったのよ。私たちみんな、そんなふうに見られていたのね。

ファッション雑誌の編集者とか、フランスの若いアーティストたちがたくさん集まっていて、私たちのことを女神だとか何だとか、さんざんに褒めそやしたわ。さっきまで怒って泣いていたくせに、Ｉはもうご機嫌になってしまって、けらけら笑ってた。

アーティストたち、いい人もいたと思うけど、私の目からは狼の群れだった。すきあらばって感じね。みんな何かというと肩に手を置いたり、腰に手を回したがった。今思えばあれがフランス流だったのだと思うけど、ＬＡの男も東京の男もそんなことしないから、私は大いに戸惑った。まるでホアとしてここに呼ばれたような感じがして、嫌だったのよ。自分は演技者だっていうプライドもあったしね。

しばらくしたら、Ｉが大声でトイレから私の名を呼ぶのよ、酔っぱらった声で。どうしたのかって思って行ってみたら、彼女もうべろべろで、スカートも穿《は》けないのよ。

でも私も、それで麻薬の味憶えてしまって、アメリカ帰国の話はいつの間にかたち消え。私もけっこう楽しんだわ。肌はしばらくひりひりしたけど。何日かあと、同じホテルでもっとプライヴェートなパーティがあった時、私もへべれけになっちゃって、スカートが穿けなかったわ。だから下着の上にケープだけはおってパーティに出たの。そしたら拍手喝采よ。

みんな私と一緒に写真を撮りたがったわ。

でも私は、それ以上のことはする気がなかった。自分はしっかり持っていた。だって私は女優だし、今のこんな仕事、ちょっとした遊びだって思ってた。パートタイム・ジョブで自分を落としたくはなかったのよ。麻薬の味は憶えたけど、性的に乱れる気なんて絶対なかった。

でもそのあと、ローマに行った時はひどかったわね。仕事のあとはたいてい何かが起こって、フォトグラファーたちで奥さんのところにさっさと帰る人なんていなかったけど、あの時が一番ひどかったわね。ディナー・パーティに、地元の無名のモデルたちが大勢参加していたせいよ。ディナーのあと、彼女たちの一人がクロスのかかったテーブルにあがったの。スカートの下に、彼女は下着をつけていなかった。ふと見たら、ほかの女の子たちはみんな誰か男の人の膝に乗っていたわ。

こんなパーティ、その後どうなるか解るでしょう。あちこちの床で、みんなくんずほぐれつのボディ・トークよ。滑稽だったわ。三週間くらいのヨーロッパ滞在だったけど、女の子たちは毎晩少しずつ異常に馴れてきて、そうなるための心の準備をさせられてたみたい。でも私はそうはならなかった。ああ、あなたはきっとIのこと聞きたいでしょうね。彼女はその時どうしていたかって。ふふ、少なくとも、私と一緒に廊下に出てはこなかったわね。廊下に出たら、私の後について大柄な紳士が出てきたの。私はライターなんですが、少しお話を聞かせてもらえませんかって、丁寧な英語で言ったのよ。眼鏡をかけて、とても誠実そうな目の光をしていた。それで私は、コーヒーが飲みたいわって言ったの。ＯＫって彼が言って、一緒に一階に降りて、コーヒーを飲んでインタヴューを受けた。彼はドイツ人で、このツアーで私が話した、唯一まともな人間だった。

もと弁護士で、今はライターをしていると彼は言っていた。モデルの世界に興味を持って本を書きたいって言うから、よした方がいいわって私は言った。だって今の見たでしょう、くだらないゴシップ本にしかならないから、まともな人は買わないわよ。

彼は笑って、私はそうは思わないって言った。どの世界にも床で絡み合うような人はいる。弁護士にだって、裁判官にだっている。奇麗な女の人たちは目立つし、だからそうなりやすいだけ、そう彼は言った。アメリカでいっとき仕事をして有名になって、ヨーロッパに戻ってアートの世界でいい仕事をしているモデルもいると彼は言った。

私が女優だって言ったら彼は驚いて、確かにあなたは冷静だし、そっちの天分を生かした方がいいかもしれないねって言ってくれた。その言葉で決めたわけじゃないけど、私はこんな毎日にうんざりしていたし、ヴァケーションはもう今夜で終わりって決心した。ハリウッドに帰ることにしたのよ。どんなに退屈でも、こんな世界よりはましと思って。

彼とはまた会ってみたいと思ってるわ。名前も忘れてしまったけど、ドイツではきっと有名なライターだと思う。『モデリングなんて洋服ハンガーよ』と私が悪態をついたら、彼はたしなめてくれて、確かに彼女たちは口紅を塗ったり落としたり、洋服を着たり脱いだり、スカートの丈《たけ》だけを気にするような男たちと若い時期を過ごすから、賢い人も馬鹿になるんですと言った。本当にそうよ。あのツアーで私は、モデリングの仕事をする気はきれいに失せたわね」

ストックホルムのカフェで、私は懐かしい気分で記事を読んだ。レオナが私のことを憶えていてくれたことは光栄だった。私の方は今も鮮やかに、ローマのホテルRのあのバーを憶えている。時代遅れの大仰《おおぎょう》な木造りの内装で、マクベスの舞台装置に使えそうだった。私が飲んだコーヒーはキリマンジャロで、レオナはカフェ・モカだった。

レオナが不遠慮に語っている通り、あのディナー・パーティはひどい代物《しろもの》で、あの時私はミラノの売春組織の取材もしていたのだが、こちらの方がまだしも清潔と言いたいくらいだった。当時私には、ヨーロッパのモデルたちの実態を描いてかなりヒットした著作があり、この続編としてアメリカのモデルたちを取材したかった。ホテルRにアメリカのモデルたちが何人か来るというので、取材に出かけたのだ。

そこで私は、レオナ松崎というアメリカの女優と出遭った。一見してほかの女の子たちと印象が違って、私は心惹かれた。東洋の血が入っていると解る顔つきもだが、何よりその聡明さだった。話し方こそぶっきら棒だったが、言葉の端々にユーモアと輝くような知性があり、それが私の心をとらえた。

レオナの記憶は概《おおむ》ね正確だが、いくつか勘違いもある。会見の時、私は確かに凡庸なモデルたちの知性に対して悪口を言ったが、それはこれによってレオナを持ちあげたかったからだ。話すにつれ、彼女の頭のよさは際《きわ》だつようだった。私の発言にあるような、そういう取り巻きに日夜囲まれ、それでもこんな知性を維持していることは私には驚きだった。私はそう言いたかったのだ。

レオナの二番目の勘違いは、私は確かにドイツ人だが、活動の場所はスウェーデンだということだ。生まれた場所がドイツというにすぎない。しかしこれさえ、今はポーランド領になっている。私はどこの国の人間なのか自分でもよく解らず、そういう事情が、私を多少センチメンタルな性格にしたかもしれない。私は騒がしいもの、猥雑《わいざつ》なものも嫌いではないが、いつもその中に、ほろ苦いものを見つけて文章にする。

私はなかなか小説的な出生をした。それは残念なことに、私がこれまでに何冊か書いたどの本よりも劇的で、文学的だ。私は本名を、ハインリッヒ・フォン・レーンドルフ・シュタインオルトというが、マウエルゼーという湖のほとりに建つ城で生まれた。家族で住んでいたこの城は、ナチのモスクワ侵攻のおり、ヒトラーの外相リッベントロップに接収された。

父はドイツ陸軍予備軍の中尉だったが、長くヒトラー暗殺を狙っていた。ゲシュタポにこれが漏れ、逮捕されて一九四四年の九月四日、処刑された。財産はすべて没収され、戦後になっても戻らなかった。母も逮捕され、まだ四歳だった私や妹と一緒に収容所に入れられた。われわれはいずれ殺される運命にあったのだが、母にコネがあったおかげで、終戦まで生き長らえた。

われわれはすべてを失っていたから、戦後の西ドイツでジプシーのような生活をした。家を持つ母の知人のところを転々と泊まり歩いたのだ。毎年のように引っ越し、十三の学校に転入した。妹もそうだ。

ずいぶん苦労をしたが、幸いなことは、私が弁護士としてそこそこ成功するまで母が生きていてくれ、亡くなる時には小さな家があったことだ。妹はモデルになってこれも割合成功したが、二十五で見切りをつけ、堅実な男と結婚して、今はワルシャワで幸せにやっている。

思えば、失敗したのは私一人だったかもしれない。貴族の血か、私には妙に派手好みなところがあり、妹の仕事仲間のスウェーデン人のモデルを好きになって結婚した。しかし到底私の手にあう女ではなく、生活は六年で破綻《はたん》した。母が生きているうちは何があってもおとなしくしていたが、亡くなったので学校時代の友人を頼ってスウェーデンに渡った。妻のおかげで私はスウェーデン語と英語には不自由せず、弁護士の仕事も、たいていこの両言語圏の人たちを相手にしていた。

友人は出版業界にいる男で、私はストックホルムでも弁護士の資格を得たのだが、この友人のせいで執筆の依頼の方が多かった。乞われるままに私は、自分の家族の没落の歴史を書き、ナチやヒトラーについて書き、ポーランドについて書いた。スウェーデンはナチに蹂躙《じゅうりん》されなかったので、私の持つ情報はスウェーデン人にそれなりに読まれた。本は恥ずかしくない程度には売れ、私はスウェーデン文筆家協会の末席に名を連ねた。また私はスウェーデン語、英語、ドイツ語の読み書きができたので、これらの言語の国々には翻訳家なしで本を送り出すことができ、知名度のわりには金になった。妹や妻のせいで、先述したようなフィールドに加えてモデルの世界にも知識があり、これも私のパンの種《かて》になった。そのような理由で私はローマに行き、レオナ松崎に逢ったのだ。

2

一九九六年のはじめから私は、また全然別のジャンルに興味を惹かれ、取材を始めた。それは脳研究の世界だった。この最先端科学を取材し、科学雑誌「スヴェローナ」の連載を通して、成果を解りやすく一般に報告するのが狙いだった。

一九九〇年にアメリカの上院で「デッケイド・オブ・ザ・ブレイン（脳の十年）」という宣言が議決され、大予算が組まれて米科学者たちが脳研究に入った。今日までにアメリカが費やした予算総額は、延べ十億ドル以上になると言われる。ＥＣもすぐそれに倣って「ヨーロピアン・デッケイド・オブ・ザ・ブレイン」運動が起こり、九〇年代、世界の科学はいっせいに脳探究の時代に入った。

私がこの研究の成果に興味を持ったのは、アメリカの研究者たちと最も近い位置にいるのが、ストックホルム大学のティームだということを聞いたからである。スウェーデンでは充分な予算が組まれていないが、現在までの業績は、決してアメリカにもひけをとっていない。

ストックホルム大学の手法は、これまでの脳の物理学的把握に対し、分子生物学、遺伝子工学、免疫学という三つの方向から同時に、かつ連携プレーをとりながらアプローチをするというもので、そのためにこれら三学問の才能が世界中からストックホルムに集まっていた。詳しくはここに述べる紙面がない。「スヴェローナ」の誌面に目を通していただくか、近く著す著作を読んでいただきたいと思う。

私が今ここに書きたいことは、ある奇跡についてだ。それは私が、「PEOPLE」誌でレオナの記事を読んでからまだ三日と日が経っていない、ある秋の日のことだった。「スヴェローナ」の編集部に読者から電話が入ったのだ。たまたま私が編集部にいた時で、読者からの電話だというので受話器を受け取ると、アメリカ西海岸のFM放送でよく聴くような、明るい、弾んだ英語が私に話しかけた。どこかで憶えのあるような声音だったが、この瞬間には思い出せなかった。ただスウェーデン人の英語とは違うと思った。

「これは外国からかけています。ハインリッヒ・フォン・レーンドルフさんをお願いしたいんです。こちら、『デッケイド・オブ・ザ・ブレイン』を読んでいる者なんですが」

西海岸の訛《なま》りが感じられる、気安い調子の女性の声だった。少し早口で、北欧の者にない明るさを持っていた。私はわけが解らなかった。今回の私の硬い企画に、若い女性の読者がいるとは考えていなかった。

「ハインリッヒ・フォン・レーンドルフですが、何かお助けできますか?」

私は言った。すると、

「ハイ、あなたの友達よ、憶えているかしら」

叫ぶような声が言い、私は戸惑った。

「もう十年も昔になるけど、ローマのホテルRのバーで、コーヒーをご一緒したアメリカのモデルよ」

私は絶句し、しばらく言葉が出なかった。夢でも見ているのかと思ったのだ。私はただ驚いていたのだが、こちらが黙っているものだから、相手は思い出すのに苦労していると思ったらしい。彼女の方で言葉を継いだ。

「忘れているのね、無理もないわ。私の名前は……」

「言わなくてもいいさレオナ、おととい君のインタヴュー記事を読んだばかりさ」

言うと、十万ドルの宝クジが当たった時のような悲鳴が戻ってきた。

「キャー！　どうして⁉　どうして⁉　どうして⁉　『PEOPLE』はスウェーデンでも出ているの？」

「出てるよ、見逃すものか。あれから君の映画は全部観ている。むろん雑誌の記事もさ。友達の編集者の全員に声をかけて、網を張っているんだ。君の記事が出たら全部ぼくに報らせてくれるようにってね。おかげで九二年と九三年はずいぶん楽しませてもらった」

「ウー……」

と彼女は渋い声を出した。その頃の彼女は、ハリウッドで大暴れをしていて、毎週のようにゴシップ誌のトップを飾っていた。有名男優を振ったとか、いくつかのパーティで野獣のように暴れたといった類《たぐい》のゴシップだ。その頃彼女が平手打ちを食らわしたアメリカの俳優は、私が記憶しているだけでも三人いる。

これでも私は、そんな彼女の傷つき方に、遠くで心を痛めていた。そういう私に、友人たちはこぞって忠告してくれたものだ。ハインリッヒ、北海の環境破壊の本なんか書いていないで、レオナ松崎を取材すれば今の十倍本が売れるぜ。来年末には君は高額納税者のリストに入って名前が新聞に載るだろう。

しかし私は、そんなことをする気はなかった。乱れたパーティを後にして、一人真摯《しんし》に私に対応してくれた彼女に対し、借りを受けたような気がしていたからだ。彼女があんなふうになるのもそれなりの理由があるのだろう。あのローマの夜だって憤然と部屋にとって返し、床でよろしくやっている連中の胸倉を摑んで引き起こし、片端から平手打ちを見舞ってもよかった。メディアは堕落した連中と仲よくなるものだ。何故なら、そういう連中は金を持っているからだ。

「私の記事を読んでくれてたのは嬉しいけど、あれが全部本当だと思わないでね。彼らは嘘つきよ。みんな面白おかしく脚色されてるわ」

「知ってるさ、私もライターだ。同じ罪人だよ」

私は言った。

「この電話はどこから？」

「ロスアンジェルス、ずいぶん遠くからよ」

「ああ地球は狭くなったね。しかし驚いたよ、君が自らここにかけてくるなんてね。こういうのはエイジェントの役目じゃないのかい？」

「私はなんでも自分でやるわ」

「そうらしいね。しかし驚いた。こんなふうにして、いつもみんなを驚かせているわけだ」

「そうでもないわ。ここは役者でいっぱいの街よ。めったなことではみんな驚かない。古い友達の小さなパーティに行って、アクトレスですって言っても、ステューデント・ムーヴィに出ているのってよく訊かれるのよ。眼鏡かけて、ジーンズ穿いていけば誰だか解らないわ」

「久しぶりに食事でも、と言いたいところだが、LAじゃそうもいかないね」

「食事……」

するとレオナがじっと考え込むふうだったから、私は吹き出した。

「なんだいその様子、まるで今からストックホルムに来ようかとしているみたいだぜ」

「食事、いい考えね、今からちょっとそっちに行こうかしら」

レオナはくすくす笑っていた。

「『ラスト・イグジット』はどうするんだい？　またスキャンダルにしてイエロー・ペイパーを稼がせるかい？　今撮影真っ只中なんだろう」

「よく知ってるのね、ああそうか、『PEOPLE』読んだのね。なんだか嫌だわ、エイジエントみたいなこと言わないで」

彼女はがっかりしたように言った。実際言葉から明るさが消えた。今彼女は、これまでのエンターテインメント路線から少し修正をして、シリアスなドラマに挑戦していた。アメリカの堕胎問題を扱った、少し暗い、政治と宗教と医学モラルがからむ問題作だった。それもあって私は、よけいに戸惑ったのだ。彼女の明るい声は、今没頭しているはずのヒロイン像と、あまりに違っている。

「仕事がなければ行きたいわ。あなたとも久しぶりにお会いしたいし」

彼女にそう言われて、悪い気がする男はいないだろう。

「もしそれを信じていいなら、近くＭＩＴに取材にいく予定がある。よければ私の方で寄ろうか？　ロスアンジェルスに」

するとと彼女ははしゃいだ声を出した。思慮の浅い男なら、勘違いしそうなほどの声だった。

「来る？　本当に？　まあなんて嬉しいんでしょう！　いつ？」

私は苦笑する。

「そんなふうに言ってもらえて驚きだね。私などでよければ、いつだって行くさ。しかし今私は、頰っぺたをつねりながら話しているんだ。君は本当にあのレオナかい？　私は今昼寝をしていて、夢を見ているんじゃないだろうね」

するとレオナはくすくす笑った。

「ＬＡに来れば解るわよ」

「なにしろ突然だし、われわれときたら、十年前ローマで一時間ばかりお茶を飲んだというだけの清い関係だ。それなのに、ハリウッドで五本の指に入ろうかという有名女優がいきなり電話をかけてきて、ハリウッドに来ないかって言うんだ、新手の詐欺かと疑うよ。私にはたいした財産はないよ」

「心配しないで、私はイエロー・ペイパーが書いているほど悪い女じゃないわ」

「跳びかかってきて生き血を吸われるかな」

彼女はからからと笑った。

「そんなことしないわ」

「こんな話知っているかい？　リセ・ヴェロニカっていう六〇年代の有名なモデルの話だ。彼女はパリで、アメリカのファッション界を牛耳《ぎゅうじ》るアイリーンという有名な女性プロデューサーに会って、ニューヨークに来るように言われた。やっとのことで自分を思い出させたら、アイリーンはあなたなんか見たことないわって言うのさ。喜びいさんで渡米したら、アイリーンはあなたなんか見たことないわって言うのさ。やっとのことで自分を思い出させたら、じゃあヴィザを取ってあげるから、私の弁護士のところに行ってちょうだい。そこでリセは指定されたオフィスに行って書類を書き込んで帰ろうとしたら、弁護士が追いかけてきて言うんだ。あなたにたびたび来てもらうのは心苦しいから言いますが、実はアイリーンに、あなたのヴィザはとらないように言われています」

「その話知ってるわ」

レオナは素早く言った。

「あなたがどうしてそんな話するのかもね。でも私は、あなたのことずっと憶えてるわ。会っても、誰だったかしらなんて言わないわよ」

「取材相手に冷たくされるのは馴れているけど、君なら案外こたえるかもしれない」

「ハインリッヒ・フォン・レーンドルフ、ほら、名前だって憶えていたでしょう」

「それなんだが、私はうぬぼれが強い方じゃない、まさか君が、私が懐かしいだけで電話をしてきたとは思わないよ」

「あらそう」

「それに君が、人間の脳の研究成果に格別の興味を持っているとも思われないのだが」

「化粧品とか、下着にばかり興味があるって思うの？」

「そうは言わないが」

「私、女っぽくないのよ。車にも、拳銃にも興味があるわ。それに、もっと下品なことにもいっぱい興味を持ってる」

「脳の研究が下品なことかい？」

レオナは笑った。そして観念したように言った。

「OK、話すわ。あなたが最近特に親しくしている人よ。その人について訊きたいの」

「特に親しくしている人？　日本人かい？」

「そうよ」

「もしかして、キヨシのこと？」

「そう、あなたの記事を読んだの」

「彼がどうしたの？」

「私、彼のファンなのよ。彼の書く論文のファンなの」

私はびっくりした。女優が学術論文を読むとは知らなかったからだ。

「君はキヨシの知り合いなのか?」

「何度か会ったことはあるわ」

「まさか、ボーイフレンドだって言うんじゃないだろうね」

レオナはまた笑った。

「言わないわ」

「彼は素晴らしく頭のいい人だ。今やストックホルム大の脳研究ティームのリーダーだよ。彼が日本から来たおかげでわれわれの研究は一挙に前進し、以来MITからの電話がひっきりなしさ。彼らの提出するレポートに、アメリカ中が目を丸くしているんだよ。この分では、ノーベル賞が転がり込むかもしれない」

「そう、彼ならあり得るわね」

「だが、こう言っては何だが、彼ははたして君が興味を持つような対象かな、彼はその……」

「女性に興味がない、……でしょう?」

私は苦笑して応じた。レオナも忍び笑いを漏らしていた。

「そうだ。彼はとてもいい奴だ。私とはよく気があってね。時にはバルト海を眺めながら、二人でアルコールも飲むよ」

するとレオナは、驚いたことに何千マイルもの彼方《かなた》で、ゆっくりと吐息を漏らした。細い電線伝いに、私はそれをはっきりと聞いた。その切実な様子は、ああ私も行きたいわと今にも言いだしそうだった。

「私の連載が多少評判がいいのも、彼が要領よく現状を説明してくれるからだ。彼は今の生活や、ストックホルムの街をとても気に入っていて、ここに永住したいと言っている」

「駄目よ！」

するとレオナが悲鳴のような声を出した。

「え？」

「いいえ、彼は一ヵ所に落ちつくタイプじゃないわ」

「そうらしいね。話では、ずいぶんあちこちに旅をしている。私たちは会ったら脳の話か、旅の話をしている。アメリカの話とか、日本の話もした。横浜にいる彼の親友の話もした」

「ミスター石岡《いしおか》」

「そう、彼だ。私たちはもうずいぶんうちとけた。一年以上のつき合いになる。あらゆる話をしたが……」

「私の話は出てこない……、でしょう？」

「女性の話が出ないんだ。からかいとか、悪口以外ではね」

すると彼女は、軽蔑したように鼻を鳴らした。

「でしょうね、そういう人よ。別にそれはいいの。私は彼のガールフレンドじゃないし、特に親しいわけでもないし、彼もまたハリウッド・ムーヴィを観るようなタイプじゃないし、もしあなたが私の名前を話題に出しても、レオナ？　君が飼ってる猫かいとか言うでしょうね。ただ私は、個人的な興味で、彼が今やっている仕事について知りたいのよ」

「本を送るよ。近く一冊にまとめるつもりなんだ」

「本当に？　なんて素敵！　楽しみにしているわ。でも、LAには来てくれるんでしょう？」

「ああ、むろん君が会ってくれるならね」

「もちろんよ、食事しましょう。私、LAのいろんな変わったレストラン知っているわ。チャイニーズやコリアンやフランス料理ばかりじゃなく、チベット料理、モンゴリアン・レストラン、ペルシャ料理、ヴィエトナム料理、モロッコ・レストラン……」

「普通のでいいよ、君と一緒ならどこだって五つ星さ。来週LAに行けるよ、どうすればいい？」

「ホテル決まったら教えて、必ず連絡するから。私のエイジェントに電話入れておいて。ごめんなさい、エイジェント間のとり決めで、家の電話番号は教えられないことになってるの」

「かまわないさ、来週の月曜日にストックホルムを発つ。LAに行く時は、いつもサンタモニカのミラマシェラトンに部屋を取るんだ。今回もたぶんそうする。でも火曜日にははっきりしたところを連絡できるだろう、待っていてくれるかい」

「シュア！」

レオナは、弾んだ声に戻って言った。少し暗くなっていた声の調子が一挙に消え、本当に嬉しそうだった。これが女優の演技力というものかと私は思った。

「楽しみにしてるわ。早く来週にならないかなって感じよ！」

3

ストックホルム大の脳研究の取材を始めてすぐ、私は素晴らしく頭の良い人物に出会った。日本から来た男で、名前をキヨシ御手洗《みたらい》といった。彼の能力は数々あるが、語学の才ひとつを取ってみてもその非凡さは知れる。数ヵ国語を自在に操《あやつ》り、私とスウェーデン語で文学問答ができるほどだった。やがて私がドイツ語圏の人間と知るとわれわれの会話はドイツ語になり、私が英語にも不自由していないと知れば、取材はたちまち英語に切り替わった。脳研究フィールドの語彙《ごい》はいまや大半英語に統一されているから、最初から英語で話す方が齟齬《そご》が少ない。ティーム内での会話もできるだけそうしているようで、その方がアメリカの研究機関との情報交換もスムーズに行く。

学問の分野でも言語の世界でも、彼の能力は自由自在という様子だったが、ストックホルムの街に関してはそうでもなかったから、私が道案内役を務め、安くておいしいレストランとか、読書に適したカフェ、そして専門書を多く置いた古書店の所在などを彼に教えた。そしてこういう貢献と引換えに、私は彼から多くの学問情報を得た。実際のところ研究ティームに彼を見いださなければ、私の連載はいささか貧しいものとなって、半年と続かなかったろう。学者たちの多くはスウェーデン語でしか自分のフィールドの表現ができず、私のスウェーデン語は、専門用語を駆使した学問領域の会話には不充分だった。

私はありったけの生活知識を動員し、ストックホルム中のお気に入りのレストランやバーを彼に教え、同行もしたが、そのどれもがたちまち私の勉強室となり教室になった。彼は私のような素人と会話することに非常に馴れており、専門領域の解説も、感嘆するほどに見事だった。取材にあたり、私は大学で基礎知識の講義を受講していたが、その必要もないくらいで、教授の講義よりも数倍解りやすかった。何よりありがたかったことは、彼は世俗的な事情にもよく通じていて、学問成果を公表することに意義を認めていてくれたことだ。彼は専門家にありがちな、成果を隠したがったり、独占したがるようなところがなかった。

だがそんなことより何より、彼には学者らしからぬ陽気さがあり、型破りのエンターテイナーだった。ガムラスタンの酒場で、一杯機嫌の彼がタップダンスを披露した時は、さすがに度胆を抜かれた。彼と過ごすことは私には刺激だった。スウェーデン一の人気役者と会うよりも楽しく、エキサイティングでさえあり、だんだん生き甲斐にも似てきた。たびたび彼と会うことで私は、うまく言えないが——、救われたのだ。脳に関してだけでなく、自分がいかにつまらないことに捕らわれながら生きていたかを、あっさりと教えられた。彼の言葉を借りればそれは、食べ終えたサーモンの背骨を、紙ナプキンに包んで後生大事に持ち歩いているようなものだった。言われてみれば学問の世界にこそこの骨はあり、たいていそれが前進を阻んでいた。

彼の頭の中には、重要な問題が優先順位に沿って整理されて収まり、これに沿って彼は無駄なく生きていた。この優先順位はわれわれのものとはかなり違っており、私のような常識の残骸にはこちらの理解こそが骨だったのだが、これ以外のものに関しては娯楽として楽しんでいいのだと私に教えた。いや、実際に彼がそう言ったわけではないが、私はそのように理解した。

私は三日にあげず彼のアパートか研究室に電話をし、あいている時間はすべてこっちに廻してくれるように懇願した。彼も私を嫌ってはいず、嫌な顔はしなかった。私としては年の若い親友を得たつもりでいたし、彼にもそう思っていて欲しかった。私の人生はとても退屈で、そうでない時は一足飛びに悲惨だったから、気分をほどよく、そして暖かくかきたててくれるような存在を欲していた。私のそれまでの生活は乾いており、彼はまったく理想的なまでにそれを潤《うるお》す力を持っていた。私の沈んだ気分を、会うたびさりげなくかきたててくれ、私はこれを享受した。彼には人の心を優しくする天賦の才能があり、しかも多くの手段を持っていた。私のような古い人間には、それがあのヒトラーのような男のものと、ちょうど対極にある能力に感じられた。

そういう私だったから、レオナが彼に興味を持つこともよく理解ができた。ここ数年、私はレオナにも深く憧れていて、彼女の言に嫉妬の念がまったく湧かなかったと言えば嘘にもなりそうだが、そんな感情にはすぐにきりがついた。一年以上にわたるつき合いで、キヨシが独身者であることは知っていたし、どこからか彼に女性の理解者が現れればよいと願ってもいた。もっとも当人は、少しもそうは思っていないようだったが。

その相手がレオナという可能性は、私には意表をつかれる提案だった。確かにあの二人なら、どんな皮肉屋が見ようともよく釣り合いはする。世界有数の強力なコンビネーションだ。しかし、決して嫉妬から言うのではなく、キヨシにはもっと別の、無名のかいがいしい女性がいいような気はした。別にレオナがかいがいしくないというわけではないが、やはり二人は住む世界が違うという気はする。

LAに発つ前に、私はキヨシに電話をしてレオナのことを質《ただ》してみようかとも考えたが、すぐにやめた。そんなことをしても彼が喜びそうには思えなかったし、レオナによい土産《みやげ》話を作れそうでもない。私は黙ってストックホルムの空港を発ち、マサチューセッツに入る前にLAに飛来した。空港からタクシーで、サンタモニカのミラマシェラトンに入った。これが月曜日の夕刻のことで、部屋からすぐにレオナのエイジェント「ヴァモント」に電話を入れ、アンサリング・マシンになっていたから、部屋番号を録音しておいた。

今夜はもう連絡はあるまいと思い、私はホテルを出て黄昏の中をぶらぶらと歩き、ブロードウェイとオーシャン・アヴェニューとの角にある、お気に入りのレストランで夕食を摂《と》ろうと考えた。そこはイタリアン・レストランで、名をイグチーニといったが、店の前まで行ってみると通りまで客があふれ、みな席が空くのを待っていた。しばらく来ないうちに人気が高騰したらしい。諦め、私は海に沿う公園の芝生を横切ってピアまで遠征した。カリフォルニアの海は、バルト海とは違う匂いがした。

観覧車を横目に見ながら板張りの床を歩き、このピアが現れたアメリカ映画は何だったかと考えた。記憶がはっきりしないが、あれはポール・ニューマン主演の「スティング」だったろうか。確信できないままピアの中途にあるホットドッグ屋に入り、ホットドッグを食べ、コークを飲んでホテルに戻った。豪華ディナーを食べたい気分でもなかったし、必要ならルーム・サーヴィスも取れる。

フロントでキーを受け取った時、意外にもレオナから、もうＦＡＸのメッセージが届いていることを知った。流麗な手書きの筆記体で、レオナはアイリーンではなかった。

「親愛なるハインリッヒ、ＬＡにようこそ！

明日、午後の一時に体があきます。二時に車で迎えにいきます。ホテル玄関の車寄せで待っていて、私が手を振ったら車まで来てください。もしあなたがいなければ、私はパーキングに車を停め、中で待っていますから探してください。少し遅いけど、オーストリア料理のランチを食べませんか。メイン・ストリートにあるシャッツィ・オン・メインはどうでしょう。ここへ届け物をする用事があるんです。

明日の夜は撮影が入っていて、夕方にはカルヴァー・シティに戻らなくちゃなりませんが、明後日ならディナーをご一緒できます。ご希望の料理を明日教えておいてください。では、これでもし都合が悪ければ、エイジェントにまたメッセージを残しておいてください。そうでないなら明日の午後二時に。早く明日になりますように！

あなたの親愛なるレオナ」

私に異存があろうはずもない。私はフロント・マンに向きなおり、シャッツィ・オン・メインを知っているかと訊いた。イエス、と彼は直《すぐ》に応えた。有名な店らしかった。サンタモニカ・シティ・ホールの前から始まるメイン・ストリートをずんずん南に行けば、マリーン・ストリートとの角にあるという。車ならすぐだが、もし歩くなら、ブロードウェイのサンタモニカ・プレイスの前から「タイド・シャトル」というエレクトリック・バスが出ているからこれに乗り、オーシャン・アヴェニューからマリーン・ストリートに左折したら紐を引けばいいと教えてくれた。サンタモニカ・プレイスというのは、街の中心にあるショッピング・モールである。

告白すれば、ローマでの会見から時間が経つにつれ、私はなかなか真剣なレオナのファンになっていた。彼女の主演映画はすべて、たとえそれがロー・ティーン向けの他愛のないダンス映画であっても、臆せず、嬌声に堪えて観賞した。彼女の関連の記事をすべて収集しているというのは、決してジョークではない。ノーベル賞が殺人爆弾の売上金で運営されているというのと同じくらい、厳然たる事実である。私が一九九五年にはるばる日本まで出かけていったのも、京都や奈良を観たかっただけではなく、彼女の生まれ育った横浜を観たかったからだ。

私はなんとか彼女との再会を願い、「デッケイド・オブ・ザ・ブレイン」の連載が終了したら、「バーグマンの系譜」とか、「ハリウッドの異国人スター」と銘うって、連載企画を始めたいと画策もしていた。それは言うまでもなく、レオナとの再会の理由を作りたかったからである。

年甲斐もなく私は、娘の年頃の女優を相手に、病膏肓《やまいこうこう》に入りかけていた。そこへ憧れの当人から電話が入った。私がどんなに喜び、うろたえたか、この説明にふさわしい言葉など世界中にない。私は憧れのバレンチノに会える乙女のように、いやこんな形容は博物館行きだ！　今ふうに言えばトム・クルーズあたりか、彼との会見を翌日に控えた小娘のファンのように、寝つかれなかった。

4

翌朝はよい天気ではあったが、ロスアンジェルスには珍しく雲が厚い日で、またそれがよく流れ、海べりに建つホテルのパティオから、いっときぎらつくほどに強く海に陽が照り返すのが見えたかと思えば、たちまち雲が陽光を遮って、眼下はどんよりとする。遥かな上空には強い風があるようで、サンタモニカの地上にも、わずかに風を感じた。

バフェ形式の朝食を早めに摂り、私はホテルを出て、何度かやってきて割合勝手を知る街を、プロムナードの商店街を中心に冷やかした。歩行者専用のこの通りは、レオナの故郷の街、横浜の一画に似ていた。あれは名前を伊勢佐木町と言ったか。

日本に行ってあの道を歩いた時、私はまだキヨシと知り合ってはいなかった。私はレオナの故郷を訪ねたつもりだったが、考えてみればあの街は、キヨシの故郷でもある。あの街のどこかに、彼の暮らしていたアパートもあったはずで、キヨシとレオナ、地球の裏側同士に暮らす二人だが、思えば同じ街の出身者だ。

腹ごなしもすみ、正午を廻ってほどよく空腹を感じたので、私はホテルに戻ってロビーのソファにかけ、ロスアンジェルス・タイムズを読んだ。一面トップに、七つ子を産んだアイオワの母親の記事が出ていた。最初の子供は女の子が一人だったのに、二度目の出産は一転七つ子になったという。スウェーデンでもポーランドでもドイツでも、こんな話は聞いたことがない。よく母親の腹の中におさまっていたものだ。それにしてもこんな記事が一面トップになるくらい、今のアメリカも平和ということだ。

床に置かれた大型の時計が一時を廻ったので、私は立ちあがり、ロビーを横切ってレストルームに入った。髪を整え、オー・デ・トワレを首すじに少しつけてから、玄関を出た。陽は時に強く射し、また陰ることを変わらずに繰り返していた。制服姿の大柄なホテルマンがじっと所在なげに立つ後方に、白いプラスティックの椅子が二つあったので、私はこれにかけて待つことにした。約束までにまだ一時間近くあったのだが、道の事情など、どんなことでレオナが早く着くかもしれない。あれだけの有名人なのだから、待たせたら面倒が起こるかもしれない。

そこは、観葉植物の葉の陰になっていた。多少の動悸を感じながら、私はオーシャン・アヴェニューを横切ってやってくる海風に吹かれていた。風が来るたび、鼻先の葉も揺れる。十年ぶりのレオナは変わったろうか。どんな表情で私を迎え、どんな話し方をするのだろう。スクリーンいっぱいにひろがる彼女のさまざまな表情が、あと数十分ののちに私一人に向けられるということが、こうして待っていても信じられない。私は久方ぶりに幸福だった。だから少しも退屈を感じず、こうして一週間だって待っていられると思った。

それは本当にあっけないほど唐突だった。ファンファーレも、司会者の盛りあげ口上もなく、ひいらぎの垣根の陰から、シルヴァーのボクスターが走り込んできた。オープンにしてあったから、サングラスをかけ、髪をなびかせた美しい女性ドライヴァーの姿が見え、銀色の車は速度をゆるめながらそのまま車寄せのカーヴを旋回すると、私のすぐ鼻先に停止した。異様なほどに清潔な印象のドライヴァーが、サングラスの細い顔をこちらに振り向け、右手をちょっとあげ、クラクションを押そうかどうしようかと思案した。

むろん私は、弾かれたように椅子から立っていた。ホテルマンをはじめ、周囲のすべての人々が、ドライヴァーと銀色のスポーツカーを見ていた。彼女は助手席のドアを開けようと手を伸ばしたが、私はそれよりも早くドアに駆けつけ、開いていた。

助手席に滑り込むと、白いジャケットを着た美しい女の満面の笑みが、包むように私を迎えた。私は自分の直面した空間が信じられなかった。

「ハインリッヒ、お久しぶり、またお会いできてなんて嬉しいんでしょう！」

と優雅なレディの声が言った。その語調はゆったりとして、もうローマのホテルでのような、せかせかとした印象はなかった。しなやかな手つきで右手が伸ばされ、私の古びたごつい手が握られた。これで終わりかと思っていたら、造りもののような美しい笑顔がすっと近づいてきて、私の頬にキスをした。うっとりとしているとアクセルが踏まれ、車は走りだしていた。ミラマシェラトン中の人々の視線を浴びながら、私たちは表の通りにと逃げ去った。

レオナは髪を、肩に少し載る程度に短くしていた。遅い秋のものらしくない、カリフォルニアに特有の暖かい風を浴びながら、私は昨夜《ゆうべ》はよく眠れたかと訊かれることを恐れた。まったく眠れていなかったからだ。

しかしスーパースターは、こういう時ファンをどう扱えばよいかをよく心得ている。人を困らせるような質問は決して現れず、ミューズのように見える女は弾むような語調で街の説明をし、自分が今撮影している映画について話した。その様子は、自分と会える日の前夜、たいていの男は眠っていないと知っているようにも思われたし、私のことを心を許した友人というより、単にメディアのライターとして扱っているようにも受け取れて、多少の寂しさも感じた。

いやそうではない。これらすべては違っているかもしれない。私はライターらしくあとからそんな講釈を付けているだけで、この時の自分ときたら痴呆のように何も考えてはいず、ただ夢を見るような幸福に酔い、レオナの顔を観賞していただけかもしれない。

私は驚いていたのだ。レオナは変わっていた。ローマの夜とは別人だった。私が彼女の熱心な崇拝者でなく、映画を観たり写真を収集したりしていなければ、この女性が、ローマで会ったモデルとは解らなかったかもしれない。どこがどう違うかと言われると多少困るが、まずはその物腰だった。貴婦人のように優雅になって、ティーン・エイジャーのような乱暴な態度が消えた。風や、スポーツカーのエンジン音に負けないように少し大声で話すが、その声にもう軽薄な様子はなく、気品がパフュームの霧のように車内を漂った。

ストレートになった黒髪は、われわれ白人が東洋女性に対して期待するそのままに、清楚で植物的だった。化粧も薄く、口紅も淡い。じっと前をむいて車を走らせるが、時おりそういう顔をちらとこちらに振り向ける。しかし唇に笑みが浮かべば、どう質素に装《よそお》っても、天性の華やかさは隠しようもなく滲《にじ》む。

「ミスター御手洗は元気でいる？」

彼女は言った。あたりさわりのない会話が一段落し、最も聞きたい話題に入ったというふうだった。車の速度が落ち、エンジン音が低くなって声が聞きとりやすくなる。彼女はキヨシとは言わず、ミスター御手洗と私の友人を呼んだ。その言い方から、私は彼らの関係をはかりかねた。

「ああ彼はとても元気だよ」

私は応えた。

「たくさん卵を産むニワトリみたいに元気さ。研究室にいる時以外は、あちこちを歩き廻って行く先々でみんなを笑わせてる。彼はとても人気者だよ」

レオナは微笑みでさりげなく反応する。そして、

「周囲に溶け込めてる？」

と訊いた。

「私なんかよりはずっとスウェーデン人さ。百年前からストックホルムに暮らしているみたいだ」

「そう、それはよかった」

レオナは、にっこりとした顔をいったんこちらに見せてから言った。しかしその様子は、言葉とは裏腹に、いくぶんか寂しげだった。

「ハインリッヒ、ずいぶん親しくなったみたいね、彼と」

「ああ、彼が大学の研究室を一歩外に出たらずっと一緒にいる。まるで親子か兄弟みたいだ。週末のドライヴ、バルト海にクルージングにも出る。オスロ大学への旅にも同行した。昔妻がいた時にもこんなに熱心につき合いはしなかったな。だからいまだに、彼女がどんなトワレをつけていたか知らない。しかしキヨシのことなら、もうどんなことでも知っている。好きな絵画、好きな料理、好きな酒、好きな店、今興味を持っていること、読んでいる本、なんでもだ。そう、だが、好きな女という情報はないな、もしそう言って君が嬉しいならだが」

それに関しては、レオナは何も反応しなかった。ただにっこりとしただけだ。

「そういうこと、あとでみんな教えて」

「いいとも。だけど彼は、自分では日本時代から全然変わってはいないって言ってるがね」

「あなたの記事に、ミスター御手洗の名前が出てきたから、びっくりしたのよ」

「キヨシの名前と私の名前、どっちを先に発見したんだい？」

「そうね……、忘れたわ」

「『スヴェローナ』はこちらでも出ているのかい？」

「ビヴァリィ・ヒルズのライブラリィにあるわ。よく行くのよ」

「脳の研究に興味が？」

「心理学と脳は、私の興味の対象なの。最大の趣味よ」

「君、冗談を言ってるんだろう？」

「本当よ、あとで話しましょう」

「そっちの方向なら、今の私にはいささか知識がある。むろんキヨシほどじゃないが」

マリーン・ストリートで車は右折し、すぐにまた左折して、赤い化粧煉瓦《けしょうれんが》造りの建物の前に着いた。エンジン音で赤いチョッキのボーイが飛びだしてきた。ヴァレー・パーキングになっている。エンジンは切らず、レオナはティプトロニックのスティックを華奢《きゃしゃ》に操ってニュートラルに入れ、サイド・ブレーキを引いた。

レオナと知ると、彼はこれ以上はできないほどに満面に笑みを浮かべた。しかし顔見知りと見え、それ以上に物珍しい様子は見せない。

彼がドアを開けて待つので、レオナはゆっくりと車から降り、シートの後方に置いていた茶の紙袋を抜きとった。私も続いて降り、彼女が白いパンツ姿であることをこの時ようやく知った。白いジャケットに白いパンツ、彼女は白ずくめだった。われわれの後方で、ボクスターがパーキングに向かって走りだした。

レオナの進軍は、まるで女王のごときだった。行く手のあらゆる人たちが動作を停め、満面の喜色を浮かべ、最大級の礼をもって彼女が前を過ぎるのを待つ。二十フィートも前からドアは開かれてわれわれを待ち、入れば銀の盆を持ったウエイトレスたちは左右に整列していた。そのどの娘の目も好奇心に輝いており、誰か一人の背中をどんと押せば、全員の悲鳴が店内中に轟きそうだった。

そう広い店ではなかったが、明るくて感じのよい店内で、壁にはアーノルド・シュワルツェネッガーの写真と、年代物のプロペラ式飛行機のカラー写真がかかっていた。ディナーの時間には早いせいか、店内に客の姿はまだ一人もなく、まるでわれわれの貸し切りだった。あるいは、実際にそうされていたのかもしれない。

白いスーツ姿のアテンダントに、われわれはいちばん奥の窓際に案内され、窓の外にニールソン・ウェイと書かれた青い道路標識が望めた。

「アイオワで七つ子が生まれたらしいね」

私が言った。

「らしいわね、お母さんは大スターよ、今の私の撮っている映画のスタッフたちも、みんな話題にしてる。今の仕事に関係あるから、私も関心あるわ」

レオナは言った。

「このあたり、キアヌの『スピード』という映画に出てきたあたりなのよ」

言いながらレオナはサングラスをはずし、テーブルに置いてから、少しもがくような仕草で上着を脱いだ。ノー・スリーヴの、白いブラウスが現れた。二の腕ばかりでなく、肩の大半もあらわになった。すこぶる大胆なデザインで、私には何の異存もない。

店内は暖かく、上着の必要はなかった。彼女の、深い憂いの色に似たエヴォニィ・アイズもおしみなく露出したから、私は特等席にすわった観衆の気分になってそれらを観賞した。

「白ずくめだね」

私は言った。

「セリンみたいでしょう?」

レオナは言った。

「セリンって?」

私は訊いた。

「セリン・ディオン、スィンガーよ。私は彼女が大好きなの」

ゆっくりと腰を折ろうとして、彼女は思い留まった。床を踏む重い足音がわれわれに近づいていたせいだ。

「ハインリッヒ、ご紹介するわ、このお店のオーナーよ」

レオナが私の後方を手で示した。ふりむくと、小山のような大男が立っていた。

「ハイ、シャッツィにようこそ。今日はマヒマヒか、モンク・フィッシュがお勧めですよ」

きしんだようなドイツ語訛りの英語でその男、アーノルド・シュワルツェネッガーは言った。彼の顔にもまた満面の笑みが浮いて、私は度肝を抜かれた。

「おお神様、これはいったいどうしたことだ！」

私は握手も忘れて叫んでいた。

「ひどいなレオナ、どうして言ってくれなかったんだい！　これはシュワルツェネッガーさん、思いがけない会見で光栄だ。あなたの映画はたいてい観ていますよ。特に『キンダガートン・コップ』が大好きで、ヴィデオで何度も観ています。むろん『ターミネーター』もいいけれどね」

「ありがとう」

「彼はスウェーデンから来たの。ライターだから気をつけた方がいいわよ」

「レオナと来週結婚するよ」

アーノルドは言った。

「ああ、そいつは特ダネだ！」

私は人指し指を立てて言い、レオナは持参した紙袋を、ゆっくりとアーノルドに手渡した。

「結婚証書よ」

「OK、じゃあガイズ、楽しんで」

大男はそう言いおいて紙袋を持ち、のっしのっしと去っていった。レオナはゆっくりと椅子に腰をおろした。私もおろし、レオナの顔を見た。まったく何をしでかすか解らない女性だ。キヨシもそうだが、これは極東のあの街出身者の特徴なのだろうか。

十年ぶりの懐かしい笑顔が、私のすぐ目の前にあった。映画館で、自宅のテレビで、この顔を何度観たことだろう。彼女は、実は変わっていなかった。瞳が現れた時に、私はすぐにそう知った。以前よりも落ち着いたが、変わらず美しく、キュートだった。東洋の血が、彼女を年齢の割に少女らしく見せていた。

「なんて奇麗なんだ」

思わず私は言った。

「君は言われ馴れているだろうが、やはりまずそう言わせてくれないか。なんだか笑ってしまいそうなくらいに、君は奇麗だ。こんなふうにテーブルに差し向かいになるところを、私は何度も想像した。実現するなんて思っていなかったけれどね」

「実際にそうなってみたら、あんまり大したことないんで、なぁんだって思ったでしょう」

私は驚いて抗議した。

「どうして？　何故そんなことを言うんだ？」

「映画俳優なんて幻よ、よく言われるでしょう、セルロイドのイルージョン、どこにでもいる人間よ。照明と音楽がなければ、神通力を失った大道具みたいなもの」

「そんなことはない、想像以上だ、本当に会えてよかったよ」

「本当に？　嬉しいわ。私がもしあなたを楽しませなかったらごめんなさい。私、今入っている映画の気分を作っているから。おとといから、とっても深刻なところ撮っているのよ。だから解るでしょう、なんだか憂鬱なの」

「『ラスト・イグジット』だね」

「そのタイトル、変わるかもしれないわ、散文的だから」

「どんなシーン？」

「食事の時、言えないわ、聞きたければ後で」

「七つ子と関係があるのかい？」

「ノー・コメント」

笑って言った。

「仕事の影響、受ける方なんだね？」

「私は……、そうね、気が重いわ」

「ごめん、仕事の邪魔したかな」

「そんなことない！　会えてとっても嬉しいわ。ハインリッヒ、変わらないわ。ローマの時よりも若くなったわよ」

レオナはつとめて明るく言った。

「髪もなんとかまだある、あと五、六年はもつだろう。それまでに妻を見つけなきゃね。しかし、もしお世辞でないならキヨシのおかげさ」

「ねえ、『キンダガートン・コップ』、キヨシと一緒に観たの？」

「いや、彼と一緒には観ない。彼はヴィデオにはあんまり興味はなさそうだった。レオナ、彼は君の映画は観ているんだろうか？」

するとレオナは肩を少しだけ持ちあげ、メニューに手を伸ばしながら鼻を鳴らした。

「知らないわ。マヒマヒとモンク・フィッシュ、どっちにする？」

「マヒマヒとは何だい？ ヨーロッパではそんな魚は食べることがない」

「じゃあそっちにするといいわ、悪くないと思う。私はモンク・フィッシュ」

ウエイトレスが、おずおずと飲み物を訊きにきた。私はアムステルライト、レオナはアイスティーと応えた。十分後、われわれはビールとお茶で、再会を祝して乾杯をした。仕事の前には飲まない主義だとレオナは言い、それが少し残念な気もしたが、なに、明日のディナーには彼女もアルコールを飲めるだろう。

私は、伏し目がちのレオナを飽かず見ていた。気分が引きたたないとレオナは言うが、美しい女は、どんな様子をしていても魅力がある。それに彼女は、私のためもあるのか、つとめて明るくふるまってくれていた。そのことに、私は感謝した。

食事は、私には素晴らしい経験だった。レオナは闊達《かったつ》に喋ってくれ、私たちは話題に窮することはなかった。彼女の脳研究に関する知識は付け焼刃ではなく、正直なところ私は舌を巻いた。特に心理学の領域においてなど、私の知らない情報もたくさんあり、この様子なら、私に代わって彼女がキヨシに取材することもできたろう。

彼女は、非常な熱心さで私とキヨシとのことを訊いた。モデルや芸能人をインタヴューしている時、たぶん私もこんなふうに無遠慮なのだろうと思い、苦笑する場面があった。私は、キヨシと自分とがただならない関係にあって、女性記者に追及を受けているような気分になった。私はナイフとフォークをいったん置き、両手を挙げてこう言ったものだ。

「レオナ、ずいぶん追及が厳しいが、ひとつこれだけははっきりさせたい、私はキヨシとは何でもないよ」

レオナは笑って言う。しかし、目だけはなかなか真剣だった。

「夜っぴてクルージングして、別々のベッドで眠ったの？」

私も笑いだした。

「君はいつもそんな質問ばかり受けているのかい？」

「あなたがキヨシのこと、ずいぶん好きみたいだからよ」

「ひどい濡れ衣だな、こんなのは四歳の時、ゲシュタポの尋問を受けて以来だ」

レオナもフォークを置き、ナプキンを口にあてながら、椅子にもたれた。

「バルト海のこと教えて。ここの海とどう違うの?」

「ああ、まったく違うね。ここの海は、陽にあぶられた潮と木の匂いがする。風にこの匂いが混じっている。バルト海は違う。あれはもっと湿っていて、冷たくて、必ず石の匂いがするんだ」

レオナは頷きながらじっと聞いていた。そして、その風情を想像しているようだった。だから私も思い描いた。そうだ、その通りだ。ここの海は、木と砂の匂い、それらが熱せられる熱の匂いがする。北欧の海は違う。いつも冷えていて、茶色の岩場を波が洗っている。ただ潮の匂い、そしてそのまま何千年という時間を経ているのだ。

「北欧は冷えているのね」

レオナは言った。

「そうだね。あらゆるものが石でできていて、そして冷えている。人間が木で作ったものなんて、その間にわずかにはさまり、いっときは残っているがじきに朽《く》ちていく。残るものは石だけだ。ベルリンにいた時、忘れられたような裏通りに迷い込んだ。雑草が吹き出した石畳の道で、足もとの石はみんな丸くなっていた。その上にふた筋の窪みが走っていて、何故だか解らなかった。だって誰も来ないような道だったからね。土地の老人が通りかかったから尋ねた。そうしたら彼が教えてくれた。これはローマ軍のバギー戦車が走り廻った轍《わだち》の跡だってね。それがヨーロッパだ」

「それは毒よ」

「毒だって？」

「そう、あの土地の毒よ。何千年もかけ、コケイジョンのキリスト教徒だけによって創られた絢爛《けんらん》たる文化ね、これが冷凍保存されている、それがヨーロッパよ。これはとても危険な状態だと思う。純粋さが、異教徒や異人種を排除して狂気に向かわせるの。そうして、自らもまた狂うのよ」

「そう？」

「以前に私、ウィーンでひと冬を過ごした。そうしたら、おかしくなった」

「君は……」

言いかけると、レオナは笑った。

「そう、私はもともとおかしい、その通り、知ってるわ。でもキヨシも心配だわ、おかしくならなければいいけど、あの人も、私以上におかしいから」

冗談の口調でなく、彼女は言った。

5

素晴らしい食事だった。私たちは食後のお茶を飲み、私はデザートのケーキを食べたが、レオナは仕事の前ということで食べなかった。

レオナは、明日のディナーには何を食べたいかと私に尋ねた。私は以前に横浜を訪ねたことがあると言い、あの街で食べた日本食が忘れられないと応えた。ＯＫ、お寿司か日本食にしましょう、とレオナは言った。

食事はレオナの奢《おご》りだった。抗議する私に、ＥＣからの飛行機代はあなたが出したのでしょうと彼女は言った。私はそれでクレジット・カードをウォレットに戻した。

レストランの裏手はすぐに海岸だった。仕事までに少し時間があるとレオナは言い、どちらが誘うともなく、私たちはビーチを歩くことになった。浜まではわずかに距離があったので、私たちは車をパーキングに置いたまま、ニールソン・ウェイを横ぎり、舗道を歩いて海に向かった。そのあたりはビーチ沿いに建つタウンハウス群の地区で、木造りとか、建築雑誌でよく見かけるセメントとガラスのモダンなアパートなどがいくつも並び、その隙間から、やや波のある海が見えていた。

サンタモニカの砂浜に足を踏み入れる頃、十一月の早い陽はすでに傾き、黄ばんでいて、それが海の上に劇的な景観を作っていた。太陽は雲の向こう側だったが、雲間から黄色い光線が幾筋か縞模様を作って海に落ち、その下の海は、沖の風にあおられてゆるくうねり、光っていた。水をいくぶん固く感じさせるその光沢は、固まる寸前のゼリーを思わせた。それを見て私は、祖国の海とは違うとまた思った。

砂に足が入ると、私たちの歩みは速度が落ちた。低い粗末な木の柵の横を抜け、夏のシーズンのための見張り塔の下を歩いて、私たちは黙って波うち際に向かった。周囲にまったく人の姿はなく、海べりには風があり、それが海から街の方角に向かって吹くので、砂の表面にわずかな砂粒の流れができている。さらさらと移動して、絶えず私のくるぶしに当たった。

波うち際が近づいた頃、ふと右手を見ると、夕べ歩いたサンタモニカのピアが彼方に望めた。観覧車は金色に輝き、昔母がしていた、ゴールドのリングを思わせた。私はいっときこれを眺めた。すると目をそらすことができなくなった。それは思いがけないほどの美しさを持ち、私は神の啓示のように感じてこれを見た。ヨーロッパの北の果てから、私はあの光るリングのようにレオナを見てきた。

視線をレオナに戻した時、無言のこの行《ぎょう》に、私は気詰まりな気配を感じはじめた。明るい話題を模索した。

「『ラスト・イグジット』は、今どんなシーンを？」

さしたる考えもなく言ってしまってから、これはよくなかったかと後悔した。さっきレオナはこの話題を避けていた。しかしレオナは、さいわいにも明るく笑った。

「とても悲惨なシーンだけど、解るでしょう？　殺人者が被害者をばらばらにしているシーンの撮影だって、現場はそれなりに明るいの」

風があったから、レオナはやや大声になっていた。レオナの声に聞き耳をたてると、遥かな上空に、わずかに風の唸りがひそんでいたことに気づいた。そのかすかな音が、私の精神を不安定にした。私はいつもの分別を失いはじめた。

「すごく複雑よ、こんな撮影ははじめて。悲惨だけど、スタッフの手前、何だか恥ずかしいし」

意味が解らないので、私は黙って続きを待っていた。

「私が妊娠していて、堕胎ができないので、もぐりの医者を家に呼んで、キッチン・テーブルの上で堕胎手術をしてもらうのよ。こんな、ひどい格好をさせられて、スカートをこんなふうにされて、バスタオルお腹のここに置いて」

「それは、君」

驚いてしまい、私は言った。今までのレオナの健康的なイメージからは、少し想像がむずかしかったからだ。

「その……、つまり、どこまでを写させるんだい？」

レオナは笑った。

「足とか、お尻くらいは写されるかも。私からはよく見えないのよ、何時間も足開いていると、羞恥心も麻痺しちゃうわ」

私は心配した。ポルノグラフィにされないかと思ったのだ。レオナは妙に思いきりのよいところがある。自分の体にどういう価値があるのか、よく認識していないのではないか。

「大丈夫なのかい？　つまり……」

私が真剣な表情になったので、レオナは含み笑いをこらえるような、いたずらっぽい顔つきになって私の顔を覗き込んだ。やがて目をそらし、声に出して笑った。そして言う。

「心配しないで。下着二枚もつけているわ、いくら私だって」

と、取りようによっては妙なことを言った。

「手術のあと、お医者が帰っていって、一人になって、どんどん血が出て、キッチンの床が血だらけになるのよ。そして貧血がおきて、ああ、嫌。とっても悲惨だわ、辛いのよ。考えると憂鬱で。でも血のりって、匂いが全然違うのよ、本物と。それが救いね」

レオナは、苦痛に歪む表情をした。右手のひらを下腹部にあてるので、本当にそこが痛みだしたように見え、私は少し妙な気分になった。

水が近づくと、寄せる波の音、そして沖のうねりもよく聞こえるようになった。その時突然、私は海べりのヨット・クラブにある古いバーで、キヨシと二人でビールを飲んだ夕刻を思い出した。あの時もこんなふうに、床下から絶えず波の音が聞こえた。

あれはつい最近、ほんのひと月ほど前のことだった。カリフォルニアの十一月はこんなふうに暖かいが、ストックホルムは、十月に入ればもう冷える。バーの暖炉には火が入っていて、キヨシはガムラスタンの古着屋で買った、古いダッフルコートを着ていた。

「ミスター御手洗は、日本のこと、懐かしいとは言わない？」

風に挑むようなレオナの高い声で、私は追想を中断した。レオナのこの言葉はあまりにもタイムリーだった。いつも陽気な皮肉屋で、センチなところなどかけらも見せたことのないキヨシだったが、あの冷え始めた夜だけ、そうあれがたった一度だけだ。私にほんの少しだけ故郷と、そこに待つ友人の思い出話を披露した。

「何か言ってた？　彼。日本のお話」

レオナは重ねて訊いてきた。その声は明るく響き、私を優しくせきたてた。多少悪い予感はしたのだが、その明るさに力を得て、あれを話そうかと私は考えはじめた。思えばそれが、私の生涯最大級の失敗だった。

「一度だけ聞いた。あれはラーセンという名の、古いヨット・クラブにあるバーで、私たちは先月ビールを飲んだ。よく行くバーなんだが、とてもいい店で、私はストックホルム中で一番好きなんだ。私はなじみでね。もっともキヨシももうなじみだ。私は自分のアパートの部屋より、あそこが居心地がいい」

レオナの顔には笑みがあり、じっと耳を傾けていた。

「あの夜、一杯機嫌になった私は、キヨシにこう訊いた。実際馬鹿げた質問だった。私は少し参っていたんだ。私はこう言ったんだ、キヨシ、君は人間が好きかとね。ああ好きだよ、と彼はごく気軽に言った。脳の神経回路が好きなんだ、その持ち主だって好きさと、彼らしい理屈を言った。続けて、犬や、このビールと同じくらい好きだ。君やこの海や、ストックホルムの街や、クルーザーと同じくらいに好きだと。

そうじゃないと私は言った。私はその時、辛い過去を思い出していたんだ。もの心ついた時父がいなくてね、それなりに辛い思いをした。しかしこんなのは私の世代のヨーロッパ人にはありふれたことだった。みんな戦争で、親や親しい仲間をなくしていた。私が言いたいのはそういうことじゃない。私たち兄弟が子供の頃、母は懸命に私たちの生活を支えた。貴族出身の母だったから、これはさぞ辛い日々だったろう。プライドなど、連日ずたずたになり続ける生活だったろうな。

だけどそんな時期には、私は母に対して格別何も思わなかった。むろん通常の意味での愛情とか、感謝の念はあったが、解るだろう、彼女を空気みたいに思っていた。私が母を意識したのは、彼女の精神がおかしくなってからだ。私がハイスクールに入るのを待っていたように母は発病し、精神病院に入った。ミュンヘンの牛乳屋で働きながら私は、学校と病院にかよった。病院の待合室で編物をしたり、怪物みたいな動物の絵を描きながら私を待っている母を見るようになって、私はやっと愛情という感情の本質と直面した。

母の編物は、何の足しにもならなかった。何の用もなさないのだ。規則正しく編んでいないから、大型の蜘蛛《くも》の巣のようだった。彼女はそれを私にさし示した。笑いながら、褒めてくれるように要求しているのさ。

私は懸命に言葉を探した。どう言えばいいか、どう言えば母を喜ばせることができるのか。子供だったから、適当なものなど見つかりはしなかった。この時私がどんなに悲しかったか、心がどれほど傷ついたか。そして私はこの時、逆説的に愛情というものの意味を実感した。愛情とは悲しみだと、心の痛みだと、そう知ったのだ。

妹も同じだったろう。特に二人で話し合うことはしなかったが、彼女の気分も間違いなく同様だったはずだ。私にとっては、続く結婚もまた似たような馬鹿騒ぎだった。妻も心に大きな傷を負っていて、アルコールに依存して生きていた。モデリングの仕事で得る金は、右から左に酒場のつけに消えた。私はそんな妻を、母に見せないように苦労した。見せれば母は腹を立てる。妻を罵倒し、泣き叫ぶ。だがそんなことをしても、事態は何ひとつ前進はしないのだ」

言葉を停めると、自然に笑いが湧いた。照れ臭くなって、レオナの方が見られなかった。彼女がまだそこにいることを、気配で確認するだけにした。こういう苦しい記憶は、私の気分の底に高圧ガスのように鬱積していて、不用意に栓を抜けばたちまち噴き出すのだ。

「こんな話をするつもりじゃなかった。とにかく私はキヨシに言った。私が言っている人を好きになるとは、そういうレヴェルの話だ。他人の痛みを自分の痛みに感じて、呼吸さえ苦しくなり、その悲しみと苦痛とで相手と自分との位置を確認し合うような、そういう種類の出来事だと。

そうしたら、キヨシは考え込んだ。思うに、たぶん多少センチになったのだ。それまでの軽いおしゃべりが消えて、長い沈黙のあと、一度だけあると言った。もう今から二十年近くも昔のことで、アメリカから日本に引き揚げ、ものを考えながら暮らしていた頃のことだと。横浜のはずれの安いアパートにいて、読書だけをしながら、何もしないで過ごしていた。

その時、一人の日本人と出遭ったと。まだ若い男で、記憶をなくし、ぼろぼろに傷ついていた。自分が誰だか解らず、習慣記憶をなくしているからどうやって生きていけばいいのかも不明で、女の問題でも悩んでいたし、それは、人間はこれ以上ひどくなれるものだろうかと思うくらいに参っていた。息も絶え絶えで、藁《わら》にもすがるようにして彼の部屋に飛び込んできたのだ。彼はぎりぎりの崖っぷちにいて、キヨシに救いを求めてきたんだ。

彼を見た時、キヨシもまたひどく傷ついたと言った。青年は何もする力がなく、収入の道も、それを探す方法も思いつけず、しかも恐ろしい陰謀の道具にされていて、このまま放っておけば命にも関わった。だから事態の収拾いかんは、すべてキヨシの能力ひとつにかかっていた。彼が生きていくも死ぬも、すべてキヨシ一人の肩にかかったんだ。そのことに気づいた時、キヨシは使命に目覚めたと言った。それは天命にも似ていたと。

その時の青年の、哀願するような目つきがたまらなかったとキヨシは言った。彼のなんともいえない弱々しい微笑みや、ドアを開く時、ソファにすわる時、ティーカップに手を伸ばす時でさえ、彼はいちいちキヨシの顔を見た。これでいいのかいというようにね。彼は赤ん坊とか盲人のように、手探りで人生を生きていて、絶えず誰かの手助けを必要としていた。

キヨシははっきり言った。青年はとても清潔な顔をしていたと。たいてい白いワイシャツを着て、薄い胸が頼りなさそうに目の前で動いた。そして何かをするたびに哀願するような目が自分を見、そのたびにたまらない気分になった。その気分は穏やかなものなどでは到底なくて、ほとんどノックアウトを食らい続けるような痛みだった。あんなひどい気分は生まれてはじめてだった。助けてやらなければと、自分が命をかけてこの青年を助けてやらなければと思った。あの瞬間、自分は何かに目覚めた。言ってみればそれは、自分一人だけで気ままに生きていくんじゃなく、時には誰かを導いてやらなくてはならないという自覚だ。ぼくにはその使命があった。ハインリッヒ、これが君の言う例にあたるんだろうか、とキヨシは私に言った、……レオナ！」

私は息を呑んだ。この時はじめて私はレオナを見たのだが、彼女は両手で顔を被っていたのだ。私は肝を冷やした。何が起こったのか解らなかった。

「レオナ、すまない、私は何かひどいことを言ったのか？」

「いえ、いいのよ、大丈夫」

彼女は言い、両手を顔から離した。しかし言葉とは裏腹に、声は鼻声だったし、肩はぶるぶると震えていた。ハンドバッグの蓋を開け、あたふたとハンカチを引き出した。

「私今ちょっと、仕事の気分作っていたから、おかしいでしょう」

そしてレオナはからからと笑った。ハンカチで鼻を押さえ、それから上を向いた。しかしまつ毛に涙の露がかかっているのが、私の位置からもはっきりと見えた。

「でもただ、……こんな気分は歓迎よ、今日これから、泣かなくちゃいけないから。でも今泣いてしまうと今夜泣けないから、それで今困っているのよ、だから気にしないでね」

言いながらも、唇は激しくわななないた。レオナは声をたてて笑おうとしたが、少しもうまくいかなかった。鼻の頭が赤く、レオナは激しく混乱していた。ハンカチで、鼻を包むように押さえた。

「いいのよ、気にしないで、こんなことはしょっちゅう。何か楽しいことを話しましょう。ああそう、キヨシはそんなことを言ったのね。ははは、あの人らしいわね、変な人。いえ、あの人らしくないわ！　何よっ！」

そしてレオナは歯を喰いしばり、声をたてて泣いた。肩を震わせ、両手で叩くようにして顔を被った。ハンドバッグが砂に落ち、続いて下半身の力が抜けて、彼女もゆっくりと砂に両膝をついた。驚き、私は手を貸そうとしたのだが、とっさのことで、どうすることもできなかった。私はじっと、有名女優が自分の発した言葉によって泣くのを見た。五分もそうしていたろうか。レオナはゆっくりと右手を砂に置いて、バッグを持った。立ちあがろうとしているのだと知り、私はあわてて手を貸した。ゆっくりと立つ瞬間、俯いた彼女の顔が、特にその唇が、また大きく歪むのを見た。

立ち、顔の下半分をハンカチで覆い、レオナは沖の方を見ながらゆっくりと深呼吸をしていた。しばらく言葉が何も発せられないのだった。こんなふうにして泣く若い女を見るのは、私には三十年ぶりというところだった。その女とは妻ではない。妹だ。だから私はこの時、この有名人に対して、妹か娘に対するような気分になることができた。取り返しがたい失策をしでかした私だが、そのことは私にとって、わずかな心の救いだった。

「レオナ、君は……」

私はおずおずと切りだした。女性の心理になど詳しくはない私だが、ようやく事態の理由に見当がついたのだ。しかし、それ以上のことはとても言えなかった。何がどうあろうと、もうこれ以上彼女を傷つけたくなかった。

「ハインリッヒ、女に嫉妬したことある？」

レオナがいきなり言った。

「あん？」

意味が解らなかった。

「女に女を盗られたこと、ある？」

「ああ……」

私は了解した。しかし不幸にして、そんなユニークな体験の持ち合わせはなかった。

「ないな」

私は、レオナの顔色をうかがいながら言った。レオナは何も反応しなかった。それで私は、さっきの自分の言葉を続けることができた。

「そんなに君は、キヨシのことが好きなのか」

するとレオナは、寂しげに微笑んだ。そしてただひと言だけ、こう言った。

「私は、自分のこのしつこい性格を憎むわ！」

そしてハンカチを顔から離し、顔をゆっくりと左右に振った。その様子は、絶望感から来る虚脱といった様子だった。

私たちは何も話題が見つけられず、じっと無言で立ち尽くしていた。十分、二十分とそうしていた。その間私の考えていたことは、遥かな遠くから見ていたひとつの輝きは、私とは無縁のものであったということだ。そしてこれは、私の失策の報いだった。私はラーセンでのあの夜、何故神経ニューロンとか、犬とかクルーザーと同じレヴェルのもので満足しなかったのか。欲深い馬鹿げた追及が、廻り廻って私に戻ってきた。

周囲に誰もいなかったことはさいわいだった。この浜はピアから遠く離れているので、人の姿はほとんどないのだ。その間も、ゆっくりと、着実に陽は落ちていった。あたりは徐々に薄暗くなり、風は冷えてきた。十一月のLAの、夜の訪れは早い。

「もう行かなくちゃ、仕事だから」

ぽつりとレオナが言い、見ると手首に巻いた小さな時計を見つめていた。それは、私の最も恐れていた言葉だった。

「レオナ、ぼくは何と言っていいか解らない」

私は言った。

「気にしないで、送っていくわ」

その言葉にはあまりに寂しげな響きがあり、自分を紳士と信じるなら、到底同意することはできなかった。

「いいんだレオナ、私はもう少しビーチを歩きたい。エレクトリック・バスも走っているそうだから、それで帰るよ。どうせホテルは近い」

レオナはしばらく無言で立っていたが、

「そう」

と言った。

「じゃあ私、行っていいかしら」

「いいとも」

私はできるだけ快活に応えた。

「おいしい食事をありがとう、アーノルドにもよろしく言って欲しい」

「ごめんなさい」

レオナは言い、後ろを向いて二、三歩歩みかけた。しかし立ち停まった。ゆっくりと振り返る。

「ハインリッヒ、明日のディナーのことだけど……」

「レオナ、申し訳ないんだ」

私は素早く言って遮った。

「実は私は、明日の朝にはもうマサチューセッツに発たなきゃならない。余裕は今日一日しかなかったんだ。君に言いだしかねていたんだが」

私は言った。レオナはまた立ち尽くした。

「ハインリッヒ、私はそういうつもりでは……」

レオナは言い、私はあわてて上着の内ポケットを探った。

「これは私のビジネス・カードだ。オフィスの電話と自宅のが書いてある。いつか気分が落ち着いたら、私に汚名挽回のチャンスをくれないか。なに急がない、来年でも、再来年でもいい。君に気分の余裕がある時に」

レオナは頷いたが、シュアとは言ってくれなかった。カードがレオナの手に渡る際、私たち二人の体は、握手に似た距離に接近した。次の瞬間、レオナの体が私にぶつかってきた。華奢な体が私に密着し、震える手のひらが私の背中を撫でた。

パフュームの香りを感じて、私はそれを、彼女の華奢な体の持つ匂いと考えた。彼女の体と、その悲しみが発する匂いだと。

いっときそうして、それから体を離してレオナは、私の二の腕にぐいとすがった。彼女の体の震えはまだ続いていて、私はそれが痛々しくてたまらなかった。ゆっくりと顔を近寄せ、彼女は私の頬にキスをした。その時、私の頬も彼女の涙で濡れた。

「ごめんなさい」

彼女はまた言った。

「こちらこそさ、申し訳ない」

私は言った。

「運転に気をつけて。そして仕事を頑張って」

「シュア」

少し力なく、彼女は応えた。そしてゆっくりと背を向け、砂を踏みながら、シャッツィ・オン・メインのパーキングに向かって、彼女は一人で戻っていった。

私は砂の上に立ち、もしレオナが振り返ったら、笑って手を振ろうと考えて待っていた。

しかしレオナは、一度も振り返らなかった。あたりは暗くなってきていて、少なくとも私の視界が及ぶ範囲内では、彼女は振り返らなかった。白い華奢な後ろ姿は、サンタモニカ・ビーチの潮騒に紛《まぎ》れるようにして、ゆっくりと夕闇に消えていった。

それを見定め、私も歩きだした。このまま砂の上を、さっき輝いていた観覧車まで歩いていこうと思った。

自作解説

島田荘司

デビュー当時の嫌われ者ぶりが嘘のようで、一九九〇年代に入ると御手洗潔は、あちこちの媒体から登場を求められるようになった。媒体は、本格ミステリーの専門誌に限らず、意外なものもある。作者としては、それはそれで嬉しいから、喜んで参加した。それぞれの媒体は、おのおの固有の読者を持っていたから、こちらとしてはそういう読者に向け、話しかけるような気分で書いた。だから同じ御手洗ものといっても、内容はそれぞれでまったく異なったものに仕上がっている。

したがってこの短編集は、九〇年代に入って起こりはじめた、こういう事態を記録したものともいえる。異色の媒体に書いたため、内容もこれまでとは毛色が違っていて、各短編に登場する人物集団は、それぞれ異なったメロディを奏でるバンドのようだ。こういう傾向の作品集を俯瞰《ふかん》してニュートラルな対応をし、説明をしてくださるような書き手は思いつけなかったので、こうして自分で解説を書くことになった。

「IgE」は、何度も壊されるレストランの便器という奇妙な謎と、その意外な解決という従来的な体裁をとっている。これはミステリーの専門誌「EQ」に乞われ、九一年に書き下ろした。この後長く御手洗短編を書かなかったため、この一編はなかなか単行本化されず、マニアの間では幻の作品扱いにされていた。九八年になってようやく講談社で短編集にまとめる運びになったから、埃《ほこり》をはらって「EQ」誌を探し出し、加筆修正をした。やってみると、文章がずいぶんあらかったように記憶しているから、九一年当時、かなり急がされて書いたのであろう。

九一年の作だから、作中時間はその前年の九〇年になっている。今思い出したが、これは二度目のパリダカ遠征から帰国してすぐに書いた。だからこの中に登場する本宮という青年は、アフリカで知り合った日本人をモデルにしている。

続く「SIVAD　SELIM」は、九七年になって原書房が、『島田荘司読本』というものを作ってくれるというから、この本の柱とすべく書き下ろした。この本はこれまでのぼくの創作を振り返り、内容解説付きで全著作を並べ、これから島田荘司を読もうとする人に向けてのガイドブックをもくろんだものだった。そのため、あまりがちがちの本格ではなく、よい読み物であることを心がけた。

この話は、実はずっと以前からぼくの頭にあり、いつかは書きたいと願っていたのだが、御手洗ものは本格を志向するシリーズであったために、犯罪の起きない話は許されない雰囲気があった。ようやく場所を得た思いで勇んで書いたが、大きな謎がないので執筆は楽だった。そのために、自分としてはこれはほんの番外編、おまけのようなつもりでいたが、御手洗シリーズのオールタイム短編ベストテンで、これが他作品を大きく引き離して一位となることもあり、嬉しいような寂しいような、複雑な気分にさせられた。

作者が考えていた以上にこの小編の人気は高く、それは御手洗潔というキャラクターが、作者の予想しなかった種類の存在に育っている証らしかった。

「SIVAD SELIM」の作中時間は、「IgE」と同じ一九九〇年となっている。この事件は、読んでいただければ解るが、この年でなくては起こり得なかった。この両事件の間には「山手の幽霊」事件もはさまっているから、一九九〇年は御手洗・石岡組にとって、なかなか忙しい年だ。

当短編集「御手洗潔のメロディ」を編むため、この作品を収録したら、『島田荘司読本』もまた講談社文庫に入れてもらえることになった。柱の小説がなくなっているので、あわてこちらには「天使の名前」という、これもまた異色の小説を新たに書き下ろした。これは御手洗直俊《なおとし》という、御手洗の父親の記録である。「天使の名前」、講談社刊『Pの密室』に収められたこれも異色の「鈴蘭事件」、そして原書房刊『御手洗潔攻略本』に収録されている、これまた異色の小編「御手洗潔、その時代の幻」、この三編を通して読むと、御手洗の出生と成長がうかがい知れるような仕掛けに作ってある。

「ボストン幽霊絵画事件」は、「SIVAD SELIM」を書いた翌年、一九九八年の秋に、講談社のミステリー専門誌「メフィスト」に乞われて書いた。この頃には「メフィスト」が講談社に誕生し、光文社の「EQ」誌は休刊の前年だった。御手洗の短編が減ったのはそのせいもある。この頃、ミステリー文壇も次第にその様相が変りはじめ、ホラーが力を持つようになったり、同人漫画誌がブームになってきたりしていた。ミステリー界の人気探偵がしきりに漫画になってコミケに登場し、御手洗氏もまたあちこちで漫画になってぼくの前に戻ってきた。作者であるぼくは、こういう若い女性漫画家たちとのつき合いができ、彼女たちの要求で、御手洗氏の子供時代を夢想するようにもなって、そんな作品も生まれた。「ボストン幽霊絵画事件」も、そういう流れから出てきたものと思う。

だからこの作品は、一九九八年に書かれているにもかかわらず、作中時間はずっと遡《さかのぼ》った六六年になっている。御手洗がまだアメリカのボストンに滞在し、ハーヴァード大の学生であった時代の事件である。発表媒体がミステリーの専門誌であるから、これは不可能趣味とその解明という、本格の定型を踏まえている。

最後の、「さらば遠い輝き」こそは最も異色のケースで、原書房が作った『御手洗さんと石岡君が行く』という漫画のアンソロジーのため、九八年初頭に書き下ろした。これは先に述べたように、同人誌ブームが若い女性の御手洗漫画家たちを育ててきていたので、彼女たちを集め、御手洗漫画の単行本を作ってしまおうという型破りの企画であった。各人に御手洗さんのパロディ漫画を描いてもらったが、まだビッグ・ネームの人が少ない。そこで責任をとって、ムーヴメントの張本人が柱の小説を書いて欲しいと要求され、仕方なく書いた。女性漫画家たちによる競作本であるから、読者のほとんどは女性であろう。そのため女性を主人公として、叙情的な内容を持つストーリーをと発想した。レオナ松崎を中心に、舞台はサンタモニカのビーチにした。この頃になるとぼくは、LAに居を移していたから、サンタモニカはごく近所であった。

これもまた、殺人も、不可解な現象も起こらず、登場人物はわずかに二人、それも行きずり、ほんの一日のドラマである。しかしできあがってみると、書いた側としては気分が悪くなかった。LA暮らしにもなじんで、英語圏の空気が理解できるようになっていたから、翻訳をするような感覚で書いた。登場人物たちの会話も、できるだけ原形の英語をイメージし、これを訳すような気分を心がけた。結果、本格の定型以外は認めないとするマニアからはむろん批判を浴びたが、この小編を格別に好んでくれる女性読者も多く現れた。登場当時、レオナ松崎は女性読者に総スカンを食ったものだが、彼女が女性たちに徐々に受け入れられる、これもきっかけのひとつにはなったと思う。

ぼくは新しい環境に身を置くことが好きで、そのような刺激を自分に与え続けることで、作品に変化を与えてきた。そうでなくてはマンネリに堕してしまい、長くは続かなかったろう。

この作品は、先の「ボストン幽霊絵画事件」より半年ばかり前に書いている。しかし作中時間がのちであること、そして短編集のとりにふさわしい様子があるので、まとめるにあたってはこちらを後に置いた。

このドラマの作中時間は、前三作からはずっと下って一九九七年、御手洗はすでに日本を後にして、スウェーデンで暮らしている。「ヨーロピアン脳の十年」の研究ティームに参加するためである。読者に最新情報を提供すると、今彼は、ストックホルム大から、やや北方に位置するウプサラという街の大学に移って研究を続けている。

本格のマニアとは違い、女性読者たちからは、「さらば遠い輝き」はただの一度も批判を受けたことはない。しかしかわりに彼女たちからは、御手洗を早く横浜の石岡のもとに戻せと、矢の催促を受けている。この声は、今も続いている。

二〇〇一年一二月八日　記

この作品集は一九九八年九月に単行本、二〇〇一年九月に
講談社ノベルスとして小社より刊行されました。

|著者| 島田荘司　1948年広島県福山市生まれ。武蔵野美術大学卒。1981年『占星術殺人事件』で衝撃のデビューを果たして以来、『斜め屋敷の犯罪』『異邦の騎士』など50作以上に登場する探偵・御手洗潔シリーズや、『奇想、天を動かす』などの刑事・吉敷竹史シリーズで圧倒的な人気を博す。2008年、日本ミステリー文学大賞を受賞。また「島田荘司選ばらのまち福山ミステリー文学新人賞」や「本格ミステリー『ベテラン新人』発掘プロジェクト」、台湾にて中国語による「島田荘司推理小説賞」の選考委員を務めるなど、国境を超えた新しい才能の発掘と育成に尽力。日本の本格ミステリーの海外への翻訳、紹介にも積極的に取り組んでいる。

御手洗潔《みたらいきよし》のメロディ

島田荘司《しまだそうじ》

2002年1月15日第1刷発行
2023年7月27日第13刷発行

発行者——鈴木章一
発行所——株式会社　講談社
東京都文京区音羽2-12-21　〒112-8001
電話　出版（03）5395-3510
　　　販売（03）5395-5817
　　　業務（03）5395-3615

Printed in Japan

講談社文庫

定価はカバーに
表示してあります

KODANSHA

デザイン—菊地信義
製版——大日本印刷株式会社
印刷——株式会社KPSプロダクツ
製本——株式会社KPSプロダクツ

ISBN4-06-273356-0

講談社文庫刊行の辞

二十一世紀の到来を目睫に望みながら、われわれはいま、人類史上かつて例を見ない巨大な転換期をむかえようとしている。

世界も、日本も、激動の予兆に対する期待とおののきを内に蔵して、未知の時代に歩み入ろうとしている。このときにあたり、創業の人野間清治の「ナショナル・エデュケイター」への志を現代に甦らせようと意図して、われわれはここに古今の文芸作品はいうまでもなく、ひろく人文・社会・自然の諸科学から東西の名著を網羅する、新しい綜合文庫の発刊を決意した。

激動の転換期はまた断絶の時代である。われわれは戦後二十五年間の出版文化のありかたへの深い反省をこめて、この断絶の時代にあえて人間的な持続を求めようとする。いたずらに浮薄な商業主義のあだ花を追い求めることなく、長期にわたって良書に生命をあたえようとつとめるところにしか、今後の出版文化の真の繁栄はあり得ないと信じるからである。

同時にわれわれはこの綜合文庫の刊行を通じて、人文・社会・自然の諸科学が、結局人間の学にほかならないことを立証しようと願っている。かつて知識とは、「汝自身を知る」ことにつきていた。現代社会の瑣末な情報の氾濫のなかから、力強い知識の源泉を掘り起し、技術文明のただなかに、生きた人間の姿を復活させること。それこそわれわれの切なる希求である。

われわれは権威に盲従せず、俗流に媚びることなく、渾然一体となって日本の「草の根」をかたちづくる若く新しい世代の人々に、心をこめてこの新しい綜合文庫をおくり届けたい。それは知識の泉であるとともに感受性のふるさとであり、もっとも有機的に組織され、社会に開かれた万人のための大学をめざしている。大方の支援と協力を衷心より切望してやまない。

一九七一年七月

野間省一

真保裕一 天使の報酬〈外交官シリーズ〉
真保裕一 アンダルシア〈外交官シリーズ〉
真保裕一 ダイスをころがせ！(上)(下)
真保裕一 天魔ゆく空(上)(下)
真保裕一 ローカル線で行こう！
真保裕一 遊園地に行こう！
真保裕一 オリンピックへ行こう！
真保裕一 連鎖〈新装版〉
真保裕一 暗闇のアリア
篠田節子 弥勒
篠田節子 転生
篠田節子 竜と流木
重松清 定年ゴジラ
重松清 半パン・デイズ
重松清 流星ワゴン
重松清 ニッポンの単身赴任
重松清 愛妻日記
重松清 青春夜明け前
重松清 カシオペアの丘で(上)(下)

重松清 永遠《とわ》を旅する者〈ロストオデッセイ 千年の夢〉
重松清 かあちゃん
重松清 十字架
重松清 峠うどん物語(上)(下)
重松清 希望ヶ丘の人びと(上)(下)
重松清 赤ヘル1975
重松清 なぎさの媚薬(上)(下)
重松清 さすらい猫ノアの伝説
重松清 ルビィ
重松清 どんまい
重松清 旧友再会
新野剛志 美しい家
新野剛志 明日の色
殊能将之 ハサミ男
殊能将之 鏡の中は日曜日
殊能将之 殊能将之 未発表短篇集
首藤瓜於 事故係生稲昇太の多感
首藤瓜於 脳男 新装版
島本理生 シルエット

島本理生 リトル・バイ・リトル
島本理生 生まれる森
島本理生 七緒のために
島本理生 夜はおしまい
小路幸也 高く遠く空へ歌うた
小路幸也 空へ向かう花
小路幸也 原案 山田洋次 平松恵美子 家族はつらいよ
小路幸也 原作・脚本 山田洋次 脚本 平松恵美子 家族はつらいよ2
島田律子 私はもう逃げない〈自閉症の弟から教えられたこと〉
辛酸なめ子 女修行
柴崎友香 ドリーマーズ
柴崎友香 パノララ
翔田寛 誘拐児
白石一文 この胸に深々と突き刺さる矢を抜け(上)(下)
小説現代編 石田衣良他著 10分間の官能小説集
小説現代編 勝目梓他著 10分間の官能小説集2
小説現代編 乾くるみ他著 10分間の官能小説集3
柴村仁 プシュケの涙
塩田武士 盤上のアルファ

塩田武士 盤上に散る
塩田武士 女神のタクト
塩田武士 ともにがんばりましょう
塩田武士 罪の声
塩田武士 氷の仮面
塩田武士 歪んだ波紋
芝村凉也 孤《こ》闘《とう》の寂《せき》〈素浪人半四郎百鬼夜行(六)〉
芝村凉也 追憶の翰《かん》〈素浪人半四郎百鬼夜行(拾遺)〉
真藤順丈 畦と銃
真藤順丈 宝島(上)(下)
柴崎竜人 三軒茶屋星座館1〈冬のオリオン〉
柴崎竜人 三軒茶屋星座館2〈夏のキグナス〉
柴崎竜人 三軒茶屋星座館3〈春のカリスト〉
柴崎竜人 三軒茶屋星座館4〈秋のアンドロメダ〉
周木律 眼球堂の殺人〈~The Book~〉
周木律 双孔堂の殺人〈~Double Torus~〉
周木律 五覚堂の殺人〈~Burning Ship~〉
周木律 伽藍堂の殺人〈~Banach-Tarski Paradox~〉
周木律 教会堂の殺人〈~Game Theory~〉

周木律 鏡面堂の殺人〈~Theory of Relativity~〉
周木律 大聖堂の殺人〈~The Books~〉
下村敦史 闇に香る嘘
下村敦史 生還者
下村敦史 叛《はん》徒《と》
下村敦史 失踪者
下村敦史 緑の窓口〈樹木トラブル解決します〉
九把刀 阿井幸作/泉京鹿訳 あの頃、君を追いかけた
神護かずみ ノワールをまとう女
四戸俊成 芹沢政信 神在月のこども
篠原悠希 霊獣紀〈獲《かく》麟《りん》の書(上)〉
篠原悠希 霊獣紀〈獲《かく》麟《りん》の書(下)〉
篠原悠希 霊獣紀〈蛟《こう》龍《りゅう》の書(上)〉
篠原悠希 霊獣紀〈蛟《こう》龍《りゅう》の書(下)〉
篠原美季 古都妖異譚〈玉手箱~シール オブ ザ ゴッデス~〉
潮谷験 スイッチ〈悪意の実験〉
潮谷験 時空犯
潮谷験 エンドロール
島口大樹 鳥がぼくらは祈り、

杉本苑子 孤愁の岸(上)(下)
鈴木光司 神々のプロムナード
鈴木英治 大江戸監察医
杉本章子 お狂言師歌吉うきよ暦
杉本章子 大奥二人道成寺〈お狂言師歌吉うきよ暦〉
諏訪哲史 アサッテの人
菅野雪虫 天山の巫女《みこ》ソニン(1) 黄金の燕
菅野雪虫 天山の巫女《みこ》ソニン(2) 海の孔雀
菅野雪虫 天山の巫女《みこ》ソニン(3) 朱鳥《あけがらす》の星
菅野雪虫 天山の巫女《みこ》ソニン(4) 夢の白鷺
菅野雪虫 天山の巫女《みこ》ソニン(5) 大地の翼
菅野雪虫 天山の巫女《みこ》ソニン 巨山《コザン》外伝〈予言の娘〉
菅野雪虫 天山の巫女《みこ》ソニン 江南《カンナム》外伝〈海竜の子〉
鈴木みき 日帰り登山のススメ〈あした、山へ行こう!〉
砂原浩太朗 いのちがけ〈加賀百万石の礎〉
砂原浩太朗 高瀬庄左衛門御留書
ラトナ・サリ・デヴィ・スカルノ 選ばれる女におなりなさい〈デヴィ夫人の婚活論〉
瀬戸内寂聴 新寂庵説法 愛なくば
瀬戸内寂聴 人が好き[私の履歴書]

高田崇史　QED〈神器封殺〉
高田崇史　QED ～ventus～〈御霊将門〉
高田崇史　QED ～flumen～〈九段坂の春〉
高田崇史　QED〈諏訪の神霊〉
高田崇史　QED〈出雲神伝説〉
高田崇史　QED〈伊勢の曙光《あけぼの》〉
高田崇史　QED ～flumen～〈ホームズの真実〉
高田崇史　毒草師〈QED Another Story〉
高田崇史　QED〈～flumen～月夜見〉
高田崇史　QED〈～ortus～白山の頻闇〉
高田崇史　QED〈憂曇華《うどんげ》の時〉
高田崇史　試験に出るパズル〈千葉千波の事件日記〉
高田崇史　試験に敗けない密室〈千葉千波の事件日記〉
高田崇史　試験に出ないパズル〈千葉千波の事件日記〉
高田崇史　パズル自由自在〈千葉千波の事件日記〉
高田崇史　麿の酩酊事件簿〈花に舞〉
高田崇史　麿の酩酊事件簿〈月に酔〉
高田崇史　クリスマス緊急指令〈～きよしこの夜、事件は起こる！～〉
高田崇史　カンナ　飛鳥の光臨
高田崇史　カンナ　天草の神兵
高田崇史　カンナ　吉野の暗闘
高田崇史　カンナ　奥州の覇者
高田崇史　カンナ　戸隠の殺皆
高田崇史　カンナ　鎌倉の血陣
高田崇史　カンナ　天満の葬列
高田崇史　カンナ　出雲の顕在
高田崇史　カンナ　京都の霊前
高田崇史　軍神の血脈〈楠木正成秘伝〉
高田崇史　神の時空《とき》　鎌倉の地龍
高田崇史　神の時空　倭《やまと》の水霊
高田崇史　神の時空　貴船の沢鬼
高田崇史　神の時空　三輪《みわ》の山祇《やまつみ》
高田崇史　神の時空　嚴島《いつくしま》の烈風
高田崇史　神の時空　伏見稲荷の轟雷
高田崇史　神の時空　五色不動の猛火
高田崇史　神の時空　京の天命
高田崇史　神の時空　前紀〈女神の功罪〉
高田崇史　鬼棲む国、出雲〈古事記異聞〉
高田崇史　オロチの郷、奥出雲〈古事記異聞〉
高田崇史　京の怨霊、元出雲〈古事記異聞〉
高田崇史　鬼統べる国、大和出雲〈古事記異聞〉
高田崇史　源平の怨霊〈小余綾《こゆるぎ》俊輔の最終講義〉
高田崇史　試験に出ないQED異聞〈高田崇史短編集〉
高田崇史ほか　読んで旅する鎌倉時代
団　鬼六　悦楽王〈鬼プロ繁盛記〉
高野和明　13階段
高野和明　グレイヴディッガー
高野和明　6時間後に君は死ぬ
大道珠貴　ショッキングピンク
高木　徹　ドキュメント　戦争広告代理店〈情報操作とボスニア紛争〉
田中啓文　件《くだん》〈もの言う牛〉
田中啓文　誰が千姫を殺したか〈蛇身探偵豊臣秀頼〉
高嶋哲夫　メルトダウン
高嶋哲夫　命の遺伝子
高嶋哲夫　首都感染
高野秀行　西南シルクロードは密林に消える
高野秀行　アジア未知動物紀行　ベトナム・奄美・アフガニスタン

土橋章宏　超高速！参勤交代
土橋章宏　超高速！参勤交代　リターンズ
戸谷洋志　Jポップで考える哲学〈自分を問い直すための15曲〉
富樫倫太郎　信長の二十四時間
富樫倫太郎　スカーフェイス〈警視庁特別捜査第三係・淵神律子〉
富樫倫太郎　スカーフェイスII　デッドリミット〈警視庁特別捜査第三係・淵神律子〉
富樫倫太郎　スカーフェイスIII　ブラッドライン〈警視庁特別捜査第三係・淵神律子〉
富樫倫太郎　スカーフェイスIV　デストラップ〈警視庁特別捜査第三係・淵神律子〉
豊田　巧　警視庁鉄道捜査班〈鉄血の警視〉
豊田　巧　警視庁鉄道捜査班〈鉄路の牢獄〉
砥《と》上《がみ》裕《ひろ》將《まさ》　線は、僕を描《えが》く
夏樹静子　新装版　二人の夫をもつ女
中井英夫　新装版　虚無への供物(上)(下)
中村敦夫　狙われた羊
中島らも　僕にはわからない
中島らも　今夜、すべてのバーで〈新装版〉
鳴海　章　フェイスブレイカー
鳴海　章　謀略航路
鳴海　章　全能兵器AiCO《アイコ》

中嶋博行　新装版　検察捜査
中村天風　運命を拓く〈天風瞑想録〉
中村天風　叡智のひびき〈天風哲人　箴言註釈《しんげんちゅうしゃく》〉
中村天風　真理のひびき〈天風哲人　新箴言註釈《しんげんちゅうしゃく》〉
中山康樹　ジョン・レノンから始まるロック名盤
梨屋アリエ　でりばりぃAge
梨屋アリエ　ピアニッシシモ
中島京子　妻が椎茸だったころ
中島京子ほか　黒い結婚　白い結婚
奈須きのこ　空の境界(上)(中)(下)
中村彰彦　乱世の名将　治世の名臣
長野まゆみ　簞笥のなか
長野まゆみ　レモンタルト
長野まゆみ　チマチマ記
長野まゆみ　冥途あり
長野まゆみ　45°〈ここだけの話〉
長嶋　有　夕子ちゃんの近道
長嶋　有　佐渡の三人
長嶋　有　もう生まれたくない

永嶋恵美　擬態
永井　均　内田かずひろ　絵　子どものための哲学対話
なかにし礼　戦場のニーナ
なかにし礼　生きる力〈心でがんに克《か》つ〉
なかにし礼　夜の歌(上)(下)
中村文則　最後の命
中村文則　悪と仮面のルール
編/解説中田整一　真珠湾攻撃総隊長の回想〈淵田美津雄自叙伝〉
中田整一　四月七日の桜〈戦艦「大和」と伊藤整一の最期〉
中村江里子　女四世代、ひとつ屋根の下
中野美代子　カスティリオーネの庭
中野孝次　すらすら読める方丈記
中野孝次　すらすら読める徒然草
中山七里　贖罪の奏鳴曲《ソナタ》
中山七里　追憶の夜想曲《ノクターン》
中山七里　恩讐の鎮魂曲《レクイエム》
中山七里　悪徳の輪舞曲《ロンド》
中山七里　復讐の協奏曲《コンチェルト》
長島有里枝　背中の記憶

2023年6月15日現在